スティーヴン・ハンター／著
公手成幸／訳

四十七人目の男(上)

The 47th Samurai

扶桑社ミステリー
1139

日本映画に登場するサムライたちへの感謝と敬意、そして賞賛をこめて。

小林正樹、五社英雄、黒澤明、稲垣浩、三隅研次、田中徳三、安田公義、
岡本喜八、沢島忠、藤田敏八、角川春樹、山田洋次、黒木和雄、滝田洋二郎、
北村龍平、山本薩夫、

そして
志村喬、木村功、三船敏郎、稲葉義男、加藤大介、千秋実、宮口精二、
仲代達矢、勝新太郎、市川雷蔵、若山富三郎、丹波哲郎、サニー千葉、
梶芽衣子、新珠三千代、伊藤雄之助、加山雄三、京マチ子、松本幸四郎、
富川晶宏、中井貴一、佐田啓二、上戸彩、永瀬正敏、原田美枝子、真田広之、

そして
偉大な橋本忍に。

戻れ、地獄の犬め、戻れ！

――『マクベス』におけるマクダフの台詞

四十七人目の男（上）

登場人物

ボブ・リー・スワガー——元海兵隊一等軍曹。
ヴェトナム戦争の英雄

アール・スワガー——海兵隊先任曹長（第二次大戦時）。
硫黄島の英雄。ボブの父

フィリップ・矢野——退役自衛官。
父秀樹は硫黄島で玉砕

ミコ・矢野——矢野の末娘

藤川三佐——現役自衛官。空挺部隊指揮官

棚田一佐——現役自衛官。藤川の部下

スーザン・オカダ——日系アメリカ人。
在東京アメリカ大使館員

ニック・ヤマモト——日系アメリカ人。〈トーキョー・フラッシュ〉編集・発行人

音羽博士——刀剣鑑定の第一人者

三輪——AV業界の黒幕。通称「ショーグン」

近藤勇（自称）——「新撰組」を率いる国粋主義者

仁井——近藤の部下

ジョン・カルペパー——海兵隊大尉（第二次大戦時）。
アールの上官

トム・カルペパー——ジョンの息子

1　硫黄島　昭和二十年（西暦一九四五年）二月二十一日金曜

トーチカに静寂が降りた。天井から、はらはらと砂埃が落ちてくる。卵が焼け焦げたような硫黄のにおいが、いたるところに漂っていた。

「大尉殿？」

ひとりの兵士が声をかけた。高橋、杉田、神崎、浅野、戸川、福山、安部――残っている兵士たちの名を、いまとなってはだれが知ろう？　以前は、もっとおおぜいの兵士がいたのだ。

「大尉殿、砲撃がやんでいます。これは、敵が迫ってくることを意味するのでしょうか？」

「そうだ」と彼は答えた。「敵が迫ってくることを意味する」

その将校の名は、矢野秀樹。彼は、安武少佐の率いる第二大隊の大尉であり、その大隊は、池田大佐旗下の第一四五歩兵連隊を構成する部隊のひとつとして、栗林中将旗下の第一〇九師団に編入されていた。

その小さな要塞は天井が低く、硫黄のにおいと、汚染された水のせいで全員が下痢をしているために糞便の悪臭が立ちこめていた。それは、典型的な帝国陸軍の陣地構築法に基づく、コンクリート造りの低いトーチカで、これまでに何ヶ月もかけて、そのころにはまだ残っていたが、いまはもう失われて砂におおわれてしまっている、島唯一の樫の森から運びこまれた樫の木の幹で、強化が施されてきた。そこには三ヶ所の銃眼があり、それぞれに、三脚に据えつけられた九六式軽機関銃と射撃手、そして二名の給弾手が配置されている。それぞれの機銃の射界は、黒い砂の尾根と貧弱な草木からなる特徴の乏しい地形の上に、扇形にひろがっていた。小さな要塞は、オウムガイの内部に似た形状をとって、みっつの小室に分割されているので、たとえ、ひとつ、もしくはふたつの小室が掃討されても、あとに残った小室の機銃は、最後の最後まで銃撃を続行することができる。要塞内部のいたるところに、各自の守備範囲への責任を喚起するために、栗林中将の司令部から発せられた最終命令、〝敢闘の誓〟と呼ばれる文書が飾られていた。

我等は全力を振って本島を守り抜かん。

我等は爆薬を抱いて敵の戦車にぶつかり之を粉砕せん。

我等は挺身敵中に斬り込み敵を鏖《みなごろ》しせん。

我等は一発必中の射撃に依って敵を撃ち仆《たお》さん。

我等は各自敵十人を斃《たお》さざれば死すとも死せず。

我等は最後の一人となるも「ゲリラ」に依って敵を悩まさん。


「怖いです、大尉殿」さっきの兵士が言った。

「わたしもだ」と矢野。

小要塞の外、大尉が守備を受け持つ、ささやかな領土はよくもちこたえていた。六ヶ所の塹壕のそれぞれに南部銃と射撃手と給弾手が配され、領土の左右は二名ないし三名の自動小銃《オートマティック・ライフル》射撃手が守っていた。さらに遠いタコツボには、自動小銃を持った決死隊がひそんでいる。彼らに逃げ道はなかった。死んだも同然であることが、彼らにはわかっていた。彼らはひとえに、おのれの命を犠牲にする前に十人のアメリカ兵を殺すために生きているのだった。敵に最悪の思いをさせるためのみに。いかなる砲弾も、このなかに貫通することはできない。コンクリートの壁は四尺ほどの厚みがあり、鋼鉄の棒が放射状に張りめぐらされていた。外にいて、沖合いの米海軍艦艇から発射された砲弾が飛来したら、兵士は一瞬で木っ端微塵になるだろう。砲弾が正確に着弾すれば、辞世の詩を詠む時間などありはしないのだ。

攻撃が彼らの小要塞に向けられるようになったいま、大尉は元気をとりもどしていた。この数ヶ月、心をむしばんできた軍事活動の停止状態、絶望、ひどい食事、際限のない単調さ、危惧の念といったもののすべてが、消し飛んでいた。いま、ついに、栄光の時が迫ってきたのだ。

といっても、もちろん、彼はすでに栄光など信じてはいなかった。そんなものを信じるのは愚か者だけだ。彼が信奉するのは、軍人としての義務のみだった。

彼は口説の徒ではなかった。それでも、彼はいま、持ち場から持ち場へと駆けまわって、それぞれの機銃がしかるべく撃鉄が起こされて狙いがつけられているかどうか、給弾手たちが新しい弾倉帯を準備して機銃のそばに立っているかどうか、射撃手たちが隊をはぐれた鬼畜アメリカ兵を捕捉すべく銃を構えてうずくまっているかどうかを確認していった。

「大尉殿？」

若い兵士が、彼をわきへひっぱっていった。

「どうした？」

この兵士の名はなんだったろう？　ほかの兵士たちと同様、この兵士の名も思いださなかった。なんにせよ、彼らはみな、すぐれた兵士だ。第一四五連隊は、日本でも最優秀の兵士を産みだす地、九州で召集された隊なのだ。

「自分は、死ぬことを恐れてはいません。天皇陛下のために、よろこんで死ぬ覚悟です」優秀な兵士である若者が言った。

「これは、われわれの義務だ。おまえもわたしも、そう、われわれはみな、取るに足りない存在だ。義務がすべてなんだ」

だが、若い兵士の動揺はおさまらなかった。

「自分は火炎放射器が怖いです。火炎放射器が怖くてたまりません。もし自分が火炎放射器でやられたら、撃ち殺していただけますか？」

彼らはみな、火炎放射器を恐れていた。あの毛むくじゃらのけだものどもは恥知らずだ。やつらは、死んだ日本兵から金歯を奪ったり、日本兵の頭蓋骨を脱色し、灰皿にして、本国に送ったりする。銃や剣を使って、まっとうに日本兵を殺すのではなく

――やつらは刀が嫌いなのだ！――はるか遠方から海軍の巨砲や航空機で攻撃をかけてくるのがしょっちゅうだし、いざ接近戦となると、ガソリンの炎を噴出し、皮膚を焼け焦がして骨から引きはがし、じわじわとひとを殺す、あの身の毛のよだつホース状の兵器を用いるのだ。炎に包まれた戦士が、名誉ある死を遂げることができるものだろうか？

「刀で斬り殺していただいてもけっこうです、大尉殿。お願いです。もし自分が炎に焼かれたら、首を斬ってください」

「おまえの名前はなんだったかな？」

「須藤です。九州出身の須藤です」

「九州の須藤か。炎に焼かれて死ぬようなことにはさせない。それは約束しよう。われわれは侍なんだ！」

侍ということばは、いまもまだ、すべての兵士の背すじをしゃんとのばさせるものだった。それは、誇りを、名誉を、自己犠牲を表していた。命以上に大事なものだ。男は、侍でなければならず、侍として死んでいかねばならない。彼は終世、そのことを心に刻んできた。そうであることを強く願い、息子もまた、それを人生の糧とすることを強く願ってきたのだ。

「侍!」若い兵士が言い、彼もやはり侍としてのありようを信奉していたので、ようやく平静をとりもどした。

先陣を切ることになったのは、エイブル《A》中隊だった。そうなったのは、今回はエイブルの番であったというだけのことで、チャーリー《C》とアイテム《I》とホテル《H》中隊も、制圧攻撃や側面支援や火砲の調整作業といった任務を与えられることになるだろうが、とにかく、今回はエイブルが真っ先に行く番だった。先頭に立つのだ。つねに忠誠《センパーファイ》をだのなんだの、海兵隊のけっこうなたわごとを並べ立てて。

それはともかく、ひとつ問題があった。いや、問題はいつもあるのだが、これはきょうの問題だった。エイブルの指揮官《CO》が、びびっていたのだ。彼は第二八海兵連隊に配属されたばかりで、軍にコネを持つ父親が息子を中隊長にしたのだといううわさがあった。彼の名はカルペパー、従軍する前は、ちょっぴり女っぽいしゃべりかたをする、どこやらのしゃれた大学の大学生だった。彼を指して、ホモだとかどうだとかと言えるような部分はないのだが、どことなく、ほかの将校たちとはちがっていた。とにかく、彼には、しゃれた土地、しゃれた家、しゃれた両親を思わせる、しゃれた感じがあった。カルペパーはこの任務に適しているのだろうか？　それはだれにもわからなかったが、なんにせよ、あの小要塞をたたきつぶさないかぎり、大隊は終日、ここに釘付けになり、スリバチヤマの巨砲が海岸堡を粉砕しつづけることになってしまうだろう。そこで、ホブス大佐はその朝、カルペパーに同行する任務を、みずからが率いる大隊の曹長、アール・スワガーに割り当てることにしたのだった。

「カルペパー、曹長の意見によく耳をかたむけるように。彼は歴戦の兵士だ。戦い慣れている。彼は多数の上陸作戦に従事してきた。わが隊における最高の戦闘指揮者なんだ。了解したな」

「イエス・サー」とカルペパー。

大佐はアールをわきへひっぱっていった。

「アール、カルペパーを助けてやってくれ。彼が凍りついてしまうことのないように、彼の部下たちが行動をつづけられるようにしてくれ。きみにこんな任務を押しつけたくはないのはやまやまなんだが、だれかがあの中隊を山に登らせなくてはならないし、わが隊においてはきみが最高の男ときているのでね」

「わたしが登らせてみせます、大隊長殿」スワガーが言った。

彼は筋肉質の痩身長躯、なにからなにまで、それこそ百四十パーセント合衆国海兵隊員といってもよさそうな、そして軍曹に特有の年齢不詳の見かけをした男で、これまでにガダルカナルとタラワとサイパンの戦闘に参加し、また、口さがない連中によれば、トロイやテルモピュライやアジャンクールやソンム（いずれも歴史的に有名な過去の激戦）の戦闘にも参加していたと言われている。この曹長ほど速くトンプソン短機関銃《トミーガン》を撃てるやつはいないというのが、もっぱらのうわさだった。この大戦の前には、中国で日本軍と戦っていたという声もあった。

スワガーの出自は不明だった。故郷というものはなく、楽しかった過去の話は、楽しかった過去の記憶などなにもないかのように、まったくだれにも語ろうとはしなかった。前回、本国に戻って、あちらの市民たちに国債を買わせるためのツアーに出ているときに、若い女性と結婚したと、そして、その女性はだれもが認めるすごい美人だとのうわさはあったものの、彼はけっして写真を取りだすことはなく、ろくにそのことを話そうともしなかった。狡猾さと活力と集中力のかたまりで、その殻が破られることはけっしてないように見えるが、目をぎらっと光らせるだけで、相手が兵士や新任の中尉や少尉なら、なんでも言うことを聞かせられるという、職業軍人のひとりでもあった。彼は戦争の申し子であり、かりに破滅する運命であったとしても、本人は知ったことではないというか、ろくに気にとめてはいなかった。

カルペパーは作戦を立てていた。

スワガーはその作戦が気に入らなかった。

「大尉殿のおことばではありますが、それは複雑すぎます。それでは、あの上に陣取った日本軍が撃ってくるあいだはずっと、なにをすればよいかもわからないまま、部下たちとともに走りまわるだけになってしまいます。わたしなら、エイブルを分隊ではなく小隊に分け、しかるべき攻撃地点を確保してから、火炎放射器兵たちを右側面へまわりこませ、その方角から接近させるようにするでしょう。火炎放射器兵が、大尉殿、この作戦の鍵なんです」

「それはわかる」色白で細身の生まじめな若い将校は、懸命に威厳を保とうとしていた。「わたしの考えでは、部下たちは有能であって――」

「大尉殿、日本軍は、いったんわれわれの接近を目にすれば、猛烈な攻撃をかけてくるでしょう。彼らは小柄ではあってもタフな連中であり、なにをなすべきかはいやというほどよくわかっています。地面の目印を鍵とした行動パターンを部下たちに憶えさせようとしたら、失望することになるだけです。この作戦は単純で堅固、そして基本的なものであって、あまり記憶しなくてよいものでなくてはなりません。さもないと、部下たちは、平たい岩の上に並んだヒキガエルのように日本軍に撃ち倒されてしまうでしょう。なによりも肝心なことは、火炎放射器兵たちを接近させることです。わたしなら、最高の火炎放射器チームを、右側にあるこの涸れ谷伝いに」――彼らはいま、二、三百ヤード後方に設置された戦闘指令所で、よごれた地図を見ていた――「ブローニング・オートマティック・ライフル《BAR》とトミーガンで掩護させて送りだし、隊の最高の下士官《NCO》に攻撃の指揮を執らせるでしょう。わたしはあとに残ったほかのチームを受け持ちます。そのあいだ、あなたは攻撃基地にとどまって、猛攻をかけてください。バズーカも使うんです。やつらの銃眼はとても細いですが、バズーカ弾を一発でもなかに送りこめたら、さすがの日本兵たちも平然とはしていられないでしょう。あるいは、火炎放射器チームの指揮は、わたしに執らせるようにされたほうがよろしいかと」

が、そこで大佐が口をはさんできた。

「アールは指揮を執りたがるだろう。彼には、進言をさせるだけにしておくんだ、大尉。午後には、彼をこちらに戻してもらわなくてはならんのでね」

「しかし――」若い大尉は反論にかかった。

「タースキー軍曹はすぐれた兵士、すぐれたNCOです。彼に、数名の兵を率いて左手へまわりこむようにさせ、それに合わせて、われわれが前進を開始するんです。彼の隊は猛烈に撃ちまくられることになり、正面から進んでいくこちらの隊は、猛烈に撃ちまくってもらうことになるでしょう。盛大に掩護射撃をしてもらう必要があるんです。わたしは火炎放射器チームを率いて、右側から登っていきます。日本軍はタコツボに兵をひそませているでしょうが、わたしにはその地点の見分けがつきます。どこを見ればよいかはわかっています。ＢＡＲの射撃手は、敵の銃の射程外から撃ちまくって、やつらの動きを抑えておくことができます。その間に、われわれが接近して、敵を焼き殺し、あの小要塞のところまで登って、内部を焼きはらうんです」

カルペパーはちょっとためらったが、すぐに、だれも地名を耳にしたことのない南部のへんぴな片田舎から来た、この抜け目がなくて、タフで、義務しか頭にない山出し男の進言は、ずばり的を射ていることを認識し、おのれのケチな我《が》など、ここではなんの意味もないのだと理解した。

「そのようにしよう、曹長」

九二式重機関銃が曳光弾《トレイサー》を発射する。白熱した光が、靄と砂塵を切り裂いた。銃眼を通してでは、敵兵の姿はよく見えなかったが——やつらが混沌のなかを一歩また一歩と近づいてくることは感じとれた。銃弾がつぎつぎに着弾して、黒い砂埃を舞いあげる。

「あそこだ」と大尉が言い、射撃手が銃のウィンデージを右へ調整して、フィンのある銃身が三脚架の上で回転し、機関銃が振動して、空薬莢を吐きだしながら曳光弾を発射し、ぼうっとした人影がよろめいて、硫黄の悪臭のなかに倒れこんだ。

「大尉殿」左端の銃座にあたる小室から、だれかが呼びかけてきた。

大尉は軍刀が音を立てないように手で押さえて、小室をつなぐトンネルを駆けぬけていった。

「どうした？」

「大尉殿、敵兵が何人か左のほうへ動いていくのが見えたと八巻が言っています。この地点からまっすぐその方角へ移動するのが、ちらっと見えたと」つんと鼻を突き、目を潤ませる硝煙が、薄く小室のなかに立ちこめていた。

「火炎放射器兵か？」

「そこまではわかりません」

いや、そうであるにちがいない。アメリカ軍の指揮官は、部下を真正面から敵の銃の前に送りこみはしない。あの毛むくじゃらのけだものどもは、けっしてそういうことはしない。やつらにはそんな度胸はないし、死を切望したりはしない。しかたなく死にはしても、死を渇望することはない。栄えある死など、やつらにはなんの意味もないのだ。

大尉は、どういうことなのかと考えてみた。

敵は、左へも右へも行けるし、ふつうなら、左へ行くものと考えられるだろう。そちらのほうが草木が多くて、身を隠しやすく、そこの尾根は勾配が急とあって、こちらが直接、銃撃を浴びせるのはむずかしい。敵にとって、もっとも危険なのは手榴弾だが、アメリカ軍は、日本軍の手榴弾は威力も確実性も低いとして、恐れてはいない。

大尉は、敵の存在を感じとろうとした。彼の想像する白人は、とほうもなく大きく、毛むくじゃらでピンク色をしていた。カウボーイか妖怪のような姿が頭に浮かんだが、それを導く知性も存在することはわかっていた。日本軍はこの数年の苦難を通して、アメリカ人には名誉などはなくても、知性はあるのだということを思い知るようになっていた。やつらは、ばかでも臆病でもなく、しかも無限に補給を受けることができるのだと。

決断をしなくてはならない。左か右か？　答えはわかっていた。右だ。敵は右側へ行くだろう。その方角のほうが姿が見られにくいから、そちらから火炎放射器兵を送りこむだろう。遮蔽物はろくにないし、タコツボに出くわしもするだろうが、敵はタコツボを征圧するぐらいの力量は備えている。左側より危険は大きいが、敵が地形を活用するすべを知っていて、それを活用できるほど抜け目がなく、好戦的な気性であれば、そうするだろう。

「そちらはわたしが引き受ける。おまえたちは射撃を続行してくれ。標的は完全には見えないだろうが、ひとのかたちは見えるだろう。そのかたちを狙って撃て。侍として戦うんだ！」

「われわれは侍だ！」

大尉は中央の小室に駆けもどった。

「あの短機関銃を」彼は命令した。「すぐにだ」

軍曹のひとりが、一〇〇式と呼ばれる短機関銃を持ってきた。基本設計はドイツのものを借用した、八ミリ弾を発射する銃だ。木製の銃床と放熱式銃身を持ち、銃身後部から左へ水平に弾倉が装塡される。じゅうぶんな数が支給されてはいない、貴重な銃だった。これが百万もあれば、どれほどのことができたことか！　いまごろはもう、ニューヨークに進撃していたかもしれない！　大尉がこれを自分の持ち場に配備してもらうには、栗林中将にじきじきに談判しなくてはいけなかったのだ。

彼は、手榴弾や予備弾倉の収納嚢がぎっしりと付いた弾帯を背負って、しっかりと身に留めつけた。それから、慎重に帯革から軍刀を外して、わきに置いた。

「わたしは火炎放射器の襲撃を待ち伏せしようと思う。こちらの火線をじゅうぶんに外れた地点で迎撃するつもりだ。掩護射撃を頼む」

彼は向きを変えて、兵士にうなずきかけ、兵士が小要塞の裏手にある重い鋼鉄の扉を開くのを待って、外に這いだした。


「おまえの名はなんだ?」

「マクレディです、曹長殿」

「そいつを撃てるか?」アールは、その若い兵士が携えている十六ポンドの重量を持つオートマティック・ライフルを指さして、たずねた。

「はい、曹長殿」

「おまえはどうだ? 彼に新しい弾倉を迅速に供給してやれるか?」

「はい、曹長殿」BARの弾倉を詰めた弾帯を背負っている、マクレディの給弾手が言った。

「オーケイ、いまからわれわれがやることはこうだ。わたしはあの尾根まで這い登る。その際、涸れ谷のようすをチェックしていく。タコツボを見つけたら、その上にトレイサーを発射する。おまえたちはきちんと匍匐して、いっしょに来るんだ。わたしがトレイサーを撃った地点に、三〇‐〇六弾を五発、撃ちこめ。わたしの四五口径トレイサーの着弾点を、しっかりと狙うように。トレイサーは日本軍が防御に用いている丸太を貫通しないが、三〇なら、三倍の弾速を持つから、貫通するだろう。そっちの相棒は、弾倉の弾薬が尽きたら、それに装塡していく。そして、空になった弾倉と装塡した弾倉を交換する。わかったな?」

「わかりました、曹長殿」給弾手が言った。

「つぎは、火炎放射器兵たちだ。おまえたちは後方に控えておけ。おまえたちが仕事にありつけるのは、わたしが尾根まで登って、われわれのチームが一帯を掃討したあとのことなんだ。わかったな?」

尾根のふもとに、だらしなく集まっていた兵士たちのあいだから、いやいやながら同意する小さな声が、ふたつみっつあがってくる。

「はい、曹長殿」

「それと、あとひとつ。日本軍のいる場所に出たら、わたしはただのアールでいい。

曹長だのなんだの、くだらん呼び名は忘れてしまえ。いいな？」

そこまで言うと、アールは長い匍匐前進を開始した。火山灰と黒い砂からなる地面を、彼は這い進んだ。灰と砂を舞いあげて、鼻や舌にへばりつかせ、全身にまといつかせる、硫黄の悪臭がする霧のなかを這い進んだ。女を抱くようにトンプソンをかたく身に引きつけ、ＢＡＲの射撃手とその相棒がそばにいることを感触でつかみ、日本軍のトレイサーが傲然と頭上にひらめくのを見つめつつ、進んだ。ときおり、迫撃砲弾が着弾したが、そこの空気はほとんどが灰と砂の埃に包まれているため、ほんの一瞬、ちらっと閃光が見えただけで、実際に着弾が見えたとは言いがたかった。

アールはしあわせだった。

戦闘に身を投じているあいだは、ほかのすべてを置き去りにしておけた。いまは亡き暴力的な父が頭のなかでどなりちらすことも、陰気な母の記憶が浮かんでくることもなければ、ひどくおおぜいの人間に、彼らが父をひどく恐れているからということで嫌われる、保安官の息子でもなくなって、ただの曹長になることができたので、彼はしあわせだった。いまは、合衆国海兵隊《USMC》が彼の父であり母であって、海兵隊が抱きしめ、愛し、養って、彼を一人前の男に仕立てあげたのだ。海兵隊の期待に背くわけにはいかない。彼はその名誉のために、死ぬまで戦うつもりだった。

小さな尾根のいただきにたどり着いたところで、アールはそこから頭を突きだしてみた。砂地の地面に溝のようなものがあり、それがさらに高みにある、ぼうっとかすんだ尾根筋へとつづいているのが見えた。それは、その地面の向こうから盛りあがって、海を完全に視野から隠しているスリバチヤマのふもとを走る小川だった。その火山をまわりこんで、山中の陣地への補給を断ち、そののち、じりじりと山を登って、でこぼこした地面に点在していた迫撃砲や砲台、監的哨やタコツボ、そして小要塞を掃討したのは、二月二十八日の仕事だった。一ヶ所ごとに戦闘を交えねばならず、完了したのは、長い一日が暮れたあととなった。

その水のない小川は無人であるように見え、黒い砂のあいだに窪みが不規則に刻まれ、草むらや豆のつるが点在していた。荒れ果てた地面のそこここに、ひねこびたユーカリの木がぽつんと立っている。

以前の彼なら、部下たちを率いてそこを登り、全員を戦死させてしまったことだろう。だが、同僚たちと同様、彼もいまは、巧妙な戦闘のやりかたを習得していた。

彼はこのとき、草むらのなかやユーカリの木のそばにある、ふしくれだった木の根と、萎縮した樫の木々に目を向けていた。日本軍はそういう場所に穴を掘って、小さな、一名用の堡塁《ほうるい》を造ることにかけては天才だった。それは火砲に対しては難攻不落だが、同時に、脱出不能でもあった。その種の穴に、裏口というものはない。つまり、彼らは死ぬまで敵を殺そうとする。退却や降伏という語は、彼らの辞書にはないのだ。

「用意はいいか、マクレディ？」

「はい、アール」

「わたしが撃った地点を撃て」

　アールはターゲットを定めた。三十ヤードほど向こう、不自然すぎるように見える黒い砂の盛りあがりのてっぺんに、草木のかたまりがあり、その葉むらのつくる目隠しの奥にある穴のなかに、兵士がひとりひそんでいるのがわかったのだ。そこにトレイサーを四発、撃ちこみ、閃光がそこへ走って、草木に食いこみ、黒い砂埃を舞いあげるのを見つめる。きわめて力が強く、その銃の扱いに習熟していたから、銃身が跳ねあがって、四五口径弾をめちゃくちゃに宙にばらまくようなことにはならなかった。彼はこの銃でスキート射撃をすることができ、艦上で全海軍将校のために実演をやってみせられるということで名を馳せているほどだった。

　かたわらにいるマクレディが、その地点を狙って、より強力な三〇弾を撃ちこんだ。弾がそこに当たるつど、砂煙が猛烈に噴きあがった。

「じょうでき。あそこにいた兵士はあの世行きになった」

アールは斜面をのぼった。その目が、ほとんどの人間の目にはとまらないであろうものを、とらえていく。その目がとらえた地点に、彼がトレイサーを撃ちこみ、それにつづいて、BARの射撃手がさらに強力な三〇弾をたたきこみ、ものの数分のうちに、涸れ谷の敵は掃討されたように思えた。

「これからが、むずかしいところだ。いいか、日本軍はあちらの側に兵を配している。つまり、こちらからは見えない敵兵の列に対峙するということだ。それが、やつらの考えかたでな。抜け目のない連中だ。このところの経験から、やつらも多少はものがわかってきたというわけだ」

「われわれの役目はなんでしょう、アール曹長?」

「あちら側の斜面に手榴弾を転がす。BARはわたしが受け持つ。手榴弾が爆発したら、わたしはあっち側へ飛び降りる。わたしなら、タコツボを捕捉して、そこに銃撃を加えられる。おまえたちは尾根をこえて、トミーでわたしを掩護するんだ。わかったな?」

「アール、それだと、あなたは殺されてしまいますよ」

「いいや。この老練なアールを撃てるほど俊敏な日本兵はいないさ。よし、銃に弾倉を装塡して、撃鉄を起こしてくれ。マクレディ、そいつの二脚を外してくれ。ふたりとも、手榴弾を取りだすんだ。用意はいいな？」

「はい、アールさん」

「オーケイ、わたしが数を数えるから、それに合わせてレヴァーを引き、尾根の向こう側へ投げ落とすんだ。わかったな？」


戦況は悪化していた。彼は宙に漂う蒸気と塵埃の煙を縫い、堆積した硫黄を踏んで、駆けめぐっていた。日ざしはなかった。彼は足を滑らせないよう、黒い砂をしっかりと長靴で踏みしめていた。雷鳴がとどろいたが、それは雷鳴ではなく、砲声だった。砲撃を受けた斜面が揺れ動き、小さな獣が跳ねまわっているように見えた。眼下に見えるものは、砂埃と、そのなかをこそこそと動く人影のみだった。毛むくじゃらのけだものどもが、つねにそうするように、手榴弾の届く範囲まで近づこうと、味方の撃つ、白光を放つ曳光弾に追い立てられるようにして、這い進んでいるのだ。


彼は銃座から銃座へと駆けめぐった。

「射撃を続行しろ。やつらを追いかえすんだ。弾薬は、水は、あるか？　負傷者は？」

すばらしい兵士たちだった。全員が完璧な信念を持って、天皇陛下への忠誠を信奉し、全員がすでに平穏な精神をもって、死を、犠牲を覚悟し、それが必要であることを信じており、脱走や逃亡を図るものはひとりもいなかった。彼らは世界最高の兵士たちだ。侍なのだ！

「あそこ、あの左手に！」

彼が指さすと、南部銃がそちらへ銃口をめぐらせ、まばらな草木を縫って、一連射で弾を送りこみ、敵兵がひとり、ぐらりと茂みから転げ出てくるという、まれな光景を見る機会が全員に与えられた。

「標的を探し、射撃を続行しろ。そのうち、やつらは戦死者の続出にうんざりして、退却するだろう」

矢野大尉は、最後の岩棚にたどり着いた。地形の気まぐれで、尾根筋のうちの、そこの一メートルほどの部分だけが、向こう側の斜面が手に負えないほど急勾配になっていて、塹壕はまったく掘られていなかった。完全に姿をさらしてしまうことになる。そこを渡らねばならないのだ。

「大尉殿、気をつけて！」

「天皇陛下万歳！」より高い存在に祈りをささげるように、彼は叫んだ。

彼はそれを信じていたのか？　彼の一部は信じていた。それにみずからを殉じよ、おのれの死を、たとえ苦痛や炎に包まれてのものであっても、受けいれよ、よろこんで苦しみを受けとめよ、おのれが無となることを切望せよ。おのれの義務と運命を追い求めて、敵の放火をくぐりぬけよ。

だが、別の部分はこう言っていた。なぜ?

なんと、むだなことを!

このすぐれた兵士たちが、生きていれば多大な貢献がなせるはずの彼らが、死守する意味などなにもないとしか思えない、この硫黄の島の黒い土のいただきで死んでいくとは。天皇陛下のため? 全知全能の、神のごとき天皇という存在は、近年の発明であることを、はたして部下たちの何人が知っていることか? それ以前、三百年ほどのあいだ、天皇は江戸幕府の傀儡であり、より強力で老獪な男たちが京都を支配し、天皇は、気晴らしの(それゆえ有用な)儀式を編みだすのに役に立つ虚構、人間としてのみ、存在を許されていたということを?

彼には、別のこともわかっていた。この戦争は負けだ。わが軍は壊滅した。防衛に成功した島はひとつもない。われわれはここで、意味もなく死んでいく。愚かさもこれほどまでになると、笑い話にもならない。こうなってもまだ、日本を支配する七人の男たちが自己満足に浸っているのであれば、それは不当のきわみ、茶番もいいところだ。

が、それでもなお、彼は走った。

敵に姿をさらしたのは、七秒ほどのものだった。アメリカ軍はすぐに撃ち始め、彼は、空気を切り裂いて左右を飛びすぎていく銃弾の熱いささやきを感じていた。周囲の地面が土を噴きあげ、舞いあがった土煙が鼻と喉に入りこんでくる。

彼を殺すはずの銃弾は、一発も命中しなかった。

地面が小高くなっているところの陰に滑りこんで、空気をむさぼったとき、下方の涸れ谷から、一連射の音が聞こえてきた。

小高い場所のいただきに這いのぼって、下を見おろすと、九十メートルほど先の斜面を、アメリカ兵が一名、でかい自動小銃で——やつらはなんと多種多様な兵器を所有していることか！——あちこちにある待ち伏せ用のタコツボに矢継ぎ早に銃弾を撃ちこんで、迅速に掃討しているのが見えた。あのタコツボは、大尉自身が造らせたものであり、その存在は彼以外はだれも知らないのだ。

ものの数秒で、掃討は完了した。

その大柄な毛むくじゃらのけだものが叫び、二名の兵士が斜面をくだってきて、数秒後には、彼らは涸れ谷のまんなかで合流し、大柄なアメリカ兵がふたりに命令を下して、迅速に背後に並ばせ、自分が先頭に立って前進を始めた。

そのとき、それが大尉の目に入った。火炎放射器。

背後に並んでいる二名のアメリカ兵は、火炎放射器兵だ。ひとりが負い革にそれを装着していて、背中の中央に数個のタンクがあった。ゲル状の燃料がひどく重いので、その兵士は腰を曲げており、その手は筒状のノズルに装着されている、発火装置が秘められた銃把を握りしめていた。その発火装置は、実際にはマッチのようなもので、それが発火すると、燃料が炎となって噴出するのだ。あのアメリカ兵たちは涸れ谷を登っていって、左方へ転じ、掩護射撃を受けながら、こちらの銃座を炎上させていくつもりなのだろう。それから、鋼鉄の扉を打ち破って、トーチカに侵入し、そこも炎上させようというもくろみだ。

大尉は手榴弾に手をのばした。それは九七式と呼ばれる、まったく信頼性のない、ばかげたしろものだった。筒型で、破砕のために溝が刻まれ、爆発までの遅延時間は四・五秒と設定されてはいるものの、実際には一秒から六秒のあいだに、もしちゃんと爆発するものであれば、爆発する。これを爆発させるには——これはもう喜劇の範疇をこえている！——まず安全ピンを抜き、しかるのち、起爆筒をヘルメットにぶつけて、撃針に雷管をたたかせ、火薬に点火させるという手順を踏まねばならない。

彼は笑いだしそうになった。

われわれ、大和民族は、自分たちの生命を救うための手榴弾ひとつ、創りだせないのか。兵士たちの冗談に、こういうのがあった。おれたちはアメリカ軍との戦いには生きのびられるが……自分たちの手榴弾にはどうか？

それでも、仏様はほほえむだけだろう。彼は一個めの手榴弾のピンを抜き、起爆筒を岩にぶつけて、撃針を動かし、発火させた。一秒待ってから（危険きわまりない！）、いただきの向こうへ投げつける。同じ手順をくりかえしたとき、最初の爆発音が聞こえてきた。たぶん、悲鳴は爆発の音にかき消されたのだろう。二個めの手榴弾は、二個つづけてうまくいくわけはないという健全な原則に従って、待たずに、すぐに放り投げた。直後に爆発したので、それは正しい判断だった。

大尉は身を持ちあげて、涸れ谷へとつづくいただきをこえた。

アメリカ兵たちは、全員が倒れていた。自動小銃を持つ兵士は理性を欠いた悲鳴をあげていて、左腕が血まみれだった。あとの二名は声をあげていなかった。火炎放射器兵が、懸命に立ちあがろうとしていた。

大尉はまず、その兵士を撃った。南部銃の八ミリ弾を五発、その兵士に連射で浴びせ、支援兵にも、そちらは倒れたままではあったが、つぎの連射で弾を浴びせた。自動小銃の兵士のほうへ身を転じると、そいつは血まみれの腕で必死に銃を構えようとしており、その背後にいる給弾手は落としたカービン銃に手をのばそうとしていた。大尉は長い連射で、そのふたりをかたづけた。それから、倒れている指揮官のほうへ身をまわして、そいつにも連射を浴びせる。涸れ谷を駆けくだると、火炎放射器兵は、信じがたいことに、まだ息をしていた。彼はそいつの頭部に弾を撃ちこみ、自分の行為の結末には気づかないふりをしようとしたが、それは不可能だとわかると、銃弾が若い兵士の顔に加えた衝撃の結果に後ろめたさを感じないようにつとめた。そのあと、彼は自分の銃の銃剣を抜きとって、火炎放射器のホースを切断し、銃把状の発火装置を投げ捨てた。

これで、きょうは自分の部下が火炎放射器にやられることはない。

彼は身を転じて、小要塞へと駆けもどり始めた。

アールは、なんとか意識を取りもどしていた。死んではいなかったのだ。なにが起こったのかと懸命に記憶をたどっていくと、ようやく、たまたま迫撃砲弾か手榴弾にやられたのだとわかってきた。頭を揺すって、猛烈な痛みを振りはらおうとしたが、痛みは消えてくれなかった。臀部のあたりがずきずきしていた。そこに目をやると、血が見えた。水筒がふたつに割れ、編みベルトの金属金具にへこみができていて、そこに弾が当たって、跳ねかえったことがわかった。一発の弾が体の側面を削って、USMCのぶあついツイルシャツにじわじわと血が沁みこんでいる。彼はあたりを見まわした。

死んでいた。全員が死んでいる。

くそ、と彼は思った。

ついに、自分に匹敵するほど抜け目のない、日本兵に出くわしたのだ。いや、あんなチビザルのことを認めるのは癪に障るが、自分より抜け目がない。

間近で銃声の騒音が響いてはいたが、凋れ谷そのものは静かだった。日本軍はまだ、あの小要塞を堅持している。側面からの襲撃は失敗だった。自分はエイブル中隊の四名を死なせたうえ、自分自身も瀕死の重傷を負ってしまった。いま、その原因を考えてみると、さっき、日本軍の手榴弾の一発めが爆発する前、それがガツンとなにかにぶつけられる音は一度しか聞こえなかった気がしていたのだが、実際には、爆発は二度あって、ふたつめの音を聞きのがしていたためにちがいないとわかってきた。

彼はあたりを見まわした。二、三フィート向こうに、トンプソンがあった。それを拾いあげ、引き金まわりの砂をはらい落として、安全装置を解除する。戦闘の際は、必ず薬室に弾を送りこんで携えるようにしているから、そこをチェックする必要はなく、ボルトは後退した位置にあった。彼は涸れ谷を登り始めた。

いただきまで登って、身をまわしてみたが、なにも見つからなかった。前方に尾根筋がのび、そこに一ヶ所、貧弱な草木のつらなりによって崩落をまぬがれている、小高い場所があった。

前進し、一度、足を滑らせはしたものの、なんとかその小高い場所にたどり着くと、そこから小要塞までの距離はあと百ヤード少々であることがわかった。椰子の木を支えに用いた砂嚢の壁に守られた銃座が三ヶ所あり、いずれにもライフル射撃手を擁する射撃班が配置されて、猛烈な銃撃が続行されていた。工場の機械のように、銃が休みなく火を噴いている。

アールは、ほんの一秒も休みはしなかった。休むのは、彼の性分に合わない。彼には不意打ちという利点があり、敵兵たちが気づく前に、最初の塹壕に飛びこんでいた。長い連射をすると、銃が熱を持って、両手のなかで跳ねあがり、彼はすぐに撃つのをやめた。

三十フィートほど離れた二番めの銃座の兵士がひとり、銃を持ちあげて、アールに銃撃を加え、弾がヘルメットに当たって、ヘルメットだけがすっとんでいった。アールは腰だめで撃って、その兵士を倒してから、銃撃をしながらその塹壕へ走り、そこにたどり着いたときには弾切れになっていたので、なかに飛びこんで、銃床にものをいわせた。重い銃の銃床をぐいと突きだして、日本兵のひとりの顔面を打ち、横手にふりまわして、もうひとりを打ち倒す。ふたたび、ひとりめのほうへ身を転じて、情け容赦なく、何度も痛烈に銃床で打ちのめした。

まわりが、明るく燃え立っていた。三番めの塹壕から、ナンブ銃が発砲を開始したのだ。アールは身を伏せて、自分の手榴弾に手をのばし、ピンを引きぬいて、投げつけた。爆発を待つあいだに、あわただしく弾倉を交換する。手榴弾が爆発したところで、身を起こすと、ナンブ軽機関銃を携えた敵兵が三名、こちらに走ってくるのが見えたので、迅速な一連射でそいつらを撃ち倒した。立ちあがり、敵の銃撃を縫って、三番めの塹壕へ走り――このときに戦死せずにすんだわけは、生涯、謎として心に残ることになった――そのなかで抗戦していた負傷兵たちに、弾倉が空になるまで弾を撃ちこんだ。弾切れになると、負傷した二名の敵兵を、銃床でたたき殺した。とても子どもには言えたものではないが、この仕事には必要なことだった。

彼は疲れ果てて、すわりこみ、この忌まわしい島の、硫黄の悪臭がする空気をむさぼった。小要塞はほんの二、三ヤード向こうに見えていて、自分がそれを壊滅しなくてはならないことはわかっていた。それはそうだが、どうやってやるのだ？　手榴弾は尽き、梱包爆薬や破壊筒はなく、火炎放射器もないというのに。ふと、日本兵の死体のひとつを裏返すと――なんと軽いことか！――手榴弾の収納嚢が見えた。日本軍の手榴弾はできが悪いことは知っていたが、ひと袋ぶんもあれば、役に立つかもしれない。自分のトンプソンに手をのばすと、それが作動しなくなった理由がわかった。砂のかたまりが詰まって、ボルトが途中で停止していたのだ。砂を削り落として、そこをきれいにするには、一ヶ月ほどもかかるだろう。

オーケイ。

彼はひとつ深呼吸をしてから、小要塞に駆け寄り、シャツをそれのコンクリートにすりつけながら、裏手へまわりこんでいった。内部の銃が斜面に発砲している音が聞こえてくる。内部の小室が見つかったので、のぞきこむと、黒い鋼鉄の扉が見えた。

アールは壁に身を押しつけて、日本軍の手榴弾を一個、取りだした。歯を使って、それのピンを抜く。それから、それの先端を壁にたたきつけて、発火した感触をたしかめ、燃え始めた火薬の薄い煙がなかから漏れだしてくるのを見つめた。

いやはや、なんとも、恐ろしいしろものじゃないか。

それを袋のなかに入れ、その袋を鋼鉄の扉に投げつけておいて、さっきの銃座へと土を踏んでひきかえした。

なにか武器が必要だった。

大尉は小要塞にひきかえした。内部は闇また闇で、戦闘の嵐はつかの間、中断していた。騒音が途絶え、閃光が消え、硫黄の悪臭は別の悪臭に取って代わられていた。彼の肩をたたく者、抱きしめる者、そして、うれしさのあまり泣きだす者もいた。

「敵の火炎放射器班はかたづけた。今回は、こちらの勝ちだ。けさはもう、やつらがここに登ってくることはないだろう。われわれは侍だ！」

彼は一〇〇式短機関銃を軍曹に返し、自分のささやかな指揮所である片隅に足を運んだ。自分の軍刀を拾いあげる。それは、おそらくは海軍軍刀工場で機械によって砥がれ、磨かれ、工員によって組みつけられた、ごく平凡な刀だろう。けれども、その刃は異様なまでに鋭く、かつて、買いとりを申し出る男がふたりもいたほどだ。その刀には、彼にはよくわからないが、なにかいわくがあるようだった。

彼は帯革の吊り環に軍刀を戻し、鞘から刀を抜いて、自分の前に置いた。

おのれの義務は果たしたという気持ちにはなれた。これでもう、部下たちが炎に焼かれることはないだろう。彼らは威厳を持って死んでいける。

彼は筆を取って、墨に浸した。元禄十四年——西暦一七〇一年——あまりに理不尽な圧力に従うことができなかったために、みずから招いた死を目前に控えた、浅野内匠頭のことが頭に浮かんでくる。

風さそふ
花よりもなほ
我はまた
春の名残を
いかにとやせん

浅野内匠頭は、なにが重要かを知っていた。春の終わり、おのれの義務、散りゆく花、幕府の儀式の空虚さ。辞世の詩を詠んだあと、内匠頭はおのれの刀を腹に突き刺し、真横にかき切って臓腑を断ち、血をまきちらしたのち、慈悲の刀によって首を斬り落とされて、すべてが終わったのだ。

いま、矢野がすべきことは明白だった。ここでどういうことが起こったのか、ここがどういう場所なのか、この兵士たちがどれほど勇敢に戦い、どれほど過酷な死を迎えることになったかについて、彼はなにも記録してはいなかった。突然のひらめきと、それに伴う理解が訪れ、彼は手慣れた筆さばきで、和紙に文字を縦書きにつづっていった。繊細といっていいほど軽やかな筆の運びから、さらさらと文字がつづられていく。それは、殺人を職業とする男のなかに、芸術家の天分がひそんでいることの証だった。そして、そこには、きわめて人間らしいものが記されていた。

それは、彼の辞世の詩だった。

彼は軍刀を外して、自分の前にある小さな書机の上に置いた。筆の先を利用して、刀の柄《つか》と茎《なかご》を固定している竹の目釘をを押し出す。柄はなめらかに上方へ滑ったが、彼は抜きとってしまいはせず、辞世の詩を記した紙を茎に巻きつけて、ふたたび柄におさめた。そして、目釘穴に目釘を押しこんだ。しかし、そこで、彼は思った。これでは釘がゆるすぎる。彼は、まだ墨を含んでいる筆を取って、手早く墨を目釘穴に垂らした。穴の隙間に入りこんだ墨は、樹脂のようにかたまり、やがては工作の接着剤のように硬化して、永遠に柄と茎を固定するようになってくれるだろう。

どうしたわけか、このささやかな——死を間近にしての——作業は、大きな満足感をもたらしてくれた。おのれが最後に意識してなした行為が、詩を詠むことであったからだろう。

そのとき、世界が爆発した。

2　大鎌　アイダホ州クレイジーホース：現在

これに、理由というほどの理由はなかった。

ことばにできるほどの理由は。以前、娘に言われたことがある。パパは暇をもてあましてるのよと。妻は言ったものだ。あなたはなんにつけ、説明するのが苦手なの。町の住人たちにしても、牧場で羊を追ったりフェンスを直したりしているメキシコ人やペルー人たちにしても、なにを言っているかは知れたものではなかったが、それでも、スペイン語を話すその連中がムイ・ロコ――クレイジーもいいところ――と言っていることだけはたしかだった。

まもなく六十歳になるボブ・リー・スワガーはいま、アメリカ西部の、とある斜面にひとり立っている。そこは彼の所有する土地だ。人生が新たな段階にさしかかったこの時点で、意外にも経済的なゆとりがあることがわかったために、そこを購入したのだった。もともとアリゾナ州ピーマ郡に所有するふたつの育成厩舎は、娘のハイスクール時代の友人で、馬を愛し、かつ実利に聡い、若い女性に任せてあり、彼女がたくみに経営を取りしきってくれている。つまり、なにもしなくても毎月、アリゾナから小切手が届くというわけだ。このアイダホにも、育成厩舎がボイシの東と西に各ひとつ、つごうふたつあるのだが、ボブは経営に少しは関わっているという程度で、ほとんどは使用人たちに任せっきりで、帳簿はすべてジュリィがやってくれていた。つまり、そちらからもまた、かねが入ってくるというわけだ。加えて、合衆国海兵隊からも、やはり毎月、いまはだれも憶えていないはるか遠くの地でたっぷりと血を流したことへの報いとして、恩給の小切手が送られてくる。臀部の障害、いまもその内部には、つねに外の空気より五度ほど冷たい鋼《スチール》のジョイントが残ったままという障害に対しては、復員軍人庁《VA》から傷痍軍人給付金の小切手が送られてくる。

　そんなわけで、彼はボイシからかなり遠くにある町、クレイジーホースからもまだかなり離れた場所にある、パイボールド川に沿ったこの良好な土地を、購入したのだった。谷間の地の緑の海を切り裂く青い傷痕、ソートゥース山脈が見えていた。そこは静謐な土地だった。どこにも人工物は見てとれない。点々と積雲が並び、上昇気流のなかを鷹どもが舞う、アイダホの広大な空の下、その土地を見渡せば、白いアンテロープの群れが目に入って、いささかの安らぎを感じることだろう。いくつもの苦難を乗りこえてきたひとりの男が、このような土地を愛するだろう妻や娘とともに、たとえ、娘はニューヨーク・シティの大学院に通うようになり、彼と妻は以前ほど数多くはことばを交わさなくなっているとはいえ、なにごとにもわずらわされることなく暮らしていける土地に、ようやくめぐりあえたのだ。とにかく、それは申し分のない思いつきだった。玄関ポーチからソートゥース山脈を見渡せる、すばらしい家を建てるのだ。山脈は、夏のあいだはずっと緑をなし、秋は赤と黄に、そして冬は白く染まる。

そこまでするのは大変よ。ジュリィはそう言ったものだ。

まあ、そうだろうね。そうであっても、わたしは毎朝、毛布にくるまってそこにすわり、山をながめるのを楽しむつもりだよ。

ほんとにそうなるかどうかはわからないけど、あなたがそう言うのなら。

それはさておき、ひとつ問題があった。家を建てられるようになる前に、整地と灌漑をすませておかなくてはならず、ボブとしては、別のだれかが機械と下働きの連中を使ってその仕事をやるというのは、まったく気が進まなかった。自分でやりたかったのだ。

それは、大鎌と呼ばれるしろものだった。錆びて刃こぼれもした、昔ふうの湾曲した鎌だが、いまも恐ろしいほど切れ味がよく、一端に、しっかりと握るための、へこみとでっぱりのある柄が付いているから、それを使う人間は、体重をかけて力強く振ることができた。振れば、切れる。リズムに乗って、その刃物を揮っていれば、おのずと全身の筋肉に負荷がかかり、スタミナが付いてくる。その作業には、十九世紀を思わせる、いや、それどころか十八世紀や十七世紀や十六世紀を思わせる趣があって、彼は気に入っていた。

土地の、そこそこの広さを切り開くには、かなりの時間を要し、切り開くにつれ、逆に切り開く部分が増えていくという感じだった。ボイシの自宅からの距離は一時間ほどのもので、あいだの道路はほとんどが未舗装とあって、時間を多少とも節約するために、彼はカワサキの四五〇CCのオフロードバイクを買って、扱いかたをひとりで練習し、トラックならそれを使うしかない、むちゃくちゃに曲がりくねった道ではなく、原野を駆けぬける、より直線的なルートを使えるようにしていた。そうやって、そこに着くと、ジーンズとブーツと古いアンダーシャツに着替えて、作業を開始した。このひと月、彼は毎日、六時間から七時間、ときには八時間から十時間、ある方角へ百九十七歩進み、つぎに逆方向へ百九十七歩というやりかたで、作業をしてきた。いまはもう、背中がずきずきと痛むことはない。ようやく、体がその作業に慣れ、そういう重労働を必要とするまでになっていた。胼胝《たこ》で守られるようになった手を左右に振ると、鋭い刃がひねこびた草木を切り裂き、ひと振りごとに茎や葉が舞い散って、幅二フィートほどの刈り跡ができる。すでに半分は、かたづいた。草原の半分は切り開かれて、でこぼこした地面だけになっている。これなら、鋤きこんで、植えつけをすることができるだろう。勾配のきつい、あと半分の土地が呼び招いていた。そこは、プレイリーグラスやタンブルウィードやサボテンなどなど、高地の砂漠で育つ、ひねこびたタフな草木からなる土地だった。が、どうしてか、彼にはそれがうれしかった。だれにとっても意味のないことだろうが、それは、いまの彼にはささやかな意味を持っていたのだ。

この日もまた、それまでの日々と変わった点はなにもなかった。なぜ変わらなくてはいけないのか。太陽、空、切り開くべき藪、揮う大鎌、なすべき作業の進行。ひと区切り進んでは、また戻り、同じ調子で刃物を揮って、二フィートの幅を刈りとる。吹きだす汗の感触、作業に没頭しようとする思い、そして——

そのとき、一台の車が見えた。

ここにやってこられる人間がいようとは、いったいそれはなにものなのか?

この原野に自分がひとりでいることを、あるいはまた、ここに来るのにたどらねばならない土の道のおかしなつながりぐあいを知っている人間はだれなのかを、思いつくことができなかった。知っているのはジュリィだけだ。では、彼女がだれかにここを教えたのだと考えれば、筋は通るということか。

それは、黒塗りのメルセデス・ベンツSクラスだった。その極上の自動車が、もうもうと砂煙をあげながら近づいてくる。

彼が見守るなか、それはごくゆるやかに車体を揺すって停止した。ひとりまたひとりと、男がふたり降りてくる。

ひとりは、すぐに見分けがついた。古くからのボブの古い友人である、海兵隊退役大佐、トーマス・M・ジェンクス。ボイシの有力者として、ビュイックの販売代理店とラジオ局、そして二ヶ所のショッピングモールのオーナーをつとめ、海兵隊連盟の活動的なメンバーでもある、きわめつけの好漢で、ボブは信頼を置いていた。ふたりめはアジア人だった。日本人的な雰囲気がある、とボブは思ったが、その男のどこがそう思わせるのかはよくわからなかった。ふと思いだした。そういえば、一週間ほど前に、どうとでも考えられるような内容の謎めいた手紙が届いていたのだった。

アイダホ州《ID》クレイジーホース
RR504
一等軍曹（退役）、ボブ・リー・スワガー様

親愛なるスワガー軍曹。

この手紙を受けとったあなたが、かつての働きに見合う給付を受けて、しあわせに暮らしておいでであることを願い、当方の知るところでは、プライヴァシーをなによりもたいせつにする人物であるあなたが、この迷惑を容赦してくださることを願うものです。

わたしは退役合衆国海兵隊大佐であり、現在はヴァージニア州《VA》アーリントンのヘンダーソン・ホールにある海兵隊歴史部門の長をしております。

この数ヶ月、わたしは日本の東京から来た、フィリップ・ヤノという人物とともに仕事をしてきました。わたしの見立てでは、ミスター・ヤノは傑出した人物です。彼は退役日本国陸上自衛隊員であり、現役時代は大佐として大隊を率い、合衆国の陸軍、

空挺、空軍の各特殊部隊、イギリスの陸軍特殊空挺部隊《SAS》など、多様な特殊部隊での特別任務に就いたことがあり、カンザス州フォートレヴンワースの陸軍指揮幕僚大学に学んだこともある人物です。また、スタンフォード大学において経営学の修士号を取得した人物でもあります。

ミスター・ヤノはこの夏を費やして、一九四五年二月から三月にかけてのイオージマにおける軍事作戦に関する研究プロジェクトの一環として、海兵隊の記録を調査してきました。その戦闘において、あなたの父上が重要な役割を果たし、また、当地における行動に対して海兵隊に与えられた名誉勲章のひとつを授与されたことが推定されるということで、彼はあなたと話しあう機会が持てることを願っています。彼は日本側からの視点に基づくイオージマの本を書こうとしているものと思われます。彼は洗練され、礼儀正しく、それでいて好感が持て、職業軍人としても最高級に属する人物です。どうぞ、ミスター・ヤノに助力をしてくださいますよう。

わたしの依頼は、彼に対するあなたの全面的な協力です。おそらく、あなたも父上に関する記憶を彼と分かちあうことにはやぶさかではないと存じます。彼は、先に述べたごとく、敬意と協力に値する、立派な人物です。

わたしは、あなたとの接触を持つことを彼に進言するつもりであり、この数週間のうちに、彼のほうから接触があるものと存じます。謝意と敬意をこめて。

敬具

ヴァージニア州ヘンダーソン・ホール、海兵隊総司令部
歴史部長
ロバート・ブリッジス

　ボブはぴんと来なかった。その手紙を読んだときに思ったのは、こうだった。ふうん、いまごろになって、いったいなにを？　自分がそのことに関して、なにを知っているというのか？　おやじは、この自分とまったく同様、その当時のことは何年たっても、なにも話さなかったし、弾丸が空気を引き裂いて飛んでいたときのことも、けっして話そうとはしなかった。それも、ある意味で、そのことの一部なのだ。話さないということも。
　ただ、奇妙なことではあるものの、このうえなく恐ろしいやりかたで三年間、日本

軍と戦い、彼らを憎み、殺し、爆破し、炎上させた父が、死に直面した敵と味方のあいだにしか生じないような敬意を彼らにはらっていたことも、わかってはいた。それを愛と呼ぶのは、言いすぎだ。赦しや贖罪と呼ぶのも、やはり言いすぎだろう。しかし、癒しと呼ぶのなら、それは的を射ている。おやじが、たしか一九五二年か五三年だったたか、亡くなる数年前、いっしょにあるドラッグストアにいて、だれかに話しかけられたときのことが頭に浮かんできた。

「なあ、アール、ジャップってのは、悪魔みたいなチビザルだったんだろ？　あんたはジャップを山ほど血祭りにあげたんだろう？」

するとと、父は侮辱されたかのように、にわかに不機嫌になって、こう言った。

「彼らのことをどう言おうが、あんたの勝手だが、チャーリー、これだけは言っておく。彼らは癪に障るほど優秀な兵士であり、最後の血の一滴まで、ひかずに踏みとどまった。生きたまま焼かれてもなお、踏みとどまって、戦ったんだ。だれも、日本軍の歩兵は義務を果たさなかったと非難することはできない」

そこまで言うと、珍しく能弁で威圧的と感じられた父は、たくみに話題をほかのことに切り換えた。父には、他人とは、とりわけ太平洋のあちこちの岸に、そしてそこのちっぽけな島々に遠征したことのないひとびととは、分かちあう気になれないことが、たしかにあったのだ。

ボブは、その紳士のほうに顔を向けた。

自分と同年齢のように見える、ごま塩髪をこざっぱりと短く角刈りにした男で、こちらの視線をしっかりと受けとめて目をそらさなかった。ボブは痩身だが、その男はがっしりしていた。この暑さのなかを荒れ果てた土地にやってきたというのに、男はダークスーツにネクタイという姿で、全身から軍人の威厳を漂わせていた。

「ボブ」トム・ジェンクスが切りだした。「こちらは——」

「いや、知っています。ミスター・ヤノ。最近、退役された……」そこでボブは、相手の左目が、色は右目とほぼ同じではあったが、右目と同期して動きはしても、焦点が合っておらず、ガラスであることに気がついて、思わず口をつぐんだ。そして、すぐにまた、その目の上下に、現代の外科手術でなしうるかぎりの技術で治療が施されてはいても、猛烈な外力による負傷の痕跡として、縦に走る筋が残っていることにも気がついた。「自衛隊を退役されたと。お会いできて、光栄です。わたしはボブ・リー・スワガー」

ミスター・ヤノはきれいに揃った白い歯を見せて、ほほえみ、ボブにとっては映画でしかお目にかかったことのない、おじぎをした。深々とした、それと同時に、そうすることに深いよろこびを見出しているような、おじぎだった。

「心苦しく思いつつ、押しかけてきました、スワガー軍曹」

ボブは、どこかで耳にした、日本人のありようを思いかえしていた。彼らは他人に仕事を押しつけて面倒をかけることは慎むということだから、その観点からすれば、自宅に来るのではなく、わざわざ一時間もかけて田舎道をやってきたことには、なにか大きな意味があるのだろうと思えた。

「で、わたしはなにをしてさしあげればいいのでしょう?」ボブはたずねた。「なにか、イオージマに関する研究であるとか?」

「まずは、スワガー軍曹、よろしければ」

そう言うと、彼はポケットから小さな贈答箱を取りだし、おじぎをして、それをスワガーに贈呈した。

「時間と知識を割いてくださることへの謝意として」

ボブはいささか驚いていた。西部の州の高地の砂漠、それも自分の地所で、摂氏三十度をこえる日ざしを浴びて、こんなふうに汗にまみれているときに、贈りものだの、おじぎだの、儀式めいたことだのは、意味のないことのように思えた。

「いやいや、これがどれほどすばらしいものかは自分にはわかりませんが、ありがたく思っていることはたしかです」

「日本人は、必ず贈りものをするんだよ」とトム・ジェンクス。「それが、彼らの挨拶と感謝の示しかたなんだ」

「どうぞ」日本の男が言った。

箱を見ると、とても丁寧に包装されていたので、ボブには、それを解くのはちょっとした冒瀆であるように感じられた。それでも、そうすることは義務であるようにも感じられたので、複雑な包装の仕方に驚きつつ、紙を裂いて、なんとか包装を解いていくと、小さな宝石箱が姿を現したので、それを開いた。

「ほう、これはほんとうにすごい」彼は言った。

それは、高度な職人芸によって組み立てられた、ミニチュアの刀だった。小さな刀身はぎらぎらと輝いていて、これを造ったミニチュア工芸家は、柄《つか》の柄巻《つかまき》も一本一本、きちんと巻きつけていた。

「刀は侍の魂です、スワガー軍曹。あなたは、わたしの知るところでは、偉大なサムライなので、挨拶代わりにこれをお持ちしたというわけです」

妙なことに、その贈りものはボブの胸に響いた。まったく予想外のことだし、この工芸のみごとさからして、とても高価なものと思われた。

「ここまでしていただかなくても。しかし、おおいに感銘を受けました。ただ、サムライ的なあれこれは、とうに過去のものです。いまのわたしは、いくつかの厩舎を経営しているだけの男でして。なんにせよ、手助けをしたい気持ちにはさせられましたので、あなたの関心事がなんであれ、どうぞ話を始めてください。お力になれるかどうかはわかりませんが、お聞きしましょう。わたしのおやじは、戦争のことはろくに話してくれなかったんですよ」

「それは理解できます。話すひとは、めったにいません。たぶん、ブリッジス大佐の手紙に記されていたでしょうが、念のため、申しあげておけば、わたしはこの数ヶ月、ヘンダーソン・ホールで硫黄島に関する原本記録を調べてきました。その前に、約一年がかりで、日本の防衛庁の公文書をあたって、同じことを調べました。ただ、想像がつくでしょうが、日本側の記録はかなり散逸していましてて」

「そうでしょうね」

「わたしは最終的に、日本の地図にはI‐5と記されている地点において、二月二十一日に発生した軍事行動に注目しました。それは、擂鉢山の北西斜面に設置された小要塞を示すものでした」

「スリバチヤマのことも、二月二十一日にそれの北西斜面で起こったことも、よく知っています。ひとつ、言わせてもらってよろしいでしょうか。戦闘の最中に起こることについては、兵士はあまり丹念に見たり憶えたりは、したがらないことがままあります。どんな兵士も、戦闘の最中には、別の時、別の場所であれば、自分がするとは夢にも思わないようなことをいろいろとするものなんです。これは自分の経験から言えることでして」

「それはよくわかります」

「われわれの側にせよ、そちらの側にせよ、兵士たちのことをいくら調べても、混乱状態にあったことが明らかになるだけでしょうね」

「それもよくわかっています。ただ、これは残虐行為とか国策とかに関わるものではなく、さらに言えば、その地点へと進んだ部隊、つまり、あの島の南端を包囲してから擂鉢山へ進撃しようとしていた海兵隊第二八連隊の行動に関わるものでもないんです。これは、それよりずっと個人的なことでしてね。I‐5地点の小要塞を破壊し、そこの兵士の大半を殺したのは、あなたの父上なんです。それは、すぐれて勇敢な英雄的行為でした。そのことについて、わたしは敬意以外の感情はなにも持っていません。その戦闘がわたしの関心を引きつけたのは、わたしの父、矢野秀樹が当時、日本帝国陸軍歩兵第一四五連隊第二大隊の将校であったからです。父はI‐5地点、というか、擂鉢山北西斜面にある小要塞の指揮官でした。つまり、わたしの父は、その戦闘のなかで、あなたの父上に殺されたものと推測されるのです」

3　小要塞

　手近の銃座にひきかえしたアールが、ナンブ九六式を取りあげて、機構を調べにかかったとき、手榴弾が爆発した。そことの距離は四十五フィートはあり、小要塞の鋼鉄の扉は塹壕の深い位置にあるというのに、爆発の衝撃はここまで届いてきて、彼を地面に打ち倒した。倒れたのは、さっきの敵兵、アールに銃床で顔を打ちのめされて死んだ兵士の上だった。その顔を見ると、造作がおぞましく変化して、腫れあがり、頬も歯もつぶれ、唇が膨れあがっていて——彼はすぐに目をそむけた。そういうものは見ないように、自分自身に仕向けるしかない。注意を集中しなくてはいけないことがわかっていた。銃、銃だ！

　九六式は、ＢＡＲとはまったくちがっていたが、この型式の銃に弾を浴びせられる経験はたっぷりとしてきているから、敬意をはらうに足る銃であることはわかっていた。見ると、即座にそれの基本機構は理解できた。機関銃というのは、ほとんどの部分が似たり寄ったりに造られているものだ。弾倉嚢を探ると、弾倉が一個、見つかったので、弾がこめられているその新しい弾倉と交換し、ボルトを探して、見つけ、後退させた。銃を持ちあげ、フィンのある銃身の先に装着されている二脚の取りつけが手に負えないほどゆるいのを感じつつ、要塞の後方へ駆けもどる。もし、どこかから撃たれていたとしても、いまの彼はそのことに気づきもしなかっただろう。

彼は塹壕へ滑り降りた。扉は爆破され、開口部から黒煙がもうもうと噴きだしていた。地獄への入り口のようだった。こういうときこそ、火炎放射器が必要になる。外から一度、掃討の火炎を浴びせてやれば、内部の隅や裂け目、窪みや割れ目まで炎が届いて、仕事をかたづけてくれるから、自分がなかに這いこんで、部屋から部屋へと移動しながら敵を殺す必要はなくなるのだ。

ひとつ深呼吸をしてから、つんと鼻をつく硝煙や、小便や血液や食物のにおいが入りまじった悪臭の漂う空気と戦いながら、地下の世界へ突入すると、だしぬけに、地底要塞のじっとりと湿った空気に身が包まれていた。昆虫の巣に侵入したような感じだった。

左手から、啄木鳥《きつつき》が木を打つようなリズムの重い音が聞こえてきたので、そちらへ身を転じて、倒れている兵士の体をまたぎこえた。バン、バン、バン、バンと響くそれは、重機関銃が断続的に火を噴く音だ。ひとつの小室に通じる入り口が開いていて、案の定、そのなかで三名の兵士が七・七ミリ弾を発射する大きなナンブ九二式に取りついて、山の下の目標に銃撃を加えているところだった。ひとりが銃口の向きをまわし、ひとりが撃ち、ひとりが巨大な機関銃に保弾板を完全に装着しようとがんばっていた。三人とも、扉が爆破されたことに気づいてもいない。

それは、まぎれもない虐殺だった。そういう光景を目にするひとは、少ないだろう。動いていた人間が、突然、動かなくなる、あるいは消えてしまう光景を。引き金を引くと、銃が熱い弾をばらまくのが感じとれ、連射されたトレイサーが一秒に満たない時間、彼らに襲いかかった。あっけないほど、かんたんだった。もっとも、ホースで花に水をまくほど、かんたんではなかったが。手のなかの銃が弾を撃ちつくして、痙攣したとき、その兵士たちは、なにがあったのかもわからないまま、日本軍の青白く燃えるトレイサーが生みだすネオンの網に照らされ、とらえられて、ひとりは死にあらがい、ひとりは猛烈にふっとび、ひとりはただぐったりと、てんでに倒れて、動かなくなった。一秒をちょっとこえる時間しか要しなかった。

アールは左方へ身を転じ、ちょっとつまずいて、低い天井にひたいがこすれたせいで、そこを軽く擦りむきながら、つぎの小室へと移動した。

大尉はぶるんと頭を揺すって、脳みそのなかの蜘蛛の巣やガラスのかけら、飛びまわる羽根や埃を振りはらった。全身に痛みがあり、息を吸うと、悪臭を放つ熱い空気が肺に侵入し、喉を焼いた。硝煙と毒気からなる水のなかで溺れているような気がした。痛みを押しやろうと、強く頭を押さえても、なんの役にも立たない。ここはどこだ？　これはどういうことだ？　なにがあったんだ？

そこは彼の小室であり、鋼鉄の扉が爆破されたとき、その衝撃の大半はそこを襲ったのだった。巨大な南部銃は発砲を停止していた。銃口が右へまわったままで、給弾手は死んだか、死にかけているのか、いずれにせよ、顔と胸を血に染めて、あおむけに倒れており、その目はなにも見てはいなかった。脳か脊髄を襲った破片が、情け深くも一瞬で命を奪い、あの兵士をあの世へ行かせたのだろう。

九州出身の須藤だった。

炎に包まれて国に身をささげたわけではない、と彼は思った。わたしは約束を守ったのだ。

それでも、ほかの兵士たちはまだ生きていて、ひとりの兵士が機関銃に取りついて、必死に銃口の向きを直しにかかり、さらに別のひとりが、みずからも重傷を負いながらも、その作業に加わった。

そのとき、間近から銃声が届いてきて、大尉は、毛むくじゃらがひとり、突入してきたのだと気がついた。すぐに拳銃へ手をのばしたが、さっきの衝撃で帯革が裂き切れていた。これでは丸腰だ。彼はあたりを見まわした。右側に、軍刀が転がっていた。

彼は身をかがめて、それを拾いあげた。もちろん、それはばかげた武器だった。現代の戦闘では、日本軍は下士官も将校も、銃剣で白兵戦に臨む。中国の抗日ゲリラ兵を血祭りにあげ、戦意高揚の写真として掲載させて、愛国心を結集させるなどの役に立つからだ。そうではあっても、日本の軍隊は総じて、刀を愛していた。刀は、一千年におよぶ武士道、つまり戦士のありように結びつくものであり、精巧な甲冑と華やかな装束に身を包み、民衆のために戦場や裏道であいまみえ、斬りあった——これには、かなりの嘘がまじっているが——男たちの姿を彷彿させるからだ。刀は、諸外国の圧力からの解放、侍としての威厳と魂の象徴だった。その刀を金属製の鞘から、金属と金属がこすれあうのを感じつつ抜きはらうと、解き放たれた刀身が宙を裂いて、アメリカ軍が迫り来るなか、煙の充満する空気にみごとな弧を描いた。

実際には、それはあまり刀のようには見えないしろものだった。ずんぐりしたといっていいほど短い、ただの新軍刀であり、まばゆく輝いてはいても、刀身全体に傷と曇りがあって、刃先そのものも、忘れられたなにかの冒険でそうなったものか、あちこちが欠けていたから、鑑定に耐えられるものであるかどうかは疑わしい。それは、大尉が東京からこの火山島に出征するときに、自分の軍装品のなかから取りだして補塡したもので、この十年ほど、南方に拡大してきた戦線から帰還した兵士たちのものが回収され修理が施された、何千もの刀の一本だった。中国かビルマかマラヤで死んだ兵士が携えていたものかもしれないが、いまとなってはだれが知ろう？　知りえよう？　だが、その刀はつねに、異様なほど切れ味がよかった。なんのへんてつもない、使い古したように見える刀なのに、それは斬る意志を、いや運命を持っているように思えた。中国に出征したときに最初に支給された、なまくらといっていい刀で、かなりの重さを持っているにもかかわず、軽々と扱えて、ひげも剃れれば、紙も切れた。これは肉を欲しているかのように、戦闘を、運命を、宿命を追い求めているかのように思えた。おそらくは、どこかの工場で、何千もの軍刀の一本として製造された、軍の支給品であるにすぎないのだろうが、彼はそんな成り立ちにそぐわない妙な敬意をこの刀にいだいていた。

なんにせよ、それは気力を取りもどさせてくれた。彼はその柄を、やや間隔を置いて両手で握り、上段に、いや大上段に構えた。その構えには、敵をまっぷたつに断ち切ろう、おのれの決意を押し通そうという、激烈な意志が表れていた。つぎの瞬間に起こることが、手にとるように見えた。敵の首と肩のあいだを狙って振りおろし、刀はまったくぶれることなく、着衣と皮膚と筋肉と骨をまっすぐに切り裂く。それは一九四四年に軍が採用した第七の型、袈裟斬りで、相手の鎖骨を狙って斜めに斬りさげる、必殺といっていい斬りかただ。斬ったあとは、すばやく刀を引いて、血振りをしてから、鞘に戻す。それは快い事前の儀式となり、乱れていた心に癒しと安らぎをもたらしてくれた。彼は刀と一体化した。そして、待った。

アールは中央の小室にいた六名の兵士を、たったの一秒で殺した。さっきとまったく同じだった。トレイサーが兵士たちの体に食いこんで、彼らの身を跳ねあげ、あるいは跳ね倒し、ある者は静かに、ある者は痙攣しながら、倒れ伏した。これは戦争だった。自分の役割やチームに関するたわごと、そう、海兵隊のモットーであるガンホーだのセンパーファイだのといったたわごとは、すべて忘れ去られていた。つまるところ、これは殺人以外のなにものでもないのだ。

銃の弾が尽きたか、それに近い状態になっていることに気がついて、彼はいったん退却した。銃をまさぐり、空になった弾倉を外して、振り落とす。新しい弾倉を挿入して、装填し、ボルトを引いてから、奇妙な形状の通路をそろそろとくだって、むきだしのひたいにまた擦り傷を作りながら、最後の小室をめざした。

敵が待ちかまえていることはわかっていた。

神よ、助けたまえ、と彼は思った。これが最後の願いだ。

そして、彼は飛びこんだ。

4　ある依頼

「正確なところはなにもわからないんですよ、ミスター・ヤノ」ボブは言った。「まちがいなく言えるのは、戦闘の最中には、あらゆることがごちゃごちゃになってしまうということ。だれがなにをやったかは、だれにも判断がつけられない。公式報告が真実に迫っていることは、めったにないんです」

「それは理解しています。戦闘では、砲弾や跳弾や狙撃などなど、起こりうることは十指にあまり、どれであったかはどうでもいいことです。それに、やったのが彼であったとしても、それは彼の義務であったから、あれは戦争であって、彼に選択の余地はなかったからということも、理解しています。とにかく、彼はそのとき、そこにいて、ほんとうにその小要塞に侵入したということは、確実にわかっているんです。そのことは勲章によって、また目撃者の報告によって、立証されています」

「それは、いやというほどよくわかっています」ボブは言った。「戦闘というのは恐ろしいものであり、殺人にほかならない」どうしたわけか、内心を吐露するという、めったにないことをする気にさせられていた。「長いあいだ、そういうことをしたり見たりする立場に置かれていましたのでね。わたしは海兵隊員として、ヴェトナムで何人もの人間を狩り、殺した。そのことについては、いろいろと考えるところがありました。それでも、自分に言えるのは、あれは戦争だったということだけなんです」

「わかります。わたしも、多少は戦闘を目にした身ですから。それがわれわれの選んだ道、われわれのたどった道というわけです」

太陽がまぶしかった。

「とにかく、わたしとしては、自分の目的がなんであるかを、ぜひともあなたに理解してもらいたい。そんなわけで、あとひとつ、質問をさせてもらわねばなりません」

ミスター・ヤノが言った。「これは、ひとえに自分の父に寄せる愛がもとなんです。あなたもわたしと同様、いまなお父上に強い愛を寄せておられるでしょう」

「つづけてください」ボブは言った。「おいでになった理由がわかってきましたよ」

「そこには、ひと振りの刀がありました」日本人は言った。

相手の言いたいことがよくわからず、ボブは目をしばたいた。それは、ついさっき彼が、ヤノが、自分にくれたミニチュアの刀のことなのか？　あの刀の？　いや、そうじゃない、と彼は思った。そうではなく、ヤノの父親の刀だ。そう、当然、彼の父親はその日、刀を持っていただろう。たしか、日本軍は軍刀や銃剣を振りかざして突進する攻撃を〝バンザイ突撃〟とかなんとかと呼んでいた。それを憶えているのは、父がそういうことを言ったからというのではまったくなく、自分が五〇年代に熱心に読んだ戦争のコミックブックに出てきたからだ。テープが巻かれ、先端に蛇の頭が付いた長い柄のある、湾曲したまがまがしい刃物のイメージが浮かんでくる。コミックブックでは、ゴーグルのような眼鏡をかけた原始人のようなひげ面の日本の軍曹が〝バンザイ！　バンザイ！〟とわめきながら、軍刀を振りまわして、部下たちを鼓舞し、人海戦術をやらせていた。ただ、自分が思いつく、そういうイメージはおそらく嘘っぱちだろうという認識はあった。

「若い兵士たちが戦闘のときにどうなるかは、よく知っています」ミスター・ヤノが言った。「戦闘のあと、生きのびられたという思いに動かされて、彼らはなにか戦勝の記念となるもの、勝利を物語ってくれる実体のあるものをほしがるようになるんです。だれが彼らを責められるでしょう？」

「それは、自分も何度か目にしました」

また記憶が、四十年前の記憶が、頭のなかでざわめいた。ふりかえる気などなかった記憶なのに。だが、この男の言ったことは当たっている。そういうことは、よく起こるのだ。

「太平洋の各地で」ミスター・ヤノが言った。「数百、数千、いや、おそらくは数万の軍刀が奪われたことはたしかです。それ以外にも、南部拳銃や軍旗、とりわけ軍旗が、また三〇年式歩兵銃《アリサカライフル》やヘルメットが、激烈だった戦闘を記念する品として、持ち帰られました」

「そういうばかなことをするのは、後方にいた兵士たちがほとんどでしたね」ボブは言った。

「父は刀を持っていました。父の死は、あなたの父上がものにした最大の勝利の一部でした。海兵隊歴史部門で、勲章の特記と戦闘事後報告書を読みましたから、彼がどれほど勇敢であったかはわかっています」

「父は、並外れた男でした」ボブは言った。「わたしもずっと努力してはきましたが、父の半分にもおよばなかったですね。あなたの父上も、やはりそんな男だったんでしょう」

「そのとおりです。それはさておき、どうしてもおききしたいのは、こういうことです。もしかして、その刀が、あなたに遺されたもののなかにあるのでは？　それはいま、あなたが所持しておられるのでは？　あれは、父が息子に渡したいと考えるたぐいのものです。はるかに秀逸な刀はいくらでもあります。しかし、あの刀は、あれは、わたしにとって、わたしの家族にとって、とても大きな意味を持つものです。わたしがアメリカに来たほんとうの理由は、あの刀を探すことなんです」

この男にいい知らせを伝えることができたら、とボブは思った。何十年もがたってから明らかになったことであるかもしれないが、その刀が、それを携え、それとともに死んだ男の家族のもとに返されて、しかるべき敬意をはらわれるのは、しごく当然のことだと理解できた。それはみごとな決着になる。そう考えると、うれしい気分になれた。それは、いまも血のにじむ古傷に最終的な癒しをもたらすもののように思えた。

だが、彼にはいい知らせの持ちあわせはなかった。

「ミスター・ヤノ、できるものなら、いますぐにでもとは思います。それができれば、わたしもうれしい。どうしてかはわかりませんが、それができればわたしの父もよろこんでくれるだろう、わたしも誇らしく思えるだろうという気持ちがあるんです」

「わたしも同じ気持ちです」

「ただ、父は戦利品をほしがる男ではなかったんですよ。父が太平洋から持ち帰った戦利品といえば、四五口径ただ一丁で、それにしても戦利品と言えるようなものではないですし。とにかく、軍旗も、ラッパも、刀も、ヘルメットもなければ、ろくに話もしてくれなかったんです。父はあの戦争には無言でおさらばして、これからのことに取り組みました。戦争のことは話そうとしなかったんです。死ぬまで、軍服は二度と着ようとせず、ほかの何人かの兵士がそれを着てパレードをしたときも、着ようとはしなかった。父は、自慢話をしたり、自分がやってのけたことを他人に思いださせようとしたりするような男ではなかったんです。そういう男には、いまはもう、めったにお目にかかれませんが」

日本人は失望を覚えたかもしれないが、それを表しはしなかった。そういう感情をあらわにするのは彼らの流儀でないのだろう。

「きみが刀のことを話すのを聞いた憶えはないな」それまで、話しあいはふたりに任せて、のんびりと立っていたジェンクスが、口を開いた。「ボブは手柄をひけらかすようなやつじゃないし、きっと彼の父親もそうだったんだろう」

「いや、よくわかりました」ミスター・ヤノが言った。「そういうことなら、しかたありません。神々がそのように取り計らったんでしょう。刀はどこかにあり、これからもそこにあるということで」

「やるだけのことはやったんですから」とボブは言い、すぐにことばを足した。「まだ、その小隊の兵士が少しは存命しているのでは？　もう八十代になっているでしょうが、海兵隊の歴史部門を通せば、コンタクトできるのではないでしょうか？」

「ふたりおられて、すでに、どちらの方ともお話をしました。おひとりはフロリダ、おひとりはカンザスです。しかし、収穫はなしでした」

「それは残念。お力になりたいのはやまやまなんですが。そうだ——ええと」

「はい」

「いや、どうでしょうか。なにもかも、ずっと昔の話なので。ちょっと、思い当たることがあるんですよ」ボブは言った。

「思い当たること？」

「頭のどこかに、ちょっとひっかかるものがあるんです。〝刀〟という語に関して。刀といっても、第二次大戦時の日本の軍刀のことです。なんとなく、それが見えるような」

「記憶のような？」とジェンクス。

「そこまでもいかないですね。なぜそんなものが見えるのか、それはどういうものなのかは、よくわかりません。心の奥のどこかに、かすかにひっかかるものがあるという程度で。ただの思いちがいかもしれません」

「それでも、なにかがあると」

「ミスター・ヤノ、われわれは、まれなつながりを持つ仲というわけですから、やれるだけのことはやってみましょう。たいしたことではないかもしれませんが、わたしにできるのはそれぐらいのもので」

「痛み入ります」

「屋根裏に置いてあるものがありましてね。前はアリゾナの家にあったものですが、あそこを売りはらったときに、移したんです。二年ほど前、父にまつわる仕事が舞いこんできて、ちょっとの間、家に戻らなくてはならなくなったときに、調べてみたことはあるんです。ただ、徹底的に調べたわけではないので。そのときは、刀に関係するものを探していたのでないのはたしかです。この数週のうちに、もう一度、それを調べてみることにしましょう。なにかが、つかめるかも。なにか、手がかりになるものがあるかもしれません。遠路、アイダホの名もない場所まで来てもらったんですから、それに報いずにはすまされない気分なんですよ。おたがい、兵士と兵士として。そしてまた、英雄の息子と英雄の息子として」

「ご親切に感謝します。あなたのことだ、きっと、調べるものがなくなるまで調べてくださるでしょう。これがわたしの名刺です。どうぞ、受けとってください。もしなにか新たなことが見つかったら、連絡していただけるように」

5　古びた写真の男たち

　ずらっと並んだ若い顔が、こちらを見つめている。いずれも、ひどく痩せていて、個々の特徴が乏しく、まだおとなになりきっていない者も多かったが、彼らの目には熱意があふれており、熱帯の日ざしを浴びた頬骨が、こぶのように突きだして見えていた。それぞれが、まがまがしいケーバー《KA-BAR》・ナイフを、もしくはガーランドかカービンかBARのいずれかの銃を握りしめている。第二次世界大戦の際に太平洋戦域のどこかに遠征していた、海兵隊中隊の若い兵士たちだ。ようやく、後列に並んでいるひとつの顔がはっきりと見えてきて、ボブはそれが自分の父であることを確信した。ひどく痩せていることに変わりはなかったが、じっと見ていると、動物的としか言いようのない自信の存在が感じとれた。父は、職長の実践性、父親の厳格さ、母親の寛大さ、教師の賢明さ、そしてコーチの頑強さをみごとに融合させるという、下士官《NCO》特有のふしぎな雰囲気を漂わせており、熱帯用の戦闘帽を後ろへずらしてかぶり、笑顔の口から白くて強靭な歯をのぞかせ、作業服の袖をまくりあげて、たくましい前腕をあらわにし、ボブの目には、曲げた左右の腕に（腕のほとんどは、前列に並んでいる兵士の陰に隠れてはいたが）トミーガンをかかえているように思える、その写真の父は、なんとなく職業軍人としての絶頂期にあるように感じられた。

どこで撮影された写真なのか、見当もつかない。たぶん――持っているのがM－1でもカービンでもないということは――ガダルカナルより前、たぶんタラワより、たぶんサイパンより、たぶんイオーより前だ。あとひとつの島の名は思いだせなかったが、父が、五つの島の攻撃に参加して生き残った、ごくまれな海兵隊員のひとりであることは、ボブも知っていた。もっとも、タラワでは、日本軍の狙撃手に撃たれて、あれほど頑健でなければ戦死していたであろう重傷を負ったのだが。

古びてカールしたその写真は、伍長として出征し、七度の戦傷を負いつつも曹長として退役した、アーカンソー州ブルーアイ出身のアール・L・スワガーの戦歴を物語る、数少ない証拠のひとつだった。彼が経験した戦闘は、まさに地獄図だ。あのオーディ・ライアンが経験したものですら、それとは比較にならない。アールは激烈に戦い、瀕死の重傷を負い、そして、ちびのオーディと同様、どうしてか、そこから生還した。父はオーディのような映画スターにはならず、警察官になり、その選択が生みだした残りの人生は十年となった。

とにかく、わかっていることはそれだけだった。ボブはいま、屋根裏にひとりいて、そこのものを探りまわすという、容易ではない作業をやっていた。なにしろ、アリゾナ州のアーホからあわただしく引っ越したときに、仕分けも調べもせず、古いがらくたのあれこれといっしょに箱に詰めこんで、ここに運びあげ、つっこんでおいたものなのだ。そのダンボール箱には――バスターブラウン。サイズ7C、色ダークブラウン、オックスフォードと印刷されている――母の手書きで〝どうさんの持ちもの〟と記されているだけで、ほかにはほとんどなにも入っていなかった。勲章類は、でかい一個も含めて、ひとまとめにされており、リボンは色褪せ、金属は変色していた。自分がこれをきれいに磨いて、男の勇気を示すものとして飾っておくようにすべきだったかもしれない、とボブは思った。だが、そういうひけらかしは、父にきまりの悪い思いをさせるだけだろう。そこには、警察の射撃大会で与えられたメダル類や、一九五五年の、父の死んだ月の新聞の切り抜きも入っていた。

まあ、やるだけはやったんだ、とボブは思った。

財布に入れてある、ミスター・ヤノの名刺のことが頭に浮かんだ。

親愛なるミスター・ヤノ。自分が手紙を書いている光景が見えてくる。父が遺したものを調べてみましたが、あなたの依頼にお応えできるようなものはなにも見つかりませんでした。ことによると――

そのときふと、別の可能性が心に浮かんできた。

ここに入っているのは、母が父の葬儀のあと、飲んだくれの日々に埋没する前に、かき集めて、詰めたものだ。だが、そのあと、母の妹で、当時は学校の先生をしていて、まだいい相手が見つからなかったために独身だった、おばのアグネス・ボウマンがやってきて、いっしょに暮らしてくれていた期間が三年あった。アグネスおばさんは、母のアーラ・ジューンが酒びたりのために、四十にもならないうちに命を落としてしまうまでのあいだ、愛ややさしさではなく、ファミリーとしての義務という情を欠いた意識に基づく厳格さで、アールを育てた。アグネスおばさんは寛容な人柄ではなかったが、それは言ってもしかたのないことだ。アグネスおばさんはなさねばならないことをなしただけであり、父の死後、何年か、陰気に引きこもって、けっして彼女と心を通いあわせようとはしなかったボブのような少年の面倒を見ることには、あまり時間を割こうとはしなかった。たぶん、彼女自身も、陰気に引きこもった状態にあったのだろう。それはそれでよし。アグネスおばさんは自分を扶養し、導き、必要なかねを支払い、食事を用意してくれた。それにくらべたら、抱擁などといったものはたいしたことではない。

そのあと、ボブは、サム・ヴィンセントに、彼の朗々と響く大声に、聡明で、滑稽で、負けず嫌いで、友好的な彼の家族に、強く惹かれるようになり、ついにはハイスクールに通っている期間を通じて、ほとんどヴィンセント家の一員として、サムとともに暮らすようになった。そんなわけで、アグネスおばさんはいっしょにいる意味を見出せなくなって、引っ越していき、毎年、クリスマスカードを送ってくるだけとなったのだった。

ボブは一度、一九六六年にヴェトナム遠征から帰還した際、彼女のもとを訪ねたことがあった。彼女はようやく、妻に先立たれた学校教師と結婚して、ヴァージニア州シェナンドア・ヴァレーにあるオランダという土地で暮らしており、ボブがひとりのおとなとして出会った彼女は、物静かで礼儀正しい女性になっていた。あれは楽しい訪問ではあったものの、それほどことばを交わしたわけではなかったし、思いだせることといえば、ろくに――

グッドウィン!

アグネス・グッドウィン。それが、結婚したあとの彼女の名前だ。

何年も考えたこともなかった名だが、どうしたわけか、脳みそのどこかに迷いこんでいたファイルから飛びだしてきたように、その名が浮かんできた。

インターネットで、ATTのAnywho．comをあたってみても、ネットのマップを調べてみても、オランダという地名すら見つからなかった。そこで、古い地図を調べたところ、ストラスバーグの隣に、その町の名が見つかり、いまはそこもストラスバーグの一部となっていることが判明して、ようやくそこに、グッドウィンの名がひとつ見つかった。あてずっぽうに、そこに電話をかけてみると、グッドウィン・ファミリーの家系のことをよく知っているという、いとこの所在を突きとめることができ、その人物に教えられて、ロアノーク在住の、旧姓がグッドウィンで、その人物のおじであるマイク・グッドウィンの娘にあたる、ベティ・フローリーという女性のところまでたどり着くことができた。

「ミズ・フローリー？」

「なにかを売りつけようってことだったら、お断りです」

「いえ、そうじゃないんです。わたしは退役海兵隊員のボブ・リー・スワガーという者でして。家族に関することがらをおたずねしたくて、アイダホ州のクレイジーホースから電話をかけています。アグネス・ボウマンという名の、おばの所在を探しているんですが、彼女はのちにヴァージニアの男性と結婚して、グッドウィンという名に――」

「アグネスおばさん！」

「ええ、そのひとです」

「彼女は、ほんとうにいいひとでした。母が亡くなったあと、父と結婚して。わたしは母のことを悪く言うつもりは毛頭ありませんけど、父にとって、その後の人生が最高のものであったことは断言していいです。彼女は最後まで、父の面倒をみてくれたんですよ」

「そういうことに関しては申し分のないひとでしたね」

「言いにくいことですけど、その後まもなく、彼女もあとを追ってしまって。海兵隊員とおっしゃいましたね？」

「ええ、そうです」

「一九六六年に、こちらに見えて、アグネスおばさんを訪問された？ 当時、わたしは十一歳で、すべての女性の胸をときめかせるような若くてハンサムな男性が来たことを、ほんのかすかに憶えているんです。彼はヴェトナムから帰ったばかりで、勲章を何個か付けていました。たしか、アグネスおばさんの甥子さんだったと。あれがあなたかしら?」

「ええ、そうです。といっても、ハンサムというのが当たったいるかどうかは怪しいものですし、あのころはとくにそうだったでしょうね。オランダを訪ねたあの日のことは、よく憶えています。彼女に会ったのは、あれが最後でした。彼女は、わたしが父を亡くし、母が——彼女の姉が——ある問題をかかえるようになったときから、わたしの養育をしてくれたひとなんですよ」

「当時は、ファミリーが手をさしのべたんですね。そういう時代でした。いまはもう、そんなものはろくに残っていませんけど、当時は、ファミリーは助けあうものだったんですね」

「ちょっと長い話になりますが、事情を説明させてください。わたしは一九五五年に父を亡くし、そのときに、アグネスおばさんがやってきて、五八年か五九年までずっと、いっしょにいてくれました。いま言ったように、母の落ちこみが始まったのもそのときです。その時期、家を支えてくれたのがアグネスおばさんだったんです。わたしはいま、父の形見のようなものはないだろうかと探しているところでして。父も海兵隊員で、のちに警察官になり、若くして亡くなりました。おばがなにかそういうものを持っていたのでは、それをいまはそちらがお持ちになっているのではないかと考えたんです。なにか、父に関係するようなもの、わたしが見落としていたか、知らずにいたか、そういうものをお持ちになっているのではないかと」

「父親の記憶を取りもどそうとしている方のお話のように聞こえますが」

「そんなところでしょう」

「あの、どこかに箱がひとつ、残ってると思います。どう扱えばいいものやら、よくわからなかったので。とても古いものなんですけど、捨ててしまうのはいやだったんです。だれかの人生に関わるものを、あっさり捨ててしまうわけにはいかなくて」

「箱がお手もとに？」

「残ってるものなら、地下でしょうね。探してみなくちゃ」

「よろこんで、そちらに出向いて、お手伝いをさせてもらいますが」

「いえ、このごろはそんなに用事もないことですし、わたしが探すようにしたほうがよろしいでしょう。そちらの住所を教えてくださいな。なにが見つかるか、お楽しみということで」

そんなわけで、三週間が、ひとり自分の地所で、来る日も来る日も大鎌を揮って、木苺やいばらの低木を切ることに費やす三週間が過ぎたとき、ヴァージニア州ロアノークから大きな封筒が彼のもとに届いた。

その夜、彼はそれを開いた。

おう、なんと。

最初に出てきたのは、彼自身の写真だった。一九五七年か五八年のいつか、どこかのピクニック・テーブルの前に、珍しくしらふの日だった母と、いかめしい感じのアグネスおばさんとともにすわっている。カージナルスの野球帽をかぶり、Tシャツとジーンズを着ていて、腕も脚も骨ばっていた。紫に色褪せた青インクでつづられている文字は、〝ボブ・リー、アーラ・ジューン、アグネス。一九五八年、リトルロック〟と読めた。

それはなにも、なにひとつ、呼び戻しはしなかった。

つぎに出てきたのは、母の死亡証明書、黄ばんだ保険証書、母の運転免許証、**無効**のスタンプが押された銀行の貯金通帳、名前を見てもだれとはわからない近所のひとびとからのクリスマスカードが二、三通、フォートスミスの新聞に掲載されたアーラ・ジューンの死亡記事の切り抜き、母が身につけていたらしい小さな金の十字架のブローチ、知らないひとがほとんどを占める写真が二、三枚、その他の公的書類が二、三枚、そして、ほとんどが未開封の手紙が数通だった。

手紙は八通あった。アグネスがボブやアーラとともに暮らしていた三年のあいだに届いたものであるらしく、宛名は、ミセス・スワガーであったり、スワガー軍曹夫人であったり、アーラ・ジューンの名であったりした。

彼は一通また一通と、手紙を開いていった。父の小隊の元兵士が、哀悼の意を示し、ガダルカナルでアールに命を救われたときのことをつづっているもの。つぎは、アーラ・ジューンの元級友が、母の健康と暮らし向きをたずね、謝意を表しているもの。ガーランド郡からの税金の請求書があり、ボブは、それは自分がようやく一九八四年になって支払ったものであることを思いだした。父と同じく、アーカンソー出身の戦争の英雄であり、フランスで戦死する前は、イタリアで〝ダービー・レンジャーズ〟を率いて戦って名を馳せた、ウィリアム・O・ダービー大佐の娘が書きつづった手紙には、哀悼の意と同情が示され、家族が難儀した際の経済的支援の提供までが示されていた。いやはや、とボブは思った。社会的階層のちがいというものか。

最後に手にとった未開封の手紙は、差出人の氏名と住所である、ジョン・H・カルペパー、シェリダン・ロード一五六番地の文字が印刷された、値の張りそうなクリーム色の封筒に入れられており、一九五九年十月四日のイリノイ州ケニルワースのスタンプが押されていた。

彼はその重みのある封筒を丁寧に開封し、同様に重みがあって、いちばん上にカルペパーの名と住所が装飾風に印刷されている、クリーム色の便箋を取りだした。

親愛なるスワガー夫人

手紙をさしあげるのがこれほど遅くなってしまったことを、心よりお詫びします。四年前にご主人が亡くなっていたことを存じあげず、たまたま昨日、知ったという次第です。わたしは戦後、海兵隊との連絡を絶っていましたので。なんにせよ、訃報に接した以上は、哀悼の意をお伝えせずにはいられない気持ちになったというわけです。アール・スワガーはきわめて偉大な男であり、わたしが最大の難局にあった日に助けを与えてくれた男でした。

当時、わたしはまだ若い海兵隊大尉であり、自分の意志とは関わりなく、イオージマにおける戦闘の際、海兵隊第二八連隊第二大隊エイブル中隊の指揮官に任じられました。わたしには荷が重すぎたと言ってもよく、そのときの状況が過小評価されていたと言ってもいいでしょう。

戦闘が、われわれがDプラス2と呼んでいた地点の重要局面にさしかかったとき、特に巧妙に設計され、堅固に防御された日本軍の要塞への攻撃の先陣役が、わたしの中隊にまわってきました。もし自分の中隊だけでやることになったとしたら、わたし自身のみならず、もっと重要なことに、わたしの部下たちを犬死にさせていたことでしょう。というのも、腹蔵なく申しあげて、いったいどうすればいいものか、わたしにはさっぱりわからなかったのです（わたしが隊長になったのは、どうせ戦うしかないのなら隊長になるほうがいいということで、家族のコネを使ったからにほかなりません）。

そのようなとき、大隊の曹長であるアールが、わたしを支援するために司令部から派遣されてきました。そして、彼はまちがいなく、わたしを支援してくれたのです！

その軍功に対する感状は、あなたもお読みになったことと存じます。わたしは、その軍功が認められるよう書類を書き、そのために懸命に努めたことを誇りとするものです。それは、わたしのなしえた最上の功績であり、それがなければ――ここだけの話ですが――わたしの軍歴は凡庸という以外のなにものでもなかったでしょう。山の斜面の下方から観察していたわたしにとって、彼は文字どおりスーパーマンでした。日本軍による数かぎりないとしか言いようのない攻撃を浴びながらも、彼は瞬時のためらいすらまったく示すことなく、単独でその要塞を破壊しました。その日、彼は百人もの兵士の生命を救ったのです！

ともあれ、その数日後、わたしは被弾し、それによって、わたしの戦闘という冒険は終了しました。わたしは強力な指揮官ではなかったので、たいして注目されることもなく、野戦病院のテントの寝台にひどく憂鬱な気分で寝そべって、後方送りになるのを待っていました。すると、だれも見舞ってくれるはずのないところへ、ほかでもない、かの伝説的な曹長が来てくれたのです。あの日のことは、生涯、忘れません！彼はあの大隊の軍神であり、その彼がわたしの見舞いに来てくれたのです。

彼は言いました。

「どうも、大尉殿、お見受けしたところ、ちょっぴり痛い目にあわれたような」

「うん、曹長」とわたしは言いました。「わたしはさっと動いたんだが、日本兵はこっちがどう動くか正確にわかっていたらしい。あわてて撃ってくれたのが、不幸中のさいわいだった」（撃たれたのは脚でした）。

「どうぞ、これをお持ちください。あの日の指揮官はあなたであり、あの攻撃を指揮したのもあなたであって、わたしはたまたま生き残った男であるにすぎません。ですから、これはあなたのものです。これがあれば、元気が出るかもしれませんよ」

彼は、布にくるまれた長さ二フィートほどのものを、手渡してきました。すぐに布を開くと、日本の軍刀、〝バンザイ・ソード〟と呼ばれていたものが、姿を現しました。日本軍の将校が携帯し、戦闘の際にしばしば使用した種類の軍刀です。

彼は言いました。

「戦闘終了後、大隊のほうへひきかえしている途中、あなたの部下のひとりにもらいましてね。あの小要塞のなかにあったものです。火炎放射器で焼きつくす前に、だれかが戦死した日本軍将校から奪ったんです。その将校は、これでわたしの髪を梳こうとしたんですよ。自分のものにしたいとお思いになるんじゃないかと考えましてね」

わたしとしては、こう言うべきだったでしょう。日本の軍刀は、とりわけ、戦闘のなかで手に入れた軍刀は、貴重な戦利品であると。売却することも可能でしたし、事実、それから数週間、多数の将校が売ってほしいと話を持ちかけてきて、そのひとりは五百ドルの値を付けたほどです。しかし、それはわたしにとって、宝物のひとつでした。

しかしながら、真実を言えば、それはわたしのものではありません。自分が勝ち得たものではないのです。勝ち得たのはアールであり、彼が各自の最善を尽くした若者たちに寄せる思い、わたしの場合に当てはめれば、最善ではあってもそれほどたいしたものではなかった努力に寄せる思いから、それを授けてくれたのです。

いま、わたしはこのように思っています。この刀を所有する権利が、自分のどこにあるというのか？　あなたのもとへ送りかえすことにしたいのですが、いかがでしょう。アールには息子さんがひとりおられたと理解しています。これは彼が所有すべきもの――ただし、先にお伝えしておくべきでしょうが、これはとても鋭利で、以前、わたしの子どもたちのひとりがわが身を傷つけてしまったほどです。とにかく、これはあの日、アールがやってのけたことの例証となるものです。どうぞ、これをお送りしてよいものかどうか、そちらのご意向をお知らせください。

ジョン・H・カルペパー
イリノイ州ケニルワース

第二次世界大戦の英雄である飛行士にちなんで名づけられた、ボイシ空港まで、ジュリィが車で送ってくれた。彼はここからデンヴァーへ飛び、そこからまた、さらに時間のかかるシカゴへの便に乗って、やはり第二次大戦の英雄である飛行士にちなんで名づけられた空港に到着する予定になっていた。あちらで使う車の予約は、すませてある。

「あすの夜には帰るつもりだよ」彼は言った。「十時十五分に。タクシーに乗って帰るようにしたほうがいいね？　きみも一日の疲れが出ているだろうから」

「ううん、迎えにきてあげる」

彼女はいまも、淡い金髪に白いものが少しまじり、目にも多少の濁りが出ているとはいえ、彼が出会ったなかでは、だれよりも美しい女性だった。彼女は看護婦で、いまはボイシの東部にあるクリニックの婦長を務めていて、その仕事を愛し、献身的に働いている。彼のひとり娘の母であり、長年に渡って彼を導き、全世界が彼を押しつぶそうとしているように思えた時代に、彼に生きるチャンスを与えてくれたのも彼女だった。だが、結婚したのははるか昔のことであり、歳月に磨かれたといおうか、いまのふたりの仲は、情熱が結びつけるものというより、友人やパートナーのようなものに近くなっていた。

「オーケイ、じゃあ——」

「ボブ、また、いつものようなことになるんじゃないでしょうね？」彼女は、いささかぎょっとさせられるほど彼のことをよく知っているのだ。

「いや、そうはならないだろう」

「あなたのことはよくわかってるのよ。あなたがほんとにいちばんしあわせだったのは、ダニー・フェンといっしょに藪のなかに隠れて、敵を狩ったり敵に狩られたりしてるときだったでしょ」

もちろん、彼女はダニー・フェンをよく知っている。ダニーがヴェトナムで、臀部をやられて倒れた狙撃チームのリーダーを救出しようとして、戦死者《KIA》となったとき、彼女はその妻だった。そして、そのチーム・リーダーとは、ほかでもないボブだったのだ。

「わたしは、あの日本の紳士のために刀を見つけだそうとしているだけなんだ。とても礼儀正しい男のようだから、力になってやりたい。それだけのことさ」

「ええ。でも、こだわるたちだってことはわかってるから。なにかが頭に取りついたら、それがどんどん大きくなっていって、さほどもなく、またヴェトナムへ行こうと自分に語りかけるようになって」そういうことは、何度かあった。「そして、ときには、その気持ちを抑えきれなくなって。だれかがあなたを求めてきたら、あなたはそれに応じずにはいられなくなるでしょ。この世に、自分よりもうまく、あるいは確実に、それに応じられる人間はいないってわけで」

「まあ、ときにはそういうことがあったな」

「でも、いまはべつに、だれかがあなたを求めてるわけじゃない。そこが、わたしには理解できないの。あなたがそのひとのためにやろうとしてることは、とても礼儀にかなったことよ。でも、なにもそこまでやらなくても。どういうことなの？　なぜ、そのことにそこまで強い義理を感じるの？　そんなに大きなことに感じるのは、なぜ？　アル中の禁断症状でも、十字軍に出征するための口実でもなければ、発狂したのでもないようだけど？」

「うん。これは、父に感じる恩義に関わるものなんだ。それと、あの日本人の父親にも」

「あなたのおとうさんは一九五五年に亡くなってるのよ。彼のほうは一九四五年。なにもかも、遠い昔のことじゃない。半世紀も前に亡くなったひとたちへの恩義をいまだに感じるなんて、そんなことがありえるの？」

「そこが、自分でもよくわからなくてね、ハニー。ただ、これは自分がしなくてはいけない。とにかく、わたしはやるんだ」

「戦争に行くための道を見つけるようなことはしないわね？　ここに、すてきな暮らしがあるんだから。あなたが勝ちとったものよ。それを楽しまなくちゃ」

「戦争をするには、歳を食いすぎたよ」彼は言った。「いまはただ、飲んで、眠ってができればそれでいいんだが、飲むほうはきみが許してくれないから、眠るだけでいいってことにしておこうか」

「ばか言っちゃって」

6 白亜の大邸宅

ケニルワースはシカゴから十五マイルほど北方にあたる、ミシガン湖沿いの一マイルちょっとの広がりしかない地区なのだが、最初にそこに車を走らせたときは、それを見落としてしまった。そこの家屋はどれも大きく、というより、邸宅というのが当たっていた。どうやら、ケニルワースというのは金持ちの住む地区であって、さらにいえば、もし湖を見おろす場所に住んでいるのであれば、そのなかでもとくに金持ちの部類に属することになるのだろう。

ともあれ、そのうち、それが見つかった。最初のときに見落としてしまったわけは、そこには家などはまったく見当たらず、蔦がぶあつくからまり、楡の木々の影にうもれたゲートが見えるだけだったからだ。門柱の１５６という番地表示も、よくよく見なくては目に入らない。ハンドルを切って、レンタカーのプリズムをそのゲートからつづく道へと進め、木々のかたちづくるトンネルのような空間を二、三百フィート走っていくと、だしぬけに、明るい光の下に飛びだしていた。そこは環状の車寄せで、その向こうに、洗練された白亜の大邸宅があった。それは、百もの部屋とタイルのフロアと六台を収容するガレージがあるという、伝説の大邸宅のひとつであるように見えた。名門緒家というものがあった往時には、名門の家族が住んでいたような邸宅なのだろう。

車を駐めて、ノックをすると、しばらくして、ひげ面のがっしりとした男が応対に出てきた。ボブと同じぐらいの年齢で、ほぼ黒ずくめの身なりをしていて、それだけでなく、酔っぱらってもいた。茶色い液体の入ったグラスを、手に持っている。

「カルペパーさん？」

「ボブ・リー・スワガーさんでしょうか」

「ええ、そうです」

「クールな名前だ。〝ボブ・リー〟とは、じつに南部らしい。さあ、入って。時間どおりですね。二時と言って、二時においでになった」

「ありがとうございます」

彼は、美術館のような感じではあるものの、壮麗な邸内に足を踏み入れた。住むためではなく、保存が目的の家であるように見えた。

「いいお住まいですな」ボブは言った。

「それはたしかだけど、こんな家は、たたき売りでもしなくては買い手がつきません。六百万ドルの持ちあわせはないでしょうね？」

「ないですな」

「ただの思いつきですよ。それより、一杯どうです？　いける口とお見受けしましたが」

「以前は。でも、いまはけっこう。ありがたい申し出ですが、やめておきます。一杯でもやったが最後、三日後には新しい妻といっしょにシャンハイかどこかで目を覚ますことになるのがおちなので」

「わたしもそれとまったく同じ目にあったことが！　いやまあ、ほぼ同じような目に。なんにせよ、気持ちはわかります。離婚の経験が？」

「一度。酒もその原因のひとつでした」

「お楽しみはやめたと？　わたしは終日、気持ちよく、へべれけですごすことにしましょうかな。まあ、一日のくだらない用事がかたづいてしまうまでは。さしつかえなければ、おかわりをさせてもらうことにして」

彼はバーに入って、メイカーズマークのバーボンをグラスに注ぎ、アイスキューブを落としこんでから、向きなおった。

「手紙に書いたとおり、あの刀のことは憶えてますよ。五〇年代のいつだったか、あれでひどくわが身を切ってしまったことがありましてね。あれは切れ味鋭い。見ただけで、なにかが血を流し始めるような」

「わたしの理解するところでは、軍刀というのは殺すためにのみあったものです。その要素をのぞけば、ただの古道具にすぎない。昔の日本人がきらびやかな装束に身を包んで携えていた、芸術品的な刀とは種類が異なるものです」

「あの切れ味の鋭さは、この腕が憶えているよ」

彼は左の袖をまくりあげた。長い、そして、むごたらしい傷痕があった。

「四十針、縫ったんだ」彼は言った。「この傷痕は、マッチョさを主張してくれる。これを見たひとたちは、わたしがナイフで戦ったことがあると思うんですよ。あなたはナイフで戦ったことは？」

「言いたくはないですが、一度、ナイフでひとを殺したことがあります」

「だろうと思った。わたしにはあなたを感心させるようなものはなにもないことはわかってるんですよ。それはさておき、手紙に書いたように、おやじは数年前に亡くなりましてね。で、ひとりっ子ということで、わたしがこの家を相続したわけです。戦後、おやじは広告業に従事して、大成功をおさめました。でも、わたしはまったく性格がちがっていた。おやじはおやじの、わたしはわたしの道を行ったんです。わたしには、広告の仕事は向いていなかった。クライアントにうまいことを言おうなんて気はさらさらなかったので、テレビ業界に入ったんです。だから、クライアントにうまいことを言うなんてことは、いっさいなかった。その代わり、スポンサーに言わなきゃいけなかったというわけで。それはさておき、三度めの離婚のために、この屋敷を売らなくてはいけなくなって、これがまたひと悶着ありなんですよ。きれいな若い女とおさらばするのは、なぜこんなに苦労することになるのか？」

「それはなんとも言いがたいですな」にやっと笑って、ボブは言った。

「そのわけは、そういう女たちはグッバイってことばを聞いたことがないからですよ。だから、それを言われたら、彼女たちは非難されたものと受けとめるんです」彼は笑った。「こんどの女は、わたしの財産をまるごとほしがるだけじゃなく、おやじの遺した資産までほしがるんですからね。驚いたのなんの」

「苦労なさってるようですね、カルペパーさん」

「そうですとも、あなたのような、まぎれもないタフガイであっても、こういう仕事となると冷や汗をかくでしょうよ。それはさておき、さしつかえなければ、いまから屋根裏の物置にご案内しますので、あとはお好きにどうぞ。あれはあそこにあるかもしれないし、ないかもしれない。あれがその後どうなったか、正直、わからないんですよ。あそこにぎっしり詰めこんであるものを自分で探す気には、とてもなれませんでね。ご理解いただけますかな？」

「もちろん。うちの屋根裏もめちゃくちゃですから」

「では——こんなことを言って、いいものやら？　もしなにかを見つけたら、そのう、内密にしてください。いや、極秘に。もしかして、おやじはポルノだの、どこかのガールフレンドからとか、ことによるとボーイフレンドから来た手紙だのなんだのを隠していたかもしれしれない。なにか、そういう不謹慎なものを。もしそういうものを見つけたら、そのままにしておいてください。いいですね？　わたしは、真実と呼ばれるものには、あまり関心がないんですよ。おやじのことは、生前そうだったとおり、よそよそしくて陰々滅々とした、死体のような人物として記憶に残しておきたい。いいですね？　じつは人間味のある男だったなんてことは、知りたくもないんですよ」

「了解です」

ふたりは三階に着き、廊下を突き当たりまで歩いて、部屋に入った。

「なにはともあれ、あとは、あなたがた、老いた海兵隊員ふたりに任せましょう。おやじが処分していなければ、おそらく、ここにあるはずです。とにかく、時間は気にせず、お好きにどうぞ。バスルームは廊下を行ったところにあります。なにか飲みたくなったり、夕食でひと休みしたくなったりしたら、それもお好きに。わたしは例の法的問題をかかえて、ここにひとりで暮らしていて、ドキュメンタリー映画の製作者を自称する男と駆け落ちしたらしい娘となんとか連絡を取ろうとしているんですよ。お気づきかな？　このごろは、猫も杓子もドキュメンタリー映画の製作者を名乗るんです。もしわたしが入り用になったら、大声で呼んでください。とにかく、あの刀はわたしのものじゃなく、あなたのものであって、それがようやく、あなたの手もとに渡り、そのあと日本に戻っていったことを知れば、あのくそおやじもよろこんでくれるでしょう」

「ありがとうございます、サー」

「サーを付けるのはやめてください。ただのトムでけっこう。ジョンの息子、トム、カルペパーの家系を代表するミスター・カルペパーの息子、タウンゼンド&メイザーズ社のトムで」

「しっかり了解ですよ、トム」

「あなたのことは軍曹《サージ》と呼んでいいですかな？　前から、だれかを〝サージ〟と呼びたいもんだと思ってたんですよ。ほら、映画でよくあるように」

「かまわないですが、よく呼ばれるあだ名は〝ガニー〟というやつで。海兵隊だけにある、軍曹の階級のひとつ、ガナリー・サージェントから来ているんです」

「〝ガニー〟。ほう、そいつはクールだ。ガニー、町へ進撃せよ！」

そんなわけで、ボブは向きを変えて、ひとりの男の人生が終わったあとに遺された物品の山に対面した。その男は、短期間ではあれ、エイブル中隊を率いて、あの二月二十八日に、そのひとり息子にも、三度のヴェトナム遠征を生きのびたガニー・スワガーにも想像がつかないほどの地獄、はるかかなたのイオージマにいたのだ。

つぎつぎに箱を開けて、カルペパーの人生を過去へさかのぼっていくうちに、その一代記のようなものがボブの頭のなかにかたちづくられていった。二度の結婚。ひとりは、もうひとりよりずっときれいで、ずっと若く、妻になったのは六〇年代のなかばで、そのころ、彼のひとり息子、トミーは——見たところ、父親と同じく亜麻色の髪と肥満型の体型をしていた少年は、成功をおさめた羽振りのいい父親になんとなく圧倒されて——だらしのない不機嫌なティーンエイジャーであったようだ。

一時間をかけて、広告業界における冒険の数かずをさかのぼったのち、奥のほうの三十五個めの箱を開くと、ようやく、第二次世界大戦の時代にたどり着いた。カルペパーが通っていた、エールかハーヴァード時代の箱もどこかにあるはずだった。戦争の箱におさめられていたのは、善行記章に従軍星章にパープルハート勲章、二、三のこまごまとした従軍の記念の品といった、よくあるがらくた類だったが、宝物も見つかった。海兵隊の航海記録、任務割当記録、そして行動適性所見。ざっとそれらに目を通すと、やはり、ジョン・カルペパーは当初、一九四四年に戦艦アイオワに配備された三十名の海兵隊員の指揮官に任じられていた。それはまさしく、生きのびるための切符だった。つまり、こういうことだ。金持ちの青年よ、われわれはきみを気づかっている。ことがかたづいた暁には、きみは太平洋戦域での軍功を示す数個の星章、指揮官としての経歴、語るべきすてきな逸話の数かず、そして血に染まった波打ち際にうつぶせに浮かぶことになった非アングロサクソン系の下級兵卒たちにはおよびもつかない名声とともに、国に帰ることになるのだ。

ジョンは戦いを欲していた。じっと後方に控えていることもできただろうに、記録によれば、一月の下旬、彼は洋上でアイオワから兵員輸送船ＬＣＩ－５５２へ配転され、それに乗り組む第二八連隊を構成する各隊は、海兵隊史上最大の上陸部隊の中核として、死の日付が記されるところへと運ばれていったのだ。異例の配転であったことはまちがいない。そのＬＣＩに乗り組んでいた兵士に負傷者が出て、それがたまたま第二八連隊の将校のひとりであって、任務が続行できなくなったために、至急、ジョンが配転されたのだろうか。それとも、ジョンがアイオワの艦上で、なにかとてつもなくひどい大へまをやらかし、その懲罰として戦線へ向かう中隊に移されることになったのか。だが、それよりもなによりも、その配転はだれかの〝引き〟によるものであった可能性が大きい。そういうことは、絶えず起こるものだ。ヴェトナムでも、十三ヶ月の遠征のひと月めに、若い兵士が突然、姿を消して、本国のペンタゴンでの仕事に移されることがよくあった。どこかのだれかがママに不平を言い、ママはパパに不平を言って、パパが議員のだれかに百万ドルの献金したおかげで、ジュニアは本国に帰って、自由の身になれたというわけだ。

ところが、ジョン・カルペパーはそうではなかった。彼は戦闘から逃げだすためではなく、戦闘に参加するために、〝引き〟を使ったのだ。

容易なことではなかったはずだ。一年間の戦艦乗務は、イオージマの戦いのようなものに向けての最善の訓練にはならないし、彼が第二八連隊に着任したとき、その指揮官《ＣＯ》は彼を知らず、ほかの将校たちも彼を知らず、部下たちもまた彼のことを知らないというなりゆきになる。戦闘に突入したときも、彼は心理的支援をろくに受けられないし、その戦闘がイオージマという異常な修羅場となれば、らくでないどころか、はるかに困難なものとなっただろう。

ジョンは一週間、イオージマで戦った。その三日め、司令部からアール・スワガーがやってきて、彼の部下たちを動かし、そのときにはすでに二八連隊が包囲して、孤立させていた標高五百フィートほどの山、スリバチヤマの北西斜面にある小要塞への攻撃を成功させた。その数日後、間近に砲弾が落ちて、若い将校は両足を負傷した。彼は三晩、野戦病院ですごし、病院船で後方送りにされた。そして、ハワイで傷を癒し、そこで、のちにトミーの母親となる婚約者、ミルドレッドと結婚した。彼女は平凡な女性で、出身は彼と同じボストンの近辺だった。彼が軍務に復帰できるようになったころには、原子爆弾が投下されて、戦争は終わっていた。彼は英雄として本国に帰ったが、おそらくは一度もカービンを発砲することもないままだっただろう。

そんなことはどうでもいい。彼はなすべきとされていたことを、たとえその間ずっと死ぬほど怯えていたとしても、やったまでのこと。戦争の勝利というものは、二、三人のアール・スワガーではなく、数千数万の腰抜けジョン・カルペパーによってもたらされるものなのだ。

なんにせよ、刀はどこにもなかった。

どこへ行ったと考えればいいものか？　処分されて、ケニルワースのごみ捨て場へ運ばれ、錆びついて、忘れられてしまったか、それとも、ブルドーザーに押しつぶされて、ただのがらくたになってしまったか。

ボブはこの難問を解こうと、懸命に頭を絞った。

刀の特性はなにか？

まあ、よく切れることだろうが、それは武器としての刀の話だ。刀をひとつの物品として考えろ。その答えは、扱いにくさ。

刀は、長くて、薄くて、湾曲している。飾っておくのならそれでもいいが、あたりまえのダンボール箱にきちんと収納するというわけにはいかない。むりやり押しこまなくてはいけないだろう。

ここの箱に物を詰めたのはだれだろう？　おそらくは、存命するあの息子に雇われた作業員たち、とくにほしいと思っていたわけでもなければ、好ましく思いだすこともなかった家が突然、手に入ったままではいいとして、妻が離婚の手続きをしてしまう前に、それを改修して売却しなくてはいけなくなった男に雇われた、作業員たちだ。

つまり、ここの物品を箱に詰めたのは、それになんの思い入れもなく、ここの家族の人生とはなんの関係もなく、戦闘に使用された刀に格別の意味合いを感じることもない人間であって——

ボブは、ひとつめのクローゼットに足を運んだ。なにもなし。だが、ふたつめのクローゼットのなかにはゴルフ・バッグが三個あって、その三個めのなかに、六番や七番アイアンやドライヴァー、そしてサンドウェッジやパターにまじって、ヒデキ・ヤノ大尉の新軍刀があった。

「トム？」

「お、そうか、見つけましたか」

トム・カルペパーが、かつては父親の書斎だった部屋のデスクの前から立ちあがった。つねに持っているメイカーズのグラスをいまも持っていて、その中身はついさっき注がれたばかりのように見えた。

「ええ、見つけました。ゴルフ・バッグのなかに。あなたも見ておきたいんじゃないかと思ったので」

「うん、そんな気がする。いや、見ておきたい」そう言って、彼はそれを受けとって、光にかざした。「ちょっと指摘しておきたいことがあるんですよ。ほら、このペグというかなんというか、そういうのが見えますね？」

その古びた刀の、丸みがある柄の端から数インチほどのところにある小さなふくらみを、彼は指さした。黒いタールかなにか、そういうねばねば、べたべたするものが、凝まったような感じに見える。が、正面から光に照らされると、そこには小さな穴が開いた痕のようなものも見てとれた。

「これで腕を切ったときのことを思いだすな。おやじの書斎からこっそり持ちだしたこれを、みんなで海賊遊びをするような感じで、振りまわしていたんですよ。五七年か五八年ごろだったか。そのときに、これを分解してみようという考えが、ぱっと浮かびましてね。なぜかはわかりません。とにかく、これを調べてみたら、この小さな木釘みたいなものがこの穴に通されて、組みつけられているように見えたんです。ほら、釘が穴のこちらからこちらへ通っているでしょう。こうやって、柄と刀身が固定されているんだと、わたしは推測したんです」

「なるほど」

ボブは言った。先にインターネットで調べておいたから、それを表す正しい用語は知っていた。その釘は、木ではなく竹でできていて、目釘《メクギ》と呼ばれ、それが通されている穴はメクギアナと呼ばれる。

「ところが、それが動いてくれない。われわれはハンマーと釘を使って、たたきだそうとしたんですが、釘がへこむだけで、どうにもならなくて。いや、いま考えてみると、いささか恥ずかしくなりますね。われわれは、なにもわかっちゃいなかった。海賊を殺すための、でかい刀としか考えていなかったんですよ」

「みんな、まだ子どもだったんでしょう。わかるわけがないのでは？」

「とにかく、どうやっても、たたきだせなかったんです。思いだすのもぞっとする話ですが、床に置いて、わたしががんがんたたいていたこの刀には、なにか得体の知れないものがまみれついていました。ねばっとしたよごれみたいなものが、こびりついていたんです。黒ずんだ、ぶあついものが。それを付けたのは、日本の将校なのか、あなたの父親なのか、わたしのおやじなのか、それとも、製造工場のだれかなのか、そこのところはわかりません。なんにせよ、釘はなかなか抜けてくれなかったというわけで」

「そうでしょうね。だれがやったにせよ、分解されないようにしておきたかったんでしょう。さあ、刀を抜いてみてください」

ジョン・カルペパーの息子、トムが、刀を抜く。刀は金属の鞘とこすれて鈍い音を発しながら引き抜かれ、室内の空気を切り裂いて、弧を描いた。

「ワオ」彼が言った。「こいつ、いまもなにかを斬りたがってる。いささかぞっとさせられますな」

　彼はそれを手渡してきた。受けとったボブは、ある種の――なんというべきか？　ぞくぞくか、ざわざわか、どきどきか――興奮を覚え、まさしく、こいつはいまもなにかを斬りたがっているのだと実感した。

　その本来の目的のために、じつにみごとに造られたものであることは、ひと目でわかった。ゆるく反った刀身は、両側に鎬《しのぎ》が走って、先端――それが切っ先と呼ばれることは、すでに知っていた――まで達している。冒涜的なほどの力が感じとれた。その刀は絶妙なバランスを有していたが、それだけでなく、生きてでもいるような、妙な感触まであった。軽く振ってみると、その動きに応じ、速度を増して標的へ突き進もうとする意志のようなものが宿っていることが、はっきりと伝わってきた。

　彼はそれを光にかざしてみた。酷使されてきたものであることが、はっきりと見てとれた。間近に寄せて、よく見ると、その鋼の刀身には曇りがあり、浅い窪みや傷が縦横に走っていた。あちこちに、小さな黒い斑点のようなものがこびりついている。刃先に近いところに――そこは焼刃《ヤキバ》と呼ばれるらしい――幼い少年たちが木にたたきつけたせいなのか、それとも日本の将校が海兵隊の首に斬りつけたせいなのか、顕微鏡的なこぼれがあった。ハンドガード——鐔《ツバ》——は、装飾的なコースターのような、重みのある円形の鉄でできている。柄はべたべたしていた。ざらざらした魚の皮が巻かれ、その上から平たい木綿の細い帯が丹念に巻かれた柄で、さまざまな場所のさまざまな戦いで酷使されてきたために、汗とよごれで黒ずんでいる。

振ると、刀はごくかすかにカタカタと音を発した。それは、その鐔が、切羽《セッパ》によってしっかりと固定されていないせいであることが、いまはわかっていた。

「子どものころ、これで紙を切ったことを思いだした。これは、紙が切れるほど鋭利なんですよ」トム・カルペパーが言った。「ほら、やってみましょう」

彼は厚手の便箋を手に取った。ボブがその紙の端に触れると、一瞬、動きをとめた刀が、するりと滑っていく感触が伝わってきた。二枚に切った紙を、トムが床に落とす。

「信じられない。こんなによく切れるとは」彼が言った。「これほど鋭利な刃物は、ふ、た、つ、と、な、い、で、し、ょ、う！」

7　ナリタ

腹を立ててはいけない。

腹を立ててはいけない。

そうは思っても、ここにじっとすわっている以外、自分にはなにもできないのだ。

これはテストなんだ、と彼は自分に言い聞かせた。彼らはガイジンをテストしているのだ。わたしは成熟した心と忍耐力を持っているのかどうか、日本に入れて、日本人と話をさせても問題にならないだけの礼儀正しさを備えているのかどうか、確認しようとしているのだ。

あるいは、そうではなく、彼らはいたるところに警官《コップ》がいるのが好きで、そういう状態を気にもとめないというだけのことかもしれない。

いずれにせよ、結果は同じだった。彼はいま、東京とは四十マイルも離れているナリタ国際空港の警察官詰所にいて、そこにすわっていた。そこは、上階の一般用通路に設置されたショッピングモールのきらびやかさなどはまったくない、機能一点張りの場所だった。

手順は完璧に設定されているはずだった。刀を見つけたあと、彼は海兵隊歴史部門の退役大佐、ブリッジスに電話を入れて、一部始終を説明し、かなり煩雑になる書類仕事は、ブリッジスが買って出て、やってくれた。彼はワシントンDCにコネがあり、日本貿易振興機構、つまりJETROの西海岸の出先に知人がいた。JETROは、多数の分野に利権を有する日本の巨大省庁のひとつであり、METIの略称で知られる経済産業省に対して、なにやら謎めいた影響力を持つという。そのようにして、その刀の日本国内への持ちこみを税関に許可させる手配がなされたのだった。刀は、ただちに検疫所からナリタ国際空港の警察詰所にまわされ、そこで順当に許可証が発行されるだろう。税関の証明書と許可証があれば、法的には完璧ということになる。

だが、なにかまずいことがあったらしい。彼はいま、そこの中央の部屋のデスクのそばで待たされていて、近くには、くたびれた韓国の労働者たちや、酔っぱらって暴れたせいで、頭を一発どやされて取り押さえられるはめになった怒れるサラリーマンたちや、浮浪者だのこそ泥だのがいて、下っ端のギャングらしい輩もひとりふたり、いた。日本の社会では、ギャングは一般にヤクザと呼ばれていることは、彼も知っていた。アメリカでは、それを略して、ヤクとも言うが。

とにかく、待て、待て、待て。

そして、ようやく、ははあ、刀をお持ちで。

彼の尋問を担当する税関の調査官は、青い制服を着て、小型の拳銃を――スミス＆ウェッソンだろうか？――フラップ付きの黒いホルスターにおさめて所持していた。よくいる、でっぷりしたコップのタイプではない、愛想の悪い男だった。

ええ、そうです。これが書類。わたしは許可証を必要としているだけで、それは先に手配されているはずですが。

手配されている？

ええ、そうです。これがその手紙で。

彼はそれを調査官に手渡した。

これは遺品です。戦地から持ち帰られたもので。ミスター・ヤノの父親が戦死し、その刀は行方不明となっていた。わたしはこれがそうだと、自分の父が戦闘のあとで手に入れたものだと信じています。ミスター・ヤノはこの刀を探し求めて、アメリカまでやってきた。わたしの手もとにはなく、見つけるには二ヶ月ほどかかったが、やっとそれを手に入れたのだと考えているんです。

制服の係官は、書類を受けとった。

刀は、上の階の税関事務所からここにまわされることになっています。すべて、手配ずみなんです。

刀剣はとても危険なんです。待ってもらうしかないですな。調べをすませてから、あなたの名前をお呼びします。どうぞ、席に戻って、お待ちを。

そういうわけで、ボブはすわっていた。五分ぐらいですむだろうと思っていたのだが、分はどこまでものびていき、ついには六十に達し、六十を過ぎていった。それがわかっていれば、そのあいだに外に出て、本でも新聞でもコーヒーでもなんでも買ってくることができただろうに。

待合室にいるほかのひとびとは、もっと辛抱強かった。だれもが、物音ひとつ立てず、不平も漏らさず、じっとすわっている。時の経過など、彼らにはなんの意味もないようだった。

名前が呼ばれると、だれかが席を離れて、事情聴取に向かい、宣誓をし、陳述をし、身分証明をおこなう。

そして、三時間が過ぎたとき、ようやく、ある名前が呼ばれ、ひとしきりして、彼はそれがスワガーに近いものであることに気がついた。〝ス・ワッガー〟としか聞こえなかったのだ。

「はい、ここにいますよ」

「あ、はいはい。どうぞ、こちらへ」

彼はその係官とともに――制服を着て、ホルスターに小型の拳銃をおさめているのは同じだが、もっと若くて細身の、別の係官だった――奥のドアをくぐり、職員の事務室をいくつか通りぬけていった。どの部屋にも、たとえばアメリカの警察署に入ると感じられる、権柄づくでひとを従わせる人間たちに特有の威圧的な雰囲気はなかったので、その種の庁舎ではなく、保険会社の内部に入りこんだような感じだった。

ようやく、彼はある部屋のなかへ案内された。係官より年長の制服警官が、すわるようにと身ぶりを送ってくる。

「失礼しました。ちょっと調べねばならないことがあったもので。METIを通じて準備をされたというのはけっこうなことですが、ここの者はだれも承知していなかったのですよ。お役所仕事というやつで」

「わかりますよ。お手数をおかけして、申しわけない」

「METIに照会しなくてはならないので、そちらの大使館に電話をかけたところ、担当者が昼食に出かけておりましてね。こういうことはめったにないのですが」

「ああいうものを日本に持ちこむ人間はあまり多くはないですからね。実際、日本の刀剣はとても美しいので、逆に持ちだされるのが通常でしょう。お手数をかけて、申しわけない」

「もう一度、説明していただけますか」

ボブは、明確で短い言いまわしになるように心がけながら、一部始終を説明した。自分の父、ヤノ大尉、イオージマ。意外な来客、その依頼。自分がした発見、自分の父とミスター・ヤノの父親とミスター・ヤノ、そしてその家族に敬意を表しようという決心。ＪＥＴＲＯにＭＥＴＩ、ＬＡ駐在のＭＥＴＩ職員との話しあい、その手紙、手配はすでになされているはずだとの認識。そして、こう締めくくった。

「なにか問題でも？」

「小さな問題がひとつ。じつは、これは新軍刀《シングントー》なんです。新軍刀というのはご存じで？」

「もちろん。軍用の刀です。日本のきわめて重要な文化遺産のひとつである美麗な刀剣類とはちがって、美術品としての要素はまったくないと承知しています」

「そう、たいしたものでないことはおわかりですね。そういう刀剣類のような美的な要素はまったくないものです。古くて、かなり酷使されています。ご存じないようですが、日本にはこの種の刀剣類、つまり軍用の刀については、持ちこみを禁じる規則があるんですよ」

「この種の刀剣類？」

「ええ。ご承知のとおり、これは現代刀《ゲンダイトー》で——」

「近年のものと」

「ええ。つまり、公式には、日本の文化遺産であり日本の工芸技術の反映である古美術品ではないということになります。たんなる武器というわけで。銃と同様のものと見なされるんですよ。日本では銃の所持はできないことはご承知ですね」

「承知しているからこそ、バズーカは家に置いてきたんですよ」

「秀逸なご決断で。とにかく、現代刀に属する軍刀は、日本においては、法的に銃と同じものと見なされるということです」

「了解」

「とはいえ、事情はよく理解しております。あなたを訪ねた人物は、おそらくこの問題をきちんと考えてはおられなかった。ＭＥＴＩもまた、持ちこみに必要な書類とか、それに伴う通関の面倒さとかといった事柄を考慮しただけで、この問題については考えていなかったんでしょう」

「お手数をおかけして、申しわけない。じつは、これは事前に知らせずにやりたいと考えましてね。これを贈るつもりでいる人物は、わたしがここにいることを知りません。電話をかけて、いい知らせができたように思うと伝えただけでして。そのようにしたわけは、彼が訪ねてきたとき、あらかじめ知らせずに訪ねてくるようにしたからなんです。彼は、わたしがもてなしの用意をするのに手をとられることを望まなかった。できるだけ、こちらに迷惑をかけないようにと心がけていたんです。わたしも同じようにして、それに報いなくてはいけないと思いましてね。もしわたしが日本に来ることを伝えたら、彼は家の掃除をしたり、子どもたちに正装をさせたりと、大変な手をかけて、わたしを迎えることになって、大騒動になってしまうでしょう。そんなことはさせたくない。不相応なことはしたくないと思っているんです」

「なるほど。信じましょう。いまからわたしがすることは、ちょっと規則に抵触する行為でしてね。あなたに刀剣類の所持許可証を交付する用意はしてあるんですよ」

彼が作成した文書は、まっすぐな縦罫線に整然と日本の文字がつづられたもので、ボブにとっては、十九世紀初頭の米英戦争の終結時に締結されたガン条約のようなものといおうか、まったく意味がわからなかった。それには、なにかのかたちをした赤いスタンプが大げさに押されていて、やはり大仰なほどの公式の通し番号も記されていた。

「ほら、ここに〝製造年度〟が記されています。日本の基準では、昭和に属するものはなんであれ、現代刀なんです。昭和というのは天皇裕仁の時代を意味するもので、西暦では一九二六年以後ということになります。つまり、わたしが記入した一八二五年という〝製造年度〟は、一八〇〇年から天皇裕仁の即位した一九二六年までに製造されたものはすべて、新軍刀という古美術の範疇に属するので、法的に認められるというわけで。この刀は、同僚の刀剣類の専門家によれば、反りの深さからして、それに属するものと考えることはできるとのことです。そういうわけなので、あなたも、この贈りものを受けとる人物も、法に触れるおそれはないでしょう。これほど長くお待たせしたのは、そういう事情だったんですよ」

「おおいに感謝します」

「いえ、感謝はここのみんなにしてください。いま申しあげたように、この種のものの取り扱いに長けた同僚がいるおかげです。彼も、この刀をもとの所有者である将校の家族に返そうというあなたの行為は、友情と和解を示す熱い気持ちの表れであることを理解してくれたんです。どういう手順を踏めばよいかを考えだしてくれたのは、彼でしてね。彼はこの刀をとても詳しく調べました。そして、そういう気持ちが、愚にもつかない規則によって、伝えられるのを妨げられるのはよくないと考えたんです」

「くりかえし、心から、ありがとうと言わせてもらいます」

「もう、よろしいですよ。この許可証は、つねに刀といっしょに携行してもらわねばなりません。そうしてもらえば、贈呈されるときまで、この刀が押収されることのないように取り計らいます」

「もちろん、つねにそうしておきますよ」

「ミスター・スワガー、日本の旅をお楽しみください」

「楽しみにしていますよ。きっとそうなるでしょう」

8 矢野家

宿泊料の安さを目安にして適当に選んだ、シンジュクと呼ばれる街の一角にあるホテルに着いて、シャワーと洋食のディナーと散歩の一夜をすごした翌日、彼は朝食をすませてから、仰天させられるほどのひとごみを縫って、鉄道の駅へ足を運んだ。

それは、テレビのセットのなかにいるような気持ちにさせる都市だった。ほとんどのものが垂直方向に、ひどく複雑に、ひどくミニチュア的に、構成されているように見える。だれか他人の未来世界に、だしぬけに転移させられたような気分だった。羽振りをきかせているデザイン原理は、むだをなくすということか。なにもかもが密集していて、大きなものの内部には小さなものがあり、あちこちの隙間にもまたなにかがあるという調子だった。裏道にまで、レストランや小売店などの店舗がぎっしりと並んでいて、それぞれが軒先にうるさいネオンを、そしてもちろん看板を掲げている。

ここは文字の文化なのだ。客たちに選択をさせるための文字をつづった大きな看板がいたるところにあり、公的な名称や規制や規則、地番や道路番号、あるいは行き先の地名といったものを記した標識が際限なく並んでいる。

何度も日本人にぶつかった。だれもがスケジュールに従っていて、遅れることはなく、だれもが目的地を持っているように思えた。そのひとごみの密集度は、ぎょっとするほどすごい。少なくともシンジュクという場所のにぎわいは、新年を迎えたニューヨークのタイムズ・スクエアの午前零時から七時までの混雑度に匹敵する。そのひとごみは、それ自体が有機体であるように見えた。赤信号になると、それ以外の強制力はなにも働いていないのに、全員が停止し、青信号になれば、なんと、D‐デイ——ノルマンディ上陸作戦——のように、みながみな浜をめざして殺到する。まるで、行け、行け、そら行け、進撃せよ、といった感じだ。ニシ・シンジュクでは、男はほとんどがスーツを、女もほとんどがスーツを着ていた。彼らがサラリーマンと呼ばれることは、彼も知っていた。彼らは奴隷のように働き、国を前進させ、規範に従い、好き勝手なことはせず、定められた進路を外れることはない。

それが導くところになにがあるかは、わかるだろう。あれほどの抑圧、あれほどの規律、あれほどの一体性への圧力、あれほどの硬直性。それがどこまでもどこまでも募っていき、やがてそれが弾けたとき、彼らは爆裂する。その爆裂の実例は、史上にあまたとある。南京、パールハーバー、カミカゼ。けっして捕虜とはならないこと。カメラの前で断首されたオーストラリア軍のパイロット。おのれが死ぬまでに十人の敵兵を殺し、いつなんどきでも死を選ぶ覚悟でいること。

また、性欲の配線に爆裂が起これば、それはとんでもない爆裂となる。

郊外へ向かうJRの列車は、ものの数分、いや数秒のうちに到着し、彼は、会計士でもセールスマンでも教師でもコンピュータ設計者のだれでもありえる男の隣に腰をおろした——男はきちんとスーツを着て、鼈甲縁《べっこうぶち》の眼鏡をかけ、髪を後ろへ撫でつけていて、周囲を気にせず、なにかに一心にのめりこんでいた。が、ボブがそちらに目をやると、その男が夢中になっているものが見えた。〈ウォールストリート・ジャーナル〉などではなく、なにかのコミックブックだった。縛られた少女たちが、同じく十代の少女たちに、あれにしか見えないが、本物のあれよりさらに大きい道具で責められている。肉感的で、具体的で、誇張のある描きかただ。アメリカなら、ところによっては逮捕されるおそれすらあるものなのに、ここでは、複雑な抵当利息の仕組みでも理解していそうな男が、なにごともなさそうに読んで、明らかにかなりの悦楽を感じながらストーリーを追っているのだ。こみあった車内の左右を見渡すと、ほかにも少なくともふたりの男たちが、派手といっていいほどカラフルな女性のヌードが表紙に描かれた本を読んでいるのが目に入った。だれも注意を向けず、気にとめもしない。

昨夜、カブキチョーと呼ばれる歓楽街をぶらついたのだが、そこには、その手ものが、青いネオンの光のなかや、店のショーウィンドーのディスプレイやビデオのなかに、これでもかという感じで、でかでかと並んでいて、それに誘われた客たちを、客引きたちが店のなかへ引きこもうとしていた。それでも、ボブに声をかけたり、手招きをしたりする者は、ひとりもいなかった。日本人はこの世に比類がないほど性的想像力がたくましく、性欲を満足させる精妙な方法を持ちあわせているのだが、それはヤマト民族向けオンリーなのだと感じさせられた。ガイジン向けの品はないということか。カブキチョーという奇妙な小帝国には、どの横丁にも、名もない裏道や路地にも、〈プリンプリン〉だの〈ゴールデンキャット〉だの〈クラブ・マーヴェル〉だのの店名を表示した、似たり寄ったりの縦長の電光看板が際限なく並び、肉の狩人たちでにぎわっていた。彼らはそれを見、嗅ぎ、撫で、なめ、吸い、ファックし、ことによると食いもするだろう。それは肉食動物の歓楽、猛禽の渇望であり、その熱情に、彼は驚き、多少の恐怖すら覚えたような気がした。

そしていま、彼は百万人以上もいそうな乗客とともに列車に乗っており、やがて郊外の駅に着いたところで、バッグをぶらさげて列車を降りた。ホテルの接客係《コンシエルジエ》が、苦労しながら英語で書いてくれた指示をチェックしてみる。その男は、品格のある几帳面な紳士で、必要な電話を代わりにかけてくれもしたのだ。

わかってるさ。駅を出て、タクシーを拾う。たとえ郊外であっても、めちゃめちゃにこみあっているトーキョーの道路をアメリカ人が車で走るというのは、右側ではなく左側を走らなくてはいけないという現実からして、致命的なことになるから、やってはならない。なぜマッカーサーはそれを変えてくれなかったのか？

タクシーの運転手は、染みひとつない白の手袋をはめていた。シートにも、白のシーツがかけられている。道路の左右に商業用の建物が建ち並び、すれちがうバスはどれも、きれいに塗装されていた。いたるところに制服の係員がいて、待っているひとびとを並ばせ、車に指示を送り、駐車スペースを指さしている。またもや、どこかに存在する中央委員会のようなものの制御によって、形状が合わないせいで活用されずにいる部分がないように、あらゆる空間がきちんと組織され、分割されているような、あの感触がよみがえってきた。

ようやく、それが見つかった。それは大きな家で、ほかの大きな家々より奥まって建っており――どうやら、ヤノは暮らし向きがいいらしい――その一帯は、トーキョーのたいていの地区とはちがって、それほど住宅が密集してはいなかった。ヤノ邸は、主がおおいに自慢の種にできそうな、丹精こめた庭に囲まれていた。

ボブは腕時計に目をやった。トーキョー時間の、午後七時。ちょうどよさそうだ。

彼は料金を支払って、トランクのほうへまわりこみ、キャンヴァス地の旅行バッグを取りだした。それを開くと、赤いスカーフにくるんだ刀が姿を現した。

彼は歩道を歩いていった。純木造の大きな低い家と、精妙に造作された庭が目を奪う。彼はドアをノックした。

なかから物音が聞こえ、二、三秒後、玄関の戸が横に滑って開き、着物姿の男が出てきた。完全に不意を衝かれたようすの、フィリップ・ヤノだった。

その退役将校は、スーツ姿のときと、まったく同じに見えた。髪はきちんと撫でつけられ、ひげはきれいに剃られ、青白模様の着物の下の体は筋骨たくましい。白い足袋を履いていた。損なわれたほうの目は平板なままだったが、右目はあまりの驚きのために見開かれている。

「ミスター・ヤノ、わたしを憶えてらっしゃる？　ボブ・リー・スワガーです。こんなふうに、だしぬけに押しかけて、申しわけない」

「おう、ミスター・スワガー！」ヤノは大きく口を開いたが、すぐに平静を取りもどした。「わざわざおいでいただいて、光栄です。それにしても、なぜおいでになることを知らせてくださらなかった？　先に手紙かなにかが届くものと思っていたんですよ。驚いたのなんの」

「いや、それが、考えれば考えるほど、これは内密の訪問がふさわしいように思えましてね。われわれの父親はどちらも、そういうやりかたを好んだでしょう。こちらこそ、お会いできて光栄です」

「さあ、どうぞ、入って」

ボブは外と同じ高さの玄関に足を踏み入れ、靴を脱いだ。向きなおると、ミスター・ヤノが急いで家族を呼び寄せているところだった。

最初に気づいたのは、こちらをのぞきこんでいる、いたずらっぽい目だった。廊下の角から、四歳ぐらいの少女がこちらをのぞき見ている。彼が目を合わせると、少女はうれしそうな顔になって、笑い声をあげ、角のむこうにひっこんで、くすくす笑った。そしてまた、角からこちらをのぞきこんできた。

「やあ、スウィーティ」ボブは少女に声をかけた。

そのとき、たくましい体格のティーンエイジャーの少年がふたり、姿を現した。どちらもジーンズにスウェットシャツという姿で、足ははだしだった。

「ミスター・スワガー、息子たちを紹介させてください。ジョンとレイモンドです」

「やあ、息子さんたち」ボブは言って、おじぎをした。

そこへ、若い女がひとり、やってきた。

「わたしの長女、トモエです」

「こんにちは」

「そして、廊下の先にいるあのいたずらっ子は、ミコといいます」

ミコがまたくすくす笑い、そのあと母親のドレスに顔を押しつけた。

ボブは即座に、どういう子であるかを見抜いていた。いわゆる、活力のかたまりだ。彼女はまだ、自分の文化に特有の控えめさというものを身に着けておらず、もしかすると、いつまでたっても身に着かないかもしれない。大胆で、勇敢で、昔からの言いまわしを使うなら、やんちゃな娘であるにちがいない。

「こんにちは、ちびちゃん《ハウディ・リトル・ガール》」と彼が呼びかけると、少女はひどくおもしろがっているようすをみせた。

「そして、わたしの妻、スザンヌです」

「ミスター・スワガー、おいでいただいて、とても光栄に、そしてうれしく――」

「ご主人に申しあげているように、こちらこそ、光栄に、そしてうれしく思っています。ぐあいの悪い時刻にうかがったのでなければいいんですが」

「いえ、とんでもありません。どうぞ、お入りを。おいでいただいて、ほんとうによろこんでいるんですよ」

　おじぎとほほえみが、そして、ぎこちなくはあるものの、善意にあふれた丁寧な挨拶が何度となく交わされ、彼は圧倒されるほど温かい歓迎ぶりだと感じていた。

　そのうち、ヤノが日本語で短く小声で妻に話しかけ、そのあとボブのほうに向きなおった。

「いま妻に、あなたはとても非凡な男なのだと、そして、そのような海兵隊員がわざわざこうして拙宅に来てくださったことはとても光栄なことなのだと、念を押しておいたんですよ」

「ご親切はありがたいですが、そういう話はもうおしまいにしましょう。それより、ようやくこれを見つけたんです。わたしはご家族にこれをお返ししたくて、やってきたんです」

　そう言うと、彼はスカーフで包んだものをミスター・ヤノのほうにさしだした。

「これは、あなたの父上のものにちがいないと考えています。あの日、わたしの父が加わっていた隊の指揮官の息子さんが所有していたんです。のちにその指揮官から届いた手紙に、わたしの父が、一九四五年のおそらくは三月の上旬、イオージマの、その指揮官が後方送りを待っていた野戦病院で、この刀を彼に与えたのだというようなことが書いてありました。その手紙は、わたしのおばの遺品のなかに見つけたもので、それをもとに、その指揮官の家族の所在をたどって、彼の息子さんと遺品に行き着きました。そして、そこを訪ねると、この刀が見つかったというわけです」

「なんと言えばいいものやら。そこまでご尽力くださったとは」

「いやいや、前にも申しあげたように、自分はけっして父のような男にはなれないにしても、なにか父の記憶に、そしてあなたの父上の記憶に、名誉となるものを加えることぐらいはしたいと思っていたんです。どちらも、勇敢な男でした。自分もそうなりたいものです」

ヤノはそれを手に取って、重みとバランスをたしかめたが、まだ包みを解こうとはしなかった。その瞬間を先送りにしているような感じだった。

「あらかじめ言っておきたいんですが」ボブは言った。「見るべき点は、それほどありません。あなたがおっしゃったように、それは戦争の遺品であり、酷使されて、ひどくよごれています。鞘は塗りなおす必要がありますし、柄がひどくゆるんでいて、鐔がちょっとカタカタ鳴りますし、柄に巻いてあるものがひどく傷んでいるうえに、柄の端の部分にある、わたしの考えでは、紐かなにかを通すための、小さな金属環が失われています。刀自体も、ひどく酷使されています。全体に傷や小さな窪みがあって、切っ先の近くに数ヶ所、刃こぼれがあります。なにしろ、パレードだの宮廷の儀式だのではなく、戦争に使われてきたものなので」

「いまは、そのことはわきに置きましょう。それより、お入りになって、こんどの旅の話でもお聞かせください。腰をおろし、くつろいで、お茶かジュースでもいかがです。アルコール類はたしなまれないことは憶えていますよ。そうでなかったら、酒をお勧めするところですがね。どうぞ、入って、ゆっくりしてください」

彼は客にスリッパを用意した。ボブはそれを履いてから、主につづいて短い階段をあがり、廊下を歩いて、居間に入った。そこの家具類は、サイズは小ぶりではあるもののの、洋式のものばかりだった。

ヤノは短く妻に話しかけ、妻が軽くボブにおじぎをして――ボブもぎこちなく、おじぎを返した――ミネラルウォーターとティーとコーヒーとジュースのどれがよいかと、たずねてきた。

「ミネラルウォーターにしていただけますか、奥さん」

彼女が短く娘のトモエに話しかけると、娘はいそいそと出ていき、ものの数秒のうちに、いろいろな飲みものを載せたトレイを手にひきかえしてきた。

ヤノはボブを上客用であるにちがいない席に連れていき、流儀をわきまえているボブは、二度――「いやいや、けっこうです」と――断わってから、その申し出を受けいれた。その席は、家族の記念の品々が飾られている、浅い壁の窪みを左手にするところに位置していた。その窪みには、各種の資格証明書、多様な軍事施設で撮られた制服姿のヤノの写真、野球のユニフォーム姿の息子たちの写真、卒業式のときの長女の写真が――アメリカの将校の家でよく見かけるように――飾られていた。その隅のところに、ぴちっとした詰襟の軍服を着て制帽をかぶり、きれいにひげを剃っている男の、セピア色になった写真が飾られているのが見えた。あれがミスター・ヤノの父親であるにちがいない。

この旅にまつわる話をしてほしいと求められたので、ボブはひとつだけ、逸話を話した。それひとつきりだったが、その話は笑いを誘うことになった。

「空の旅にまつわる最悪の要素は、セキュリティ・チェックの通過なんですよ」

「ええ、このごろは、ひどいもいいところですな」

「それが、わたしの場合は、つねに冒険になってしまうというわけで。信じられないでしょうが、わたしは金属探知機にひっかかるんですよ。サイレンや警報が鳴って、警備員たちがロープを張りめぐらす。いや、大げさな話ではなく、わたしの臀部には金属片が残ったままになっているので、必ず金属探知機を発狂させてしまうんです。で、いつもわきへひっぱっていかれて、体を上から下まで調べられるはめに。これのせいで、みんなをびくつかせることになるんですよ。わたしを撃った男は、これのせいでどれほど苦労させられることになったかを知れば、また別のターゲットを狙ってやれという気になるにちがいないですな」

ヤノが笑い、おとなしくすわっている息子たちに、日本語で手短に説明した。ボブはそのなかに、日本ふうのアクセントで発せられた〝ヴェトナム〟の語がまじっているのを聞きつけていた。

そのあと、息子たちがそれぞれ、自己紹介をした。レイモンドは十七歳、野球をしていて、来年は中央大学に進んで、電子工学を学ぶつもりでいるとのこと。ジョンは十四歳、やはり野球をしていて、まだ中学二年生なので、大学でなにを学ぶかは決めていないとのことだった。

トモエは十九歳で、慶應大学の医学部の学生とのこと。まったく口出しをしない、まじめそうな美しい少女で、阿吽《あうん》の呼吸で、この場のもてなし役《ホステス》に任じられているように思えた。この家族は、状況に応じて各自の仕事と責任を果たすための訓練をしっかりと受けているのだろうか。息子ふたりは聞き役、トモエは調達担当員、妻であり母であるスザンヌは慈悲深いゴッドマザー、フィリップは進行係であり、ホストであり、通訳。正確な英語が話せるのは彼だけで、そのつぎがスザンヌ、息子たちとトモエの英語はおおむね学校英語だった。そして、あのかわいらしい小さなミコはといえば、森の妖精のように自由奔放で、いたずらっぽく、絶えずくすくす笑っていた。彼女には、なにかボブを惹きつける魅力のようなものがあるように思え、それだけでなく、ボブは彼女がときどき自分を見つめていることに気づいてもいた。そこで、彼がウィンクを送ると、彼女はどっと笑いこけた。

彼女が母親になにかをささやきかける。

「スワガーさん」スザンヌが言った。「この子、あなたのことを『オズの魔法使い』に出てくるブリキの木こり――ティンマンだと思ってるんですって」

みんなが笑った。

スワガーは何年も前、娘といっしょにその映画を観たことがあったから、そのキャラクターのことはよく憶えていた。背が高くて、ぎらぎら光る、おかしな格好をしたやつで、巨大なブリキの胸を持ち、頭には漏斗がのっかっていた。なるほど、きっと自分はこの子にはそんなふうに見えるのだろう。

「ときどき、あちこちの関節を動かすのにオイルを点したほうがいいような気分になる朝がありますね」ボブは言った。「つまり、彼女はいいところを衝いてるというわけです。スウィーティ、でも、わたしはみんなと同じで、金属じゃなく、ふつうの皮膚でできているんだよ」

しかし、ミコは決めこんでいた。スワガーはティンマンだと。

家族はみな、ボブだけに注意を向けて、すわっていた。日本人は、客のもてなしに関してはよく教育されていて、ガイジンを迎えた場合でも、言語の障壁はただちに解消されてしまうように思えた。

が、さほどもなく、ミコが、自分はあまり注目されていないと判断したようだった。そのうち、彼女はクオーターバックを襲うラインバッカーのように父親に飛びついて、その膝にあがりこんでしまった。

また、みんなが笑った。

「小さな砲弾のような子でしてね」フィリップ・ヤノが言った。「ほかの子どもたちとはずいぶん歳が開いて生まれてきた子なんです。予期せぬ授かりものでしたが、いまはとても愛されていますよ」

彼女がスワガーに目を向けて、舌を突きだし、けらけら笑って、父親の胸に顔をうずめる。盛大にごそごそやって、居心地をよくしたまではよかったが、すぐに飽きてしまい、こんどは家族のほかの一員に飛びかかっていった。

そうこうするあいだもずっと、赤いスカーフに包まれたものはソファの上、ミスター・ヤノのかたわらに置かれていた。ヤノは一度もそれに言及せず、目も向けず、この場にはまったく関係のないもののようにしていた。どこからどう見ても、それは存在しないも同然だった。

それでも、ついにその時が訪れた。

「ミスター・スワガー、わたしの仕事部屋にお連れして、そこで刀の検分をごいっしょするというのはいかがです?」

「ええ、よろしいですとも」

ミスター・ヤノが娘に、日本語で手短に話しかける。

「同席して、メモを取るようにと、トモエに頼んだんです」彼が言った。「そうすれば、自分の第一印象を記録しておいて、のちのち参考にすることもできますから」

「そうですね」

ボブはミスター・ヤノにつづいて、階段をおりていった。彼らが入った小さな部屋は、きちょうめんなまでに整頓されていて、一方の側に、鮮やかな塗りが施された刀剣ケース——日本の呼びかたに従えば、鞘——におさめられた、長さも反りもさまざまな七振りの日本刀が飾られていた。別の壁には、刀剣に関する多種多様な書物をおさめた棚があった。作業台の上に、石が何個かと小さなハンマーが一丁、油の瓶が二、三個、それに、粉のパフのように見えるものや各種の工具やぼろ布が、整然と並べられていた。

「刀剣に打ちこんでおられるようですね」

「砥ぎのわざを学ぼうとしているんです。とてもむずかしくて、じつのところ、自分にはそれほどの忍耐力がありませんでね。それでも、がんばってみようと。もし、これをよく知ることができれば、なにかをほんとうに知ることができるのではないかと考えているんです」

「わかります。小さなことに没頭するのが最善の道となる場合が、ときにありますからね。それは世界を閉めだすことであり、同時に、それが世界になると」

父親が娘にそのことばを通訳すると、すみやかに答えが返ってきた。

「娘はこう言っています。あなたは前世では日本人だったにちがいない。そう考えれば、たくさんのことに説明がつくと」

「それはおほめのことばと受けとっておきましょう」

「そうしてください。では、この刀を」彼は自分の前、台の上に置かれた赤い布に向きあった。
「この種のものは、わが国では、文字どおり一千年以上ものあいだ、ひとつの妄念で
ありつづけました」とフィリップ・ヤノ。「西洋人は、たんなる鋼のかたまりだと言
うでしょう。しかし、われわれの病的なまでの観念に心を浸せば、あなたにも見えて
きます。われわれは勇気を愛し、けれどもまた暴力をも愛する。正義を求める意識を
持ち、けれどもまた殺すことをも望む。われわれの社会の活力、その活力ゆえの堕落。
規律、技能が重んじられ、けれどもまた圧制が、いや、独裁までが重んじられる。わ
たしはそういったことを何年か——そう、退役してこのかたずっと——熱心に研究し
てきました。それでもまだ、ろくになにもわかってはいません。この国には、そうい
ったことの研究に生涯をささげたひとが何人もいるのですよ。
そんなとき、あなたがわたしに、生涯で最高の瞬間をもたらしてくれました。ここ
何年か研究してきたことの成果が、いま、たんに国家やこの国の文化に対してのみな
らず、この家族に対しても、改めて試されるのです。あなたの度量の大きさには、ど
れほど高い敬意を表してもじゅうぶんではないように思います。生涯に渡って、恩に
着ます」

「これは、ひとりの兵士がもうひとりの兵士に、たまたまどちらの父親も兵士であったことに敬意を表して、手をさしのべたというだけのことです。このささやかなひときを迎えるための時間は、もうたっぷりと注ぎこみました。そろそろ、それを楽しむとしましょう」

「では、そのように」

彼が包みを開くと、歴史をくぐりぬけてきて、へたり、くたびれた物体が、彼の前に姿を現した。

彼は娘に語りかけ、娘が記録を取る。そのあと、ヤノはボブにそれを通訳した。

「下緒《さげお》が欠けていることからは、三四年式新軍刀の刀装と見られるが、鞘が金属製であることは三九年式の変種を意味し、また、刀身は刀装と起源を同じくするものではない。ふむふむ、柄巻に付着しているよごれは、おそらくは、わたしの父の汗と血液か。あるいは、他人の血液かも。目釘を注意深く見ると、なにかねばっとした黒いもの、たぶんタールもしくはインクと思われるものが、付いた痕跡が見てとれる。近年に加えられた圧力の痕跡が見え、その粘りのある物質の膜が裂けている。膜の裂け目のすぐ下にある、糊もしくはインクのようなものは、さらに黒味が強く、ごく最近まで、それは光からさえぎられていたことを示唆している」

「それはなにを意味します？」ボブはたずねた。

「わかりません。見当がつかない。だれかが目釘をハンマーでたたきだそうとしたのかもしれないと想像はできますが」

「トミー・カルペパーに聞いた話では、彼が子どものころ、友だちといっしょにそれをたたきだそうとしたとか。分解してみたかったということです。しかし、どうやってもうまくいかなかったと」

ミスター・ヤノはなにも言わなかった。しばらくしてやっと、彼は口を開いた。

「いいでしょう。刀身を」

おそるおそるといっていいような感じで、彼は手をのばし、鞘から刀身を抜いて、むきだしになった刀を台に置いた。

「古刀？」娘が言った。

「たぶん、古刀を模造した新刀だろう」彼が言った。

「わたしには、コトーに見えます」英語で、娘が言った。

「うん。たしかに、そのように見える。あるいは――」彼はそこで口をつぐんだ。

男は困惑を、いや、おそらくは動揺をあらわにして、刀を吟味し始め、小部屋に垂れこめた沈黙が募っていく。その顔から表情が抜け落ち、ふいにまぶたが重く、ぶあつくなったように見え、息をしているのかどうかすらわからないほどになっていた。

ようやく、彼が口を開いた。

「これほど気をそそられるものはない。たんなる可能性ではあれ、これほど気をそそられるものはない」

そう言うと、彼はボブに向きなおった。

「お国の言いまわしではどうでしたか? プロットがさらにこみいってくる?」

「そうですね。ものごとがますます複雑になってくるという意味なら」

「まさにそうです。あの戦争の際、日本は刀を必要としました。数十万もの刀を製造するために、ふたつの会社が設立されたほどです。そのようにして造られた刀は新軍刀と呼ばれ、今日では、記念の品としての値打ちしかありません。わたしはずっと、父が携えていたのはその種の軍刀だと考えていました。大半の、いやまあ、多くの将校がそうだったからです。おそらく、彼自身、そのように思いこんでいたんでしょう。けれども、それと同時に、別の可能性も存在していました。多数の古来の刀が、熱烈に国を愛する家族の愛国心から軍用に振りむけられ、そういう刀は軍刀工場において、つまるところ専門の職人でもなんでもない工場労働者の手によって、本来の高貴さをかなりの程度、奪われてしまったのです。古来の刀の精妙な拵《こしらえ》は——つまり、刀の柄、鐔などなどの刀装品は——あっさりと捨てられました。あんなに美しいもの、あれほどの工芸品が、ただのごみの山と化すことを思って、涙にくれるひともいたでしょう。古来の刀は、軍人が携行するにあたっての所定の長さにするために、根元の——専門用語で言えば、茎《なかご》の——ほうから切り詰められ、そのために、もとの刀工がそこに記していた情報、つまり、製作の年月日とか、どういう武将のために製作されたものであるかとか、その刀の切れ味はどうだとか、場合によっては、その刀に与えた名称だの軍神にささげる祈りだのといったものをも含む情報の、多くが失われてしまいました。短くなった茎をのばすために、刀身の、もとは根元の側だった部分が削られ、柄に合わせて新たな穴が開けられ、軍用の装備が施されたのです。そして、金属製の鞘におさめられて——中国か、ビルマか、フィリピンか、とにかく軍事行動が展開されていた地域へ、送られました。そのようにして、名工の作品が、もののみごとに軍用の品に姿を変えてしまったというわけです」

「これにもそんなふうなことが起こったと？」

「どうでしょう。ありえないことではない。古来の刀身が切り詰められて、軍用にされたものであることは、明らかです。形状の優美さからして、娘が気づいたように、コトー――古い刀のように見えます。古刀は一般的に、新刀よりも刃が薄く、より優美で、鋭利、言い換えれば、より切れ味が鋭い。古刀という語の〝古い〟は――まあ、考えかたの相違はありますが――おおむね、西暦一六〇〇年より以前を意味します。もちろん、事情はそう単純ではありません。新刀の――つまり、一六〇〇年以後の刀の――刀工が、古刀の形状を模倣したにすぎない場合もあります。よくあることでしてね。刀工たちも、つまるところは商人であり、注文されたものを製作する身であって、市場の動向に応じて、さまざまな刀を造ろうとしたのですよ」

「つまり、この刀はある種の古美術品、歴史的価値のある工芸品かもしれないということですね。高い値がつくような？」

「その可能性はおおいにありますが、われわれとしては、このようなものを売るわけにはいきません。父が持っていたものですしね。わたしが言わんとしているのは、これは、その、興味深いものであるかもしれないということです。この興味深いというのは、取るに足りない矢野の家系にとってだけではないという意味です。学者にとって興味深く、歴史家にとって興味深く、この国とその文化にとって興味深い。なによりも気をそそられるのは、この刀の歴史的価値であり、これの茎に残されたものからなにが知りうるかということです。見こみがあるようなら、刀を砥がせてみてもいいでしょう。わたしでは、その試みには力不足ですので。刀砥ぎというのは、最高のレベルに到達できるのはほんの少数というほど、修練に長い年月を要するものなんです。なんにせよ、この刀に秘密があるとすれば、砥ぐことによってそれが明らかになるでしょう。砥がせてみれば、これがなにを秘めているかがわかるはずです」

9 新撰組の仁井

新撰組の仁井は、従順な侍だ。偉大な親分、近藤の命令なら、なんであれ従う。近藤さんのためなら、死んでもいい。なにしろ、近藤さんは、野放図な街の荒くれだった若者のなかに才能を、もしかすると将来までをも見いだしてくれた。そんな身になれることを願う人間はおおぜいいるが、それが仁井には現実に起こったのだ。無に等しい存在だった仁井が、新撰組の一員に取りたてられた。彼はもはや、ほかの子どもたちの笑いものになる、薄よごれた孤児ではなかった。ぶよっとしていた体は、厳しい訓練によって引き締まった。学びとったことの多さはわれながら驚くほどであり、偉大な親分への敬愛の念が募るのに応じて、おのれを信じる気持ちも強まっていった。

彼はまだ若輩者だが、新撰組においては、あらゆることが可能だった。この集団は最高の男たちによって組織され、その規律は厳格ではあっても、選ばれた者たちの一員であるという快感と特権意識はなにものにも換えがたかった。

彼は刀の扱いを学んだ。長い刀の備える迫力と威力、その力強さと優美さの、精妙で効率的な使いかたを学んだ。判断力と経験をもとに、正しく用いれば、刀はなんであれ切り裂くことができ、人体を一刀両断することすらできる。彼は、それを抜き放つことを思い描いた。それを揮って、稲妻のような一撃を加えれば、血がびゅっと噴出し、斬られた男は悲鳴をあげて、動かなくなる。

それより短い、自己防衛用の刀、脇差《わきざし》の扱いも学んだ。屋内で用いる刀だ。これなら、天井や脇柱に当ててしまうことはないし、長い刀――打刀《うちがたな》――に近い威力も備えている。新撰組の者がそれを使えば、だれも歯向かうことはできないだろう。すばやく、激しく斬りつけ、斬られたやつの顔に茫然自失の表情が浮かんで、痛みがひろがり、咳とともに血があふれ出て、そいつがずた袋のように床に倒れ伏す光景が、目に見えるようだった。

短刀の扱いも学んだ。これは、切るのではなく突くために造られたものなので、刀や脇差とはちがって、反りはほとんどない。もし仁井が力をこめてこれを用いれば、新撰組のだれよりも深々と相手に突き刺すことができるだろう。致命的な臓器にやすやすと届かせることができるだろうし、彼にはどこを刺せばいいかは正確にわかっていた。肩のあたりから、やや下方に角度を取って、脈打つ心臓へ突き通す。あるいは、背後から、脊椎のすぐ横に突き刺して、首から下へ七個の椎骨をつらぬいて、やはり心臓へ突き通す。刺された心臓は、ほんの数秒で動きを停止し、それが支えていた肉体は、すぐに膝が崩れ、目が白目をむいて、ぐにゃりとなり、だらしなく倒れていって、しばしば床を打つときに歯をへし折りながら、つっぷす。そして、床に血の海がひろがっていく。

だが、短刀には別の用途もあった。恥辱を受けたり、包囲されたりした際、短刀は威厳を保つための唯一の希望を与えてくれる。新撰組の仁井は、いざという場合、おのれの恥をすすぎ、近藤さんに向ける敬愛を永遠のものとするにはなにをせねばならないかを心得ていた。自分にはそれができることもわかっていた。それをするには、一秒も要らない。

短刀の切っ先を、自分の腹の、胃から十センチから十二センチほど左側にある窪んだところに突き立てる。十五センチほどのところにすれば、なおよいが、それほど長い範囲を自分で掻き切れる者は多くはないだろう。突き立てたあと、腹の、臍のすぐ下のあたりを手際よく真横に切り裂く。そのためには、つねに短刀の切れ味を保っておくことだ。血があふれ、血と体液にまみれた内臓がずるりと出て、糞や尿などといったものも出てくる。短刀が最後の地点に達したあとも、意識は八秒ほど残ると言われている。興味深い八秒となることだろう。そのとき、腹を切ったやつは悲鳴をあげる？　この苦しみを終わらせてくれと哀願する？　男らしさを失ってしまう？

いや、新撰組の仁井はそうはならない。親分の前で、恥をさらすわけにはいかないのだ。その苦しみは、戦士として潔く死ぬという歓喜のきわみなのだから、声など出すはずがない。それが戦士のありようだ。死にざまこそが――

彼のアイポッドが流していた音楽が、とまった。

くそ、バッテリーがへたりかけている。まただ！　このアイポッドは最低だ！　こいつはいつも、自分を落ちこませる。

彼はそれまで、ブリクストン・ユナイテッド・フットボール・スタジアムでのコンサートで収録されたアークティック・モンキーズの大ヒット曲、『ホワットエヴァー・ピープル・セイ・アイ・アム、ザッツ・ホワット・アイム・ノット』を聴いていた。そのビートは、目いっぱい気合を高めてくれていた。骨まで伝わってくるビートなのだ。

あーあ。アークティック・モンキーズが聴けないとしたら、長い夜になってしまうだろう。彼はマルボロに手をのばして、火をつけた。彼は、矢野邸から半ブロックほどのところに、しゃれたジェットブラックの五人乗り日産マキシマを駐めて、そのなかにすわっているのだった。

与えられた仕事は、あのアメリカ人。あのアメリカ人のそばにへばりつき、なにか動きがあるか計画に変更が生じるかした場合は、近藤さんに電話を入れること。夜通しここにいなくてはいけなくなったら、そうするまでのことだ。

彼は中国製の脇差をベルトの背中側に斜めに通して携行し、38スペシャル弾をこめたスミス&ウェッソン・モデル10も所持していた。イタリア製の黒のシャツとイタリア製の黒のスーツを着て、イタリア製の黒の帽子をかぶり、ひどく値の張るナイキのマイケル・ジョーダン・モデル・スニーカーを履いている。このルイヴィトンのサングラスは、四万円以上もした。じつにクールなサングラスだった。髪はクルーカットにし、ワックスでぴんとつったてて、きっちりかためてある。手入れは完璧だ。彼はいま二十三歳、雄牛のように力強く、なんでもやれる覚悟ができていた。死ぬ覚悟はとうにできている。

新撰組の仁井は、とびっきりの侍なのだ。

10 黒い錆

「その錆」トモエ・ヤノが英語で言った。「その錆が見えるでしょう、おとうさん」

「うむ、じつに美しい錆だ」とフィリップ・ヤノ。

ボブは思った。このふたり、頭がいかれてる?

「あれは古刀に特有の錆なんです。古刀の錆ほど黒い錆は、ほかにありません」

「美しい。美しい黒錆だ」とフィリップ。「おう、なんと美しい」

父親が外科用のゴム手袋をはめて、刀を分解していた。それ用に完璧にサイズが合わされた小さなハンマーと釘を用いて、竹の目釘を柄から打ちだしていく。目釘はあっさりと飛び出てきた。ヤノは小さな竹の釘が台の上に転がるのを目で追い、見つめた。

「少なくとも、新刀ではある。もともとは、古刀かもしれない」

「それなら、なぜこんなにかんたんに？　すぐに抜けてしまいましたけど」

ボブは思いだした。あの釘が抜けなかったという話を。が、彼はなにも言わなかった。自分がなにを知っているというのか？

「わからんな。もしかすると、最近、分解されたことがあるのかも。なんとも言えないがね。それも、あまたある疑問のひとつだ。これはきわめて興味深い」

フィリップ・ヤノが柄を滑らせて抜き、それから慎重にガード——鐔と呼ばれることをボブは知っている——と、数枚のスペーサー——切羽——を外し、最後に、茎の首につけて刀身を安定させるための金具、はばきを外してから、台の上に部品を整然と並べていった。刀身は、切っ先が下に握りの部分が上になるようにして置かれ、鐔と四枚のスペーサーは平たく置かれた。

そのとき、茎に巻きつけられている紙片が、彼らの目にとまった。

「あの紙」重い声で、若い娘が言った。

「うん、見えてるよ」

「おとうさん、外してみて。なんなのか、見てみましょう」

「いや、まだ、まだだ。書く用意はできているか？」

「はい」

彼は日本語で早口にまくしたて、そのあと、それを通訳した。

「この鐔――つまり、ガードは、軍の支給品で、やはり三九年式のものである。すなわち、新たな鞘があてがわれたときに、この鐔は再利用されたものである。いまトモエに言ったのは、このようなことです。スペーサー――切羽もまた、軍の支給品であり、はばきも特殊なものではありません。二個の穴は、これが切り詰められたものであることを示しますが、それは、われわれもすでに知っていることです」

「その錆」トモエが言った。

「その錆がどうだというんです?」

ボブはたずねた。茎全体がびっしりと黒く腐食していて、その下の台に、細かな黒い錆がこぼれ落ちている。

「錆が黒いほど」フィリップ・ヤノが言った。「古い刀ということになります。つまり、スワガーさん、この刀は少なくとも四百年は前のものということになるわけです。なんらかのいきさつで、それに三九年式の軍装品が組みつけられることになったんですよ」

「それは珍しいこと?」

「よくあったことです」

「とすれば、この刀は、四〇年代にどこかの工場で機械的に製造されたものではないということですね。もっと古いものだと。本物のサムライの刀だと。これほど鋭利なのは、それが理由ですか？」

「そのとおりです。日本が封建時代にさしかかる直前——西暦一六〇〇年以前に——どこかの小さな仕事場で、ある天才が鍛冶場に就き、オレンジ色に輝く数個の金属塊のそれぞれを二十回以上も槌でたたいては折りかえして、ひとつに合体させ、ひとつになったオレンジ色の金属をさらに何度も何度もたたいて、鋭く鍛えあげ、そのあと冷却用の粘土で熱を取っている光景を想像してください。そのあと、彼は仕上げにかかり、どこまでも刃先を鋭利にしていきます。刀は三種の鋼から成っています。背骨にあたる部分はやわらかく、それが重みと靭性、そして流れるような感触を与え、その外側にあたる、いくぶんやわらかな部分は、中心部より純度の高い鉄でできてはいても、やはり、かなりの靭性があり、刃先となる部分は、より硬い鍛鉄——焼刃——が、それらをはさみこむ構造になっていて、鋭利であり、鎧をつらぬいて、肉と骨を断ち、人体を深々と切り裂くことができるようになっています。そう、これはまぎれもなく戦《いくさ》の刀であり、父が硫黄島へ携えていったものだとしても、彼はけっして、この美しい刀を初めて身につけた兵士ではなかったということです。これは、古来の、貴重な、何度も戦場で揮われた刀なのです。火のなかで生まれ、土によって冷やされ、血を求めるべく運命づけられた刀。ここに記された銘が、その物語を語ってくれるかもしれません」

彼は、茎に深く刻まれている一連の日本の文字を指さした。それは、何世紀も前の刀工が、彼自身とその製作物を、そして、だれのために造ったかを記したものだ。

「その銘文が読めるんですか？」ボブはきいた。

「そこが、おもしろいことになるでしょうね。古刀の刀工は何千といましたので、このあと、われわれは記録を調べて、だれがこの刀を造ったのかを突きとめるということをしなくてはいけないでしょう。これの刀工がだれなのかが判明し、もしかすると、その持ち主も判明するかもしれません。そのあとは、歴史をあたって、この刀の履歴をまとめる作業に取りかかります。これはかつて、どこにあったのか、なんらかのいきさつで、わたしの父の、つぎにあなたの父上の、そしてその息子たちのもとに来るまでに、なにをしたのか」

「そのすべてに意味がありますね」娘が言った。「おとうさん、スワガーさんのために茎の銘を読んであげて」

「ナカゴとは、柄の内側に隠れていた、この錆びた部分のことでして。これだけのものであっても、そこには過去からの魅惑的な伝言が詰まっています。これは磨上茎《すりあげ》、もしくは大磨上茎《おおすりあげ》でしょう。であるならば、刀身は〝切り詰め〟と〝大きな切り詰め〟の中間ということであり、決定的な要素は、銘がどの程度まで残っているかということになります。通例、刀身の尻は、切り詰められた場合であっても、原形をとどめているものです。貴重なものを損ねることになった工員が、名匠に敬意をはらったとでもいいましょうか。この形状は入山形《いりやまがた》と呼ばれ、十六世紀ないし十七世紀のものであることを示しています。茎の刃先の側は、鎬《しのぎ》の線の末端と鋭角を成し、反対側は、棟《むね》に対して平行もしくはわずかに上反りになっています」

ついていけない、とボブは思った。

それでも、フィリップ・ヤノが言っているのは、原形を探るための手がかりをとどめている、茎の尻の形状に関する説明であることぐらいは、推測がついた。

「この種のものにお詳しいようですね」

「いや、無知も同然です」とヤノ。「こういう用語を詩のようにすらすらと印象深く語るひとは少なくないですが、わたしの知識は怪しいもので、苦労します。もっとよくわかっていればと、まだろくにわかっていない自分をののしりたい気分ですよ」

「しかし、わたしにも基本的なところはつかめたのではないでしょうか? つまり、これはとても古い刀であり、あなたの家系にとっての範囲をこえた意味を持つかもしれないと。専門家に調べてもらうべきであると」

「そのとおりです。なんでもないものかもしれません。古いコルトのすべてがワイアット・アープに所持されていたわけではないのと同じで、古い刀のすべてが宮本武蔵に用いられたわけではありません。ですから、可能性はとても小さなものです。それでも……あることはあります。そうでしょう。籤《くじ》は、必ずだれかが当たるものです。鑑定を受ける前に、わたしにできるかぎりのことを調べてみます。ひと目でわかるひとがおおぜいいるかもしれないのに、わたしがやるというのは、よけいな時間がかかるだけで、ばかげたことではあるでしょう。しかし、それでいいんです。父とともにすごす時間ともなりますからね」

「その紙を」娘が言った。

「うん、そろそろだな」

「なにかの覚書のように見えますね」ボブは言った。

「そのように見えるので、恐れているんですよ。おそらく、辞世の詩でしょう。われわれ日本人は、よくそういうことをしたんです。死は、われわれにとっておおいに歓迎すべきことなので、それをわが手に抱き寄せ、詩をもって祝福しようとしたわけです」

「そう言いながら、ためらってるわ、おとうさん」娘が言った。

「〝神よ、救いたまえ、もはや耐えられない〟と書いてあったとしたら」

「もしそうなら、あなたの父上も人間だったことがわかるというものです」ボブは言った。「わたしは何度も撃たれて、いつもこう思いましたよ。〝神よ、救いたまえ、もはや耐えられない〟」

「スワガーさんは真実を語ってらっしゃるわ、おとうさん。向きあわなきゃ。おとうさんのおとうさんに手をさしのべなくちゃ」

「ひとりになられたい？」

「いやいや」とヤノ。「愛する者と尊敬するひとがいっしょにいてくれるほうが、はるかにいい」

彼が茎を包んでいた紙をはがして、振ると、酸化した古代の鋼鉄の細かな粉がはらはらと落ちた。

彼がそれを読んで、すすり泣き始める。

娘もそれを読んで、やはり、すすり泣き始めた。

なにも言わずにいるのがいちばんだとボブは考えたが、そのとき、娘が涙に濡れた顔をあげて、彼に向けてきた。

「これは、硫黄島にいたすべての兵士に手向けたものだと思います」フィリップ・ヤノが言った。「肌の色には関係なく」

彼は読んだ。

火の山の
いただきに出し月
地獄に累々たる屍と
死にゆく者どもの面《おもて》を照らす
黒き島の黒き砂に埋もれ
運命《さだめ》を待つ兵士たち
われらは硫黄の島の
砕かれし玉《ぎょく》なり

11
鋼

火曜日、息子のレイモンドが野球の試合に出て、シングルヒットと二塁打を打った。左翼を守って、その強肩と、たくみに打球を追う本能を見せつけた。水曜日、娘のトモエがリサイタルに出演した。彼女はチェロを演奏し、少なくともボブには、すばらしい腕前であるように思えた。

ボブがすっかり魅了されたのは、子どもたちがとても行儀がよかったからとか、野球や演奏の腕が秀でていたからとかではなく、また、愛らしい小さなミコが、自分の娘、ニッキを――幼いころ、あの子は自分の名をY2K4と書いていた――思い起こさせるからでもなかった。そのファミリーはある意味で、海兵隊を理想化したような一家だったからだ。ひとりひとりが自分のなすべき仕事はなにかをわきまえていて、それを実行する。だらしのなさや、あからさまな自慢や、険悪な恨みといったものは、なにもない。もしあったとしても、彼らは心の奥深くに抑えこんでいて、あらわにしたり爆発させたりすることはけっしてなかった。しかも、ヤノ家のひとびとはよく笑い、表向きにではなく、心から、ひとりひとりの存在をよろこびあっているように見えた。彼らとともにいると、ボブはほんとうにしあわせな気持ちになれたのだ。

「いいえ、わたしはおおいに楽しんでいますし、手厚くもてなしていただいています。ただ、そろそろ、おいとましなくてはいけません。生活の場に、アメリカに帰らなくては」

「お発ちになる前に、いい知らせができればと思っていたんですが」ミスター・ヤノが言った。「手もとの書物はすべて調べつくして、問い合せに取りかかったところなんですよ。十九世紀の古書は数多くあって、それには膨大な情報が記されています。『ザ・ブック・オヴ・ザ・ソード』は、この百年のあいだに何度も版を重ねています。最大のコレクションは、大阪の大学にあります。そこへの旅を予定しているんですよ。あなたにも、日本のあの地方を楽しんでいただけるだろうと」

「きっと楽しめるでしょうね。しかし、妻と娘が待っていますし、やりかけの仕事もいろいろとあるんですよ。草原を切り開いている話はしましたね？　やっぱり、あの作業はかたづけてしまいたいんです。わたしがティンマンだということは憶えておいででしょう。ザクッ、ザクッ、ザクッと切っていくんです」

「よくわかりました」

最後の夜、彼とフィリップ・ヤノは、家族が寝室にひきとったあとも、寝ずに起きていた。ヤノは、陶器の瓶から小さな平たい鉢にサケを注いで、飲んでいた。ボブはお茶だった。それは、ふたりを結びつけることになった事情、戦争のことや戦傷のことを語りあって、信頼を醸成するためのひとときとなった。

「臀部のぐあいはどうです？　痛みがあるんですか？」

「痛みには慣れるものです。あれはつねに、ほかのどれよりも温度が何度か低くて、前に申しあげたように、空港のセキュリティを通過するのが大変です。近ごろは、笑ってすむ話ではありませんのでね」

「ほかに戦傷は？」

「飛んでくる小さな鋼鉄の粒からのがれることはできなかったようで。何度も撃たれて、負傷しましたよ。ここをやられたときのが最悪でした。残念なことに、その際、ある友人の生命が奪われ、彼は世界にたくさんの貢献ができただろう若者でしたから、いまもその死を悼んでいます。ほかの傷はどれも、ずきんとする程度のもので、日常にさしさわるようなものはないですね」

「娘の話では、安眠されていないとか」

「申しわけない。ご家族をびくつかせていなければいいんですが。わたしの見る夢は、快いとはとてもいえないものばかりなので。わたしはおおぜいの生命を奪いました。前は、自分はたいしたサムライだと考えていたんですよ。しかし、それはなんのためだったのか？　それが、どうしても、つかみきれない。まあ、〝義務〟と呼ばれるものでしょうか。わたしはそれが定義できるほど利口ではないですが、いまもそれを感じることはできますし、それがなんであるにせよ、いまもなお、感じているんです」

「それこそが、サムライの負うべきものです。義務に殉ずることが。だからこそ、われわれが安楽な気持ちでいられるのは、やはり生命を奪い、血と荒廃を見、敗北と痛恨を味わったことのある、ほかのサムライのなかにいるときにかぎられてしまう。ほかのひとびとには、ほんとうのところはわからない。彼らにも推測はできます。しかし、ほんとうのところはわからないんです」

「自分がいまも酒をたしなむ身だったら、その話に一杯、といきたいところですね。ひとつ、きかずにはいられないことがあるんですよ、フィリップ。その目です。あなたはなにも言わないが、そこに傷痕があることは、見ればわかりますからね」

「あ、これ。たいしたものじゃないです。イラクで」

聞きちがえたか、とボブは思った。もしかして、自分は酔っぱらっている？　この男はほんとうにイラクと言ったのか？　あそこでは、いまも合衆国海兵隊が戦っているのだ。

「あそこは、われわれアメリカ人にとってやっかいな場所だと思っていたんですが」

「日本は国際支援の精神に基づいて、少人数から成る非戦闘部隊を派遣し、名目上はオランダの戦闘部隊の護衛のもと、サマワと呼ばれる南部の町において復旧工事などの任務に就きました。ご承知のように、日本人は穴掘りが大の得意でして。それはともかく、日本はオランダ軍を完全に信頼してはいなかったので、事実上の護衛部隊として、小編成の空挺部隊がひそかに派遣されました。そして、自分がその指揮官に選ばれるという栄誉に浴したんです。退役の時期も、先送りにされました。通常なら、五十五歳で退役しなくてはならないのに、きみを信頼しているから、その任務が終了するまで制服を着ていてくれと要請されましてね」

「あなたはすぐれた将校だったにちがいない。そういう任務は、凡庸な将校に任せるわけにいきませんからね。いや、いまさら言うまでもないことですが」

「わたしは職務に励みましたが、もちろん、あなたのような天分があるわけではない。あなたは英雄であり、わたしは最善を尽くそうとする一介の将校であったにすぎません。二〇〇四年の二月三日、日本の兵員輸送車の近辺で手製爆弾《IED》が爆発し、輸送車がふっとばされて、炎上し始めました。数名の兵士が脱出困難の事態に陥ったのです。それをなんとかするのは、当然、指揮官であるわたしの役目となります。われわれはどうにか全員を脱出させはしたのですが、させきる前に、近辺でロケット推進式榴弾《RPG》が爆発して、この顔が切り裂かれ、片目が損なわれた。そういうわけです。三十三年間、奉職し、わずか十秒間の戦闘を経験して、キャリアを終わらせる負傷をした。そんなものです。わたしは、自分にできることをした。部下たちを脱出させることができ、その兵士たちは敬意の念をもってわたしのことを憶えていてくれるだろうと信じています」

「よその国の戦争に派遣されて、爆弾を浴びるというのは、愉快なことではないですね」

「おかしな話ですが、日本は公式には、戦闘部隊を戦地に派遣していないことになっているので、この目は公傷扱いにならないんです。もっとも、目はその評価に同意してはいませんが。いずれにせよ、ご奉公はもうじゅうぶんというわけで」

「いやいや、お父上はあなたのことを誇りに思われるでしょう。ほかの人間はしてくれなくても、彼は敬礼を送ってくれるはず。わたしの父もそうするでしょう。彼らはわかってくれます」

「じつに親切なおことば。ところで、ひとつ、あなたに贈りものがあるんですよ」

「え、ほんとうに？」

「はい。非常に日本的なものです。なんの意味も持たないかもしれません。しかし、われわれは、父のありように倣おうとする点において共通するのであれば、これは人生の指針となります。われわれの父はどちらも、われわれよりすぐれた男でしたが」

「ええ、はるかに」

ヤノは部屋を出て、丁寧に包装された、書物もしくは書物サイズのなにかに見える包みを持って、ひきかえしてきた。

「いま開いてもよろしい？」ボブはきいた。

「ええ、説明をしなくてはいけないので」

ひどくきっちりと包装されていたので、ボブはまた冒瀆的な行為をしているような気分にさせられた。包装紙を破っていくと、その内側に、古い木でできた楕円形のフレームが見えてきた。表返してみると、黄色い和紙の中央に、美しい手書きの日本の文字が並んでいた。見ると、筆で記されたその文字には、流れ落ちる水や多彩な木の葉のような、かろやかさ、器用さ、正確さ、芸術性といったものが感じとれた。

たのです」

「なるほど」ボブは言った。「プロフェッショナルであったと」

「ええ。サムライ、戦士として。わが父も、あなたの父上も、同じ。なので、これをあなたに進呈しましょう。もちろん、原本ではありません。原本は、値がつけられないほど高価なので。しかし、この手書きの文字は、書に秀でた日本人が武蔵の筆跡をまねて書いたものなんです」

「なにが書かれているのか、教えてください」

「彼がこれを書いたのは、西暦一六四五年。古い時代ですが、彼にはわかっていたんです。そこにはこのようなことが書かれています。〝鋼、肉を斬る。鋼、骨を斬る。鋼、鋼を斬らず〟おわかりになる？」

ボブにはわかった。

「美しい」彼は言った。

「その文字は、宮本武蔵という男が書いたものです。彼は、日本で最高の剣士と見なされています。六十回をこえる決闘をし、そのすべてに勝利した男。彼は崇拝されていますが、それはその知恵によってなのです。隠遁したあと、彼は剣術の手引きであり、人生の手引きである、『五輪書』を記しました。彼にとって、刀こそが人生だっ

「ほかのひとびとはどうか。彼らは肉と骨でできている。彼らは、斬られてしまう。ふつうのひとびとです。眠り、夢を見る。彼らは柔弱。われわれは堅固。われわれは戦士です。われわれを斬ることはできない。それが、われわれの務めです。だからこそ、彼らには想像もできない事態が生じた際に、われわれが必要とされるのです」フィリップ・ヤノは言った。

12 サケ

新撰組の仁井は、ずっとあのアメリカ人のそばにへばりついていた。その男はこの朝、矢野邸の玄関先で、麗々しく儀式じみた別れの挨拶をしたあと、タクシーを拾ったが、行き先は、予想していた駅ではなく、日本の戦死者が祭られている神社、靖国神社だった。

欧米の人間はあまり足を向けないところだ。彼の荷物を積んだタクシーはパーキングロットに入り、小銭を支払って、待機にかかり、アメリカ人は神社の境内に入りこんで、しばらくのあいだ祭壇の前につつましく立っていた。仁井はいぶかしんだ。こいつはいったいどういうことだ？　さっぱり意味がわからない。

やがて、その男は地面を歩きだした。ガイジンとあって、ほかのひとびとは彼を避けるようにしていたが、男は気づかず、気にもとめていないように見えた。ちょっと片足をひきずるような妙な歩きかたで、またなにか霊的なものとのやりとりをしようとしているように、ゆっくりと足を運んでいる。男は、若いヤクザにはそんなことをする人間がいようとは想像もできなかったほど長いあいだ、そこにとどまっていた。男が天を突く鋼鉄の鳥居のほうへ歩き、戦死した侍の魂を映しだしているように見えるその鳥居の下に立つ。通常の鳥居は木製のものが多いが、それは鋼鉄製で、そのことが男にはなにかの意味を持っているように思えた。そのあと、男は広い石畳の参道を歩いて、門から二百メートルあまりのところにある、白い布が掛けられた木造の拝殿まで足を運んだ。そして、とばりのように立ち並んで、東京の喧騒からその場所を遮断している木々をしげしげと見た。それから、拝殿に行き、なかをのぞきこんだ。瞑想でもしているのだろうか――ガイジンがなにをやらかすものか、だれにわかるというんだ？

それでも、ようやく、男はタクシーにひきかえし、運転手は混雑をかきわけて車を走らせ、ＪＲの駅にたどり着いた。仁井はあっさりと道端に自分の車を放置して――もちろん、警察に牽引されてしまうことになるが、取りもどすのはかんたんだ――ＪＲの成田エクスプレスの切符を買い、車内を歩いて、適当な席にすわり、東京から六十キロほど離れた空港の第二ターミナルまで、ずっとアメリカ人の監視をつづけた。

ガイジンがＪＡＬの列に並ぶ。小ぶりなバッグを二個持って、ジーンズにタン色のジャケット、その下はポロシャツという軽装だった。内心、じりじりしていることが、体の動きに出ていた。列が進んで、自分の番が来ると、男は書類を提出して、荷物の中身を出してみせた。仁井が離れた場所から見守るなか、アメリカ人がセキュリティを通りぬけにかかり、そこで、ちょっとした騒動が始まった。見ていると、アメリカ人が列から引きだされ、検査官が精査を始めて、検査棒で何度も全身を撫でまわし、書類が通関の三段階の部署で調べられ、そこでようやく、通過の許可が出た。それが、仁井が最後に見たときの、その男の姿だった。なんの感情も読みとれない顔をした、長身の外国人。いやというほど目になじんだ、ひっきりなしに表情を変える、毛むくじゃらの獣じみたヤッピー連中の顔とは、大ちがいだった。その男のまなざしは異様なまでに力強く——それは、もしその胸中に疑惑が走れば、敵に悪運が降りかかることを意味する——その奥には、膨大な秘密の知識が蓄えられているように感じさせた。

だが、当面、新撰組の仁井にとっての仕事はかたづいた。完璧な侍を自負する彼は、携帯電話を取りだし、本拠に電話を入れて、報告をおこなった。すぐに戻ってくるようにとの指示が来た。今夜がその夜になるのだ。

やっと、一件落着。搭乗券は持っている、荷物のチェックは終わった、搭乗は一時間以内に始まり、座席はさいわい、通路側のが取れた。あとは、出発ゲートに向かうだけのこと。乗る予定の便は十五分遅れになったが、そのあいだに夕食をすませておけばいいし、そのあとは、ひと眠りして、目が覚めたときには、ロサンジェルス国際空港《LAX》に着陸するという寸法だ。それから、一時間ほど時間をつぶして、ボイシへの便に乗る。

気分がよかった。ようやく、それなりの満足感が得られた。おやじがよろこんでくれるだろうという思いがあった。自分はできるかぎりのことをして、借りを返し、恩に報いたのだ。

なあ、おやじ、おれはいまも、あんたがおれにしてほしいと思ってることをしようと努力してるんだ。あんたがここにいて、それを見てくれないのが残念だよ。

あいにく、彼はもう、酒は飲まないことにしていた。それなのに、体のどこかに、それを求めてうずうずしている部分があった。こんなに気分がいいのだから、任務の終結を祝って、過去に敬意をささげたいものだ。

考えれば考えるほど、ここは一杯やるのがいいアイデアだという思いが強まってきた。これ一度きりということで。

いや、だめだ。残念しごくだが、だめなものはだめなんだ。

一杯やったが最後、おまえは波にさらわれていき、打ちあげられる場所は神のみぞ知るという始末になる。前にもそんなことがあったじゃないか。

彼は七〇年代の大半を、飲んだくれてすごした。そのあいだに職を転々とし、苦痛を味わい、妻と二軒の家、友人たちの忍耐と同輩たちの敬意を失って、情けない自分に引き金を引こうとしたことが十度あまりもあった。そのあと、すべてを放棄することで、なんとかそれを克服したのだった。自分ひとりでこの世界を引き受けることはできない。ひとりで過去の記憶を引き受けることはできない。両方とも、放りだすしかなかった。そんなわけで、それからは、修道士のように、ライフルと犬、山岳と木々だけを友にして暮らし、亡命者のように、だれとも話さず、読書と射撃、散歩と犬の世話に明け暮れて、自分が失ったものをいくらかでも取りもどそうとしながら、ささやかな隠遁生活を送ってきた。

そんな生活を最後までつづけることもできたはずだった。だが、状況に変化が生じていた。それからしばらくは、とうに忘れたと思っていた技術を磨きなおすことに手を取られるはめになった。技術は忘れてはいなかった。彼を生きのびさせてくれ、そして恐ろしいことに、その身に備わった最高のものである、そのちょっとした技術は、まだちゃんと残っていた。スワガー家の男は、戦いの権化だ。彼らは戦士なのだ。ほかのなにものでもない。場合によっては、礼儀をわきまえたやりとりもできはするが、彼らの本性はそんなものではない。義務感に凝りかたまった、あのアールにしても、高い波と日本軍の青白いトレイサーを縫ってタラワの海を歩いていくときであれ、武装強盗どもを追ってアーカンソーのとうもろこし畑に入りこんだときであれ、やはりそんなものではなかったにちがいない。そして、三度のヴェトナム遠征を経験し、だれの説が真実なのかによるが、アメリカ軍史上、一番か二番か三番か四番めの狙撃手《スナイパー》であるボブもまた、そんなものではなかった。

それならなぜ、おまえは飲みたがるんだ？

おまえは飲みたくなどない。

必要のないことだ。

わたしにはきれいな妻がいて、きれいな娘がいて、渓谷の牧草地から暮れなずむ山並みまで一望のもとに見渡せる家を建てようとしている。わたしがそんなものを持てるようになることを予想した人間がいるだろうか？　老スナイパーたちのいったいだれが、そんなものを持てるようになるものか？　おまえは百回以上も、ひとを狩り、相手が倒れて動かなくなるのをスコープを通して間近に見てきた。いま、ひどく酔っぱらったら、二度と自分を取りもどせなくなるかもしれないんだぞ。

わたしは自分を取りもどしたんだ、と彼は思った。酒の助けなど必要ない。が、ふと、彼は思った。いいじゃないか、きょうは父のためにいいことをしたんだ。そう思うと、とてつもなくうれしい気分になった。はるか昔のおやじの記憶がよみがえってくる。父はけっして自分をたたかなかった。ほかの子どもたちはみな、くそ、こんちくしょう、きのうもまた、とうさんにこっぴどくケツをたたかれたんだと言っていた。あんまり痛いから、二度と豚に餌をやり忘れたりはしませんって言ったんだと。しかし、アール・スワガーはけっして、一度も、自分をたたかなかった。父の死後、何年かたったころ、母が珍しくしらふのときに、そのわけをきいたことがあった。

「それは、彼のおとうさんが、傷痕が残るほどひどく、ふたりの息子たちをぶってたから。あなたのおとうさんは、おとなの男が子どもをたたくのは卑劣なやりかただと考えて、それをルールとして自分に課したの。あなたのおとうさんはそういう男だった。だから、ああ、わたしは彼が恋しくてならないの」

ボブもまた、父が恋しかった。一九五五年の六月、父が黒白の州警パトカーに乗って、自分たちの農場から走り去ったときのことは、いまもよく憶えている。父はふりかえりはしなかったが、バックミラーに映る息子の姿を目にして、片手をあげ、ボブも手をふって返したのだった。「バイバイ、とうさん」と。その二時間後、父は死んだ。ボブは九歳だった。

そしていま、彼は思った。わたしは父が気に入ってくれるだろうことをやったんだ。もし彼があの場にいたら、ほほえんでくれただろう。わたしは、アール・スワガーがこの世に残した最後の借りを返し、恩に報いた。おやじのためになることをしたのだ。一杯やってもいい時があるとすれば、いまがそうだ。

そんなわけで、彼はぶらぶらとセキュリティを通過して、レストランや土産物店や免税の宝石店などが並ぶ、成田のしゃれたモールにあがって、小さなバーを見つけた。日本的な部分はどこにもない、フランスふうといっていい見かけの店で、内装は茶色ずくめ、ボトルもまた茶色ずくめと、バーのみが持つ、渇きを覚えている男にやすらぎをもたらす雰囲気が充満していた。彼はストゥールに腰をかけ、カウンターのなかにいる白い上着の若い男の視線をとらえて、言った。

「サケを一杯、やりたいんだが？」

若者が笑みを返す。その男は日本人なのに、ボブがかつて知った、ひどくおおぜいの若者たちとよく似た感じに見えた。

「かしこまりました」なまりがほとんどない、きれいな英語で若者は言った。「熱くしたほうがよろしい?」

「みんなはどうやって飲むのかな? 友人が小さな陶器の鉢みたいなので飲むのを、見たことはあるんだ。小さくて平たい、ガラスに似た容器で」

「ええ、わたしたちはそんなふうにして飲みます。でも、マスと呼ばれる四角い木の箱に注いで、飲むというやりかたもします。それをお試しになります? 熱くすることもできますよ! お望みなら、電子レンジで加熱してさしあげます。そうやってお飲みになれば、もう完全な日本人ですよ」

「ほう、きみのこの美しい国がわたしみたいな人間を迎える準備をしてくれていたとは思わなかったね。いや、やはり、わが友、フィリップ・ヤノのように、ストレートで、そして、例のちっぽけな平たい鉢に注いで、それをやるとしよう」

「すぐにご用意します」

若者が棚から大きなボトルを取りだし、半インチほどの高さの平たい鉢のようなものを用意してから、透明な液体をほんの少し、それに注いだ。

ボブはその奇妙なカップを手に取って、においを嗅いだ。薬品のようなにおいがした。あちこちの病院に入院していた、あのいやというほど長い日々が頭に浮かび、自分の体に入れられたり体から出されたりした液体や、断裂した肉に看護兵が処置をしたときの焼けるような感触が、思いだされた。

「センパーファイ」ボブは言った。「もしわたしが堕落しかけてるのなら、捕まえてくれ」

「なにをお考えに？」

「ふむむ。きみらがこれを好きになれるわけがわかるよ。こいつはオーライだ」

刺すようなにおいのするそれは、喉を通るときに、ほのかな甘みを感じさせ、それは果実っぽい感じがかすかにあって、強烈なものではなかったが、飲み下すと、焼けるような感触が残って、その甘さの下には火がひそんでいることをうかがわせた。

「おかわりを？」

「うん、いいんじゃないか。飛行機が出るまでに、まだ一時間はあるし、乗ったあとは、太平洋をこえてしまうまで、眠る以外なにもするつもりはないからね」

彼は二杯めもセンパーファイと唱えて飲み、三杯めは道中の安全のため、つぎの一杯は海兵隊のため、そのつぎはヴェトナムで死んだ男たちのため、そのつぎは太平洋で死んだ男たちのため、そのつぎは生きている男たちのため、そのつぎは生きていたかったのに死んでしまった男たちのため、そのつぎはだれのためでもなく、飲んだ。

途中のどこかで、自分の脚の先にある足がだれのものなのかわからなくなり、若いバーテンダーは、どんな若者も、そしてまた若い海兵隊員も、世間での身の処しかたを知っているにちがいないおとなに対してなら、当然そうするように、おかわりの注文に応じていった。そうなると、彼としては、この若者に一杯おごらずにはいられず、それは完璧に筋の通ったことでもあった。そして、もちろん、手洗いにも行かずにはいられなくなり、その場所を教わって、手洗いを見つけ、なかに入ると、とうに知っていたことではあるが、日本の手洗いというのはサイエンスフィクションに出てくるようなもので、どうしたわけか、つねに完璧に清潔な状態に保たれていることを再発見した。ややこしい作業をなんとかすませてから、腕時計を見ると、搭乗しなくてはいけない時間になっていることに気がついた。彼は出発ゲートをめざした。

そのとき、不安を来《きた》す発見があった。バーに腰を据えているあいだに、なにものかがやってきて、空港を変えてしまったのだ。いま、そこは別の空港になっていて、懸命にゲートを探せば探すほど、そこは見知らぬ世界になっていった。気がつくと、自分はかなり疲れていて、たぶん、それはだれか別人の足を運んでいるせいだろうから、ちょっと休まなくてはいけないと判断した。

一度、空港の係員に揺すぶられて目を覚ましたが、すぐにまた寝入ってしまい、二度めに目を覚ますと、いかめしい顔をした警官に身を揺すぶられていた。

おっと、ひどい頭痛がする！　万力に頭を締めつけられているような、そして、それの締め具をふたり組のスモー・レスラーが全体重をかけて押しているような感じだった。

ふと思った。くそ、ここは飛行機のなかじゃないぞ。

腕時計を見る。

トーキョー時間の、午前六時四十七分。

飛行機は、とうに出ている。

きわめて面倒な事態に陥ったことに気がついて、彼はしばらく、すわったまま動けずにいた。

おう、このばか、間抜け。おまえはあほうだ。最初の一杯さえやらなければ、こんなことにはならなかったのに。

目をあげて、空港を見渡すと、手洗いを出たあと、どこかで廊下を折れる方角をまちがえ、その失敗を何度も重ねて、誤った回廊にたどり着いてしまったのだとわかった。しなくてはならないことを、頭のなかに地図で描いてみる。メイン・ターミナルに戻って、列に並び、未使用の搭乗券を渡して、つぎに乗れるＬＡＸ経由の便の券を

——料金はどれくらいになるだろう？——再発行してもらい、ジュリィに電話をかけて、事情を知らせ、それから、なにかを食べて、動かずに待つ。ＬＡＸで、先に着いている荷物を回収しなくてはならないことを考えると、フィリップ・ヤノにもらった書が失われている可能性に思い当たって、こんどは怒りが生じてきた。鋼、肉を斬る。鋼、骨を斬る。鋼、鋼を斬らず。

おまえは薄ばかだ。

つぎに思ったのは（なんと、心の動きが鈍くなっていることか！）、もしかすると出発ゲートを離れなくても再発行ができる方法があるかもしれず、それなら、セキュリティを通過する際のごたごたは免れるだろうということだった。

そこでようやく、彼は立ちあがって、最初の行動に取りかかる決断をした。まずはコーヒー。つぎに食事。それから、おのれの愚かさが招いた試練に直面する覚悟をかためる。

そんなわけで、ターミナルを歩いていくと、十分かそこらのうちに、なんと、ＪＡＬのオフィスとカウンターが見つかった。が、あいにく、そこはまだ開いていなかった。開業は八時となっているから、まだ一時間半ほど先だ。そのまま歩いていくと、国際線出発ターミナルのしゃれたモールに行きあたり、すぐにスターバックスが見つかったので、まだ実際には開業前だったのに、カウンターの若い男たちになんとか話をつけて、コーヒーを一杯、出してもらった。新しい〈USAトゥデイ・インターナショナル〉があったので、それを読み、それから〈インターナショナル・ヘラルド・トリビューン〉と〈ニューズウィーク〉アジア版を読んだ。

やっと八時になった。JALのカウンターにひきかえし、列の先頭に並んで、搭乗券を渡し、サケと手洗いにまつわる冒険のいきさつを、いくぶんおぼつかない叙述で説明すると、苦もなく、午後一時発のLAX行き便の切符を再発行してもらえた。通路側のシートも確保できた。荷物についても、問題はなかった。LAXの合衆国税関に留め置かれているだろうとのこと。係の女性は、笑みまで返してくれた。

そのあと、国際電話を見つけて、妻に電話をかけると、ありがたいことに、彼女は外出していた。伝言を残すことにし、真実を告げるのが最善だと判断した。彼女は一週間ほどは不機嫌だろうが、どうせばれる嘘をつくよりは、そのほうがいい結末になる。

こうして、九時になる前に、なすべきことをなして、かたはつき、あとは数時間、待つしかないということになった。

このいまいましい空港を発つのに、悲しくなることなどないだろう。

彼は腰をおろし、ひと息ついてから、つぎの行動に移る決断をした。さっきのスターバックスに行き、長い列に並んで、またコーヒーを注文する。店内はこみあっていたので、ターミナルをぶらぶら歩いて、空いた席をひとつ見つけた。

そのうち——午前十時半ごろ——そこに並んでいるテレビのひとつに映しだされた、あるイメージに目がとまった。心の動きが鈍いせいで、なにと判別ができるまでに、ちょっと時間がかかった。なんとなく見覚えがあるという感じが、だんだんと明瞭になっていき、ようやく、見知ったものになった。

それは、フィリップ・ヤノだった。

つぎに、ヤノ家の家族の写真、彼らの家で見たことのある写真が、映しだされた。フィリップ、スザンヌ、医師になる道を進んでいた物静かなトモエ、息子たちであるレイモンドとジョン、そして最後に、あの愛らしい小さなミコ。

そのあと、あんなに楽しいひとときをすごさせてもらったあの家——それは炎に包まれていた。

ボブはじっとすわったまま、それが意味するものを把握しようと、なんとか自分にも理解できる筋書きにまとめようとした。

隣にすわっている、スーツ姿の日本人のほうに顔を向ける。

「すみませんが、あのテレビ。あれはなにを言ってるんでしょう?」唐突に、彼はきいた。相手が英語を話せるかどうかをたずねることも忘れていた。

だが、相手は英語が話せた。

「なんと悲惨なことが」男は言った。「尊敬されていたひとなのに。火事で。彼とその家族が。みんな死んでしまったんです」

13　近藤勇

彼は仕事部屋にいた。家族はすでに二階にひきとって、眠っていたが、夜が更けてもまだ、フィリップ・矢野だけは眠らず、父のものであった刀を前にしていた。

鋭い刃先と、刀身に粘りを与える地肉の部分が出会う、おぼろげな刃文《はもん》のあたりに、傷やまくれや曇りが網目のようにひろがり、小さな錆や欠けや割れが点々とある、その反りの深い刀が、彼の前の台の上に鎮座している。刀身の面を鈍く照らすライトが、毒々しくよごれ、傷みきって、悪臭と瘴気を放っているような、それの不完全さをあぶりだしていた。

おまえはどんな秘密を宿しているのか？　彼はいぶかしんだ。

半年という期間と、寸あたり一万五千円をこえる料金を投じて、おまえを研磨してもらうべきなのか？　それで、もし……なにも明らかになってはくれなかったとしたら。もし、おまえは、過去に何度となく研磨されたために、もろくなっていて、ほんの少し息を吹きかけただけで折れてしまうような、くたびれた老刀になっているのだとしたら。おまえは忘れ去られることを願っているのか。また研磨をすれば——それは十度めなのか、十五度めなのか、それとも五百度めなのか？——さらにおまえを削りとって、さらにおまえを弱くし、さらに無名性を強めることになるのだろうか。

それなら、わたしはかねと時間を浪費し、おまえに向ける思いを損なうだけのことになってしまう。

彼は前に置いたそれを、忘れられた過去のいつか、とりたてて天分もないどこかの鍛冶屋によって造られた、凡庸な古い刀にすぎないのだと考えようとした。おまえはそれでよい。おまえはよく働いた。戦《いくさ》に、処刑に、ことによると果たし合いや待ち伏せや暗殺に、ことによると政争や謀反や謀略のなかで、あるいはまた一、二度は江戸か京都の儀式の場で、使われてきて、そのあげく、火と粘土から生まれて数百年ののち、軍装品として切り詰められて、戦争の用に供され、最終的に、つかの間、矢野秀樹という名の忘れられた将校の所有するところとなり、彼は硫黄の島で軍務に就き——なんのための軍務だったのか？——そこで死んだ。忘れられた先祖たち。そこにどのような意味を見いだせるのか？　ろくな意味はない。ほかのあまたの刀、ほかのあまたの男にまつわる物語と、同じことだ。

自分は父の刀を持っている。それでじゅうぶんだ。

それでも、やはり……それでも、やはり……。

これはとても古い。少なくとも、一五〇〇年代のいつかに造られた古刀ではある。

これは、異様なほど、いや、妖しいほどに鋭利だ。造られて数世紀を経たいまでさえ、スワガーさんやわたしが紙をあてがうと、これはその紙をあっさりと、まっすぐに断ち切ったのだ。

ある物語が頭に浮かぶ。

その昔、正宗という史上最高の刀匠がいて、その弟子が、自分はついに師を凌駕する刀を造ったと考えるようになった。その弟子は、うぬぼれと野心に動かされて、腕比べを要求した。

老師は拒絶したが、最終的にはそれを呑んだ。

若者の刀が、川に突き立てられた。いろいろなものが流れてくる。その刀はそれを斬った……小枝でも木の葉でも魚でも、なんでも。ごみでも紙でもあぶくでも。流れてくるものがなんであれ、それは断ち切った。

そして、老師の刀が、川に突き立てられた。

その刀は……なにも斬らなかった。

流れてくるものがなんであれ、それは刀からそれていった。

しばしののち、若者は勝ち誇って、言った。

おれの勝ちだ！　おれの刀のほうがよく切れる！　おれの刀はあらゆるものを斬り、そちらはなにも斬らなかった！

老師、正宗は笑みを浮かべて、自分の刀を川から引き抜いた。

認めろ、師よ、と若者は言った。おれのほうがよく切れる。これはあらゆるものを斬るのだ。

老師、正宗は満足して、歩み去っていく。

その行動を見て、若者は師に目を向けた。

師よ、おれの刀のほうがはるかにすぐれていると言ってくれ。はっきりさせてくれ。

それはちがう、と師は言った。わが刀は道を知る。それは、斬るべきものをなにも見なかったのだ。わが刀は、この世に害をなすものではない。それは、世の役に立つために生まれてきた。これは義の刀だ。おまえの刀はさにあらず、無差別にあらゆるものを斬る。それは邪刀だ。徳を有しない。それは破棄されるべきだ。

矢野は、鈍く光るそれを見つめた。悪い予感がした。鬼か魔がわが身を通りぬけていったような、寒気を覚えた。これは邪刀、妖刀だ、と彼は思った。

その若い刀匠の名は村正、彼の造った刀にはある評判が立った。彼の刀には邪悪なところがある。それは血を求め、それを揮う者はだれであれ、卓越した殺戮者になるか、その刀によって命を落とす。その刀は、とりわけ将軍家の血を強く求めた。数世紀に渡って、村正の刀は徳川家の死のいくつかに関わりを持ち、最後にはその帯刀は禁じられることになった。見つけられた刀はすべて集められて、破棄され、わずか数振りのみが残った。これが村正の刀ということはありうるのか？

これほどすばやく、きれいに、まっすぐに、ものを断ち切れる刀は、かつて見たことがない。

あのアメリカ人にはそこまではわからず、娘の友恵もそこまではわからなかった。だが、自分にはわかっている。

これは伝説の刀のように切れる。これはあらゆるものを斬る。正宗の刀ではない。その若い弟子の刀だ。

彼は茎に目を向けた。

いくつもの漢字が、ひとつのまとまりごとにひとつの詩となって、平たい金属の棒に並んでいる。その金属は歳月によって曇り、精妙さは錆に埋没していた。新たな所有者である戦士の求めによってうがたれた穴に——三個の穴に——記されてきたそれの歴史は、最終的には一九四一年前後に海軍兵器工場で、へんてつもない機械によって軍装のひとつとして切り詰められ、研磨されて、最後の穴がそこにうがたれ、それが宿す秘密は、一九三九年式新軍刀の安っぽい金属柄のなかにとじこめられたのだ。それは、かつては至高のものであったとしても、いまは陳腐なものにすぎなかった。

彼はそこに刻まれた銘文を調べ、何時間か、手もとの書物に目を通していった。

千二百部限定出版の『図説刀装金工銘集録』。笹野大行監修の『刀装具の起源』。加島進の『鐔の美』。池田末松の『加納夏雄名品集』。これの刀工は、加納のような現代刀の刀工ではないが、加納がこの刀工からなんらかのアイデアを得た可能性はあり、矢野がこの鋼の面にそれの存在を識別するということもありえた。同じ理由で、『寒山新刀辞典』や、永山の『刀剣鑑定読本』も、そこに置かれていた。

大学に行けば、『光遜押形』や『埋忠名鑑』や『新刀銘盡』の正の巻があり、それ以外にも参考になる書物があるだろう。けれども、大半の刀剣コレクションにおいて雑品扱いにされる、ありきたりな古刀の刀工たちの資料はほとんど欠損しているだろうし、おそらく、解答はそこにこそあるのだ。

ひとつ、可能性はあった。『古刀便宜』という書物だ。それは、多数の二流刀工を扱った書物で、驚くほど精巧な模造刀や、贋造を調べられるようにするための、たがねの痕跡の詳細が記されている。そこには、西暦一二三四五年から一五九〇年までの、新刀に近い時代の刀から写しとられた押形や、きれいな模造刀の錆のない茎の数かずが記載されているのだ。

だが、それを所有しているのはだれか？　調べだすには、かなりの時間がかかるだろう。復刻は一度もされなかった書物だが、もしそういうことがらを記載した書物があるとすれば、それしかなさそうだ。

そのとき、ある考えが頭に浮かんだ。

彼は自分のコンピュータの前に行って、手早くログインした。Eメールをチェックしたところ、いつもメールが来ていた験しはないのだが、やはり、なにも来ていなかったので、すぐに英語でグーグル検索に取りかかった。〝Ｋｏｔｏ　Ｂｅｎｇｉ〟と入力すると、検索システムがコンピュータの宇宙をサーチして、十項目の可能性を導きだした。

ふうん、オンライン百科事典はひとつだけで、あとは、刀剣を富裕なアメリカ人たちに仕入れの七倍の値で売りつける、よくある刀剣販売業のサイトがいくつか、インデックスやほかの刀剣サイトへのリンクがいくつか、書物だの、刀剣関連の記念品だの、柄の内側にはさむ金具である目貫《めぬき》とか切羽とかといった刀剣の小物だの、刀の差《さし》表《おもて》にさしてあったりする短い刀、小柄《こづか》だのを販売するショップへのリンクがいくつか。サーチを始めて一時間が過ぎたころ、オクラホマ州（なんとアメリカだ！）タルサの、〈サムライ・ショップ〉を自称する小さな店に行きあたった。しばらく、法外に高価ではあるものの、本物であることは明らかな（日本美術刀剣保存協会によって審査され、証明されたことを意味する書類が添付されているものが多かった）刀剣類を見て、それからようやく、〝ブックス〟のアイコンをクリックして、書物のリストを呼びだした。リストを調べていくと、なかほどのところに、とても希少な『古刀便宜』の一八二三年版が見つかった。背表紙がもろく、表紙に染みはあるが、状態はよく、価格は千七百五十ドル。

千七百五十ドルとは！

日本にも、どこかに『古刀便宜』があるにちがいないし、それをあたって調べるのがよさそうだ。どこかの図書館か寺院の所蔵品のなかに、あるだろう。

〝サムライ〟が国際的に知られるようになってきたので、刀剣にまつわる希少な古来の物品が、日本の国内と同じように、アメリカの中西部でもスコットランドの高地でもイタリアの半島でも、見つけられるようになっているのだ。それがある場所には、コレクターたちがうんかのごとく群がってくる。やってきて、熱狂的に買いあさり、再販売し、多数のコレクターが知識を身に着ける。それが、なにより奇妙な点だった。刀剣に関して、世界でもっとも博識なひとびとの多くは、日本人ではない。それだから、一八二三年に、日本の刀剣研究家が一四〇〇年代中盤から一六〇〇年ごろまでの刀剣類を調べ、茎を精細に写生したり押形を取ったりして、著わした書物が、戦《いくさ》や内乱や変革や大戦がつづいた騒乱の百八十四年間を生きのび、最後にオクラホマ州タルサの店内におさまって、目端のきくその店主がインターネットと呼ばれるディスプレイに展示するということが起こる。そしていま、それが数世紀の時をこえて、東京の郊外に住む退役軍人の前に姿を現したのだ！

〈サムライ・ショップ〉のホームページには、その貴重な古書の表紙とそれのタイトルページが表示され、〝ランダムページ〟へのリンクのアイコンと長々しい商品説明があった。

いいとも、と彼は思った。誘いにのってやろうじゃないか、オクラホマのサムライさんよ。

〝ランダムページ〟をクリックすると、ひとつまたひとつと、セットになったページが画面に表示されていった。

しばらくして、彼は手をとめた。いま見ているものが、彼のものとなった刀、製作者不明のその刀の、茎であることに気がついたのだ。それは、矢野の刀だった。

そう、あれはそうだ。

そうにちがいない。

もちろん、コンピュータの画面に表示されている茎は、もっと長かった。あの狂気の大戦の用に供するために海軍兵器工場の野蛮人たちによって、漢字の銘文のなかばのところで断ち切られたものではないからだ。

それでも、矢野が自分の刀の茎尻を間近に調べてみると、帯鋸か鑢で雑に切断されたその部分に、同じみっつの文字が並んでいるのがはっきりと見てとれた。完全に一致する。

コンピュータの画面に表示されているのは、彼が手袋をして目の前に持っている刀の、茎が切り詰められていない完全な姿だった。つかめるのだ。その由来が、その刀工が、それはどういう武士あるいは武家に供されたのか、その試し斬りの結果はどうか、そして――

村正の刀ではないことがわかったために、一瞬、彼は失望を覚えた。ちがうのであれば、それはだれでありうるのか？　それを突きとめるのは宝くじで大当たりを出すようなもので、百万分の一の可能性しかないだろう。その刀工の名は、彼にはなじみのないものだったのだ。その名はふたつの漢字から成り、ひとつは則《のり》で、もうひとつは長《なが》だった。つまり、その刀工は則長という名であり、おそらくは大和伝だ（その刀は大和伝系に見えた）。しかし、則長さんよ、あなたはその他おおぜいのひとりにすぎない。これはたまたま、あなたが造ったなかで、もっとも鋭いものだったのだろう。そのことは誇りに思ってくれていいのだが。

が、そのとき、彼は別のことに気がついた。茎尻のところに、小さなへこみのようなものがある。黒い錆や雑に研磨された古い鋼のでこぼこにうもれて、ほとんど見てとれないほど小さなへこみが。

彼は宝石職人などが使うルーペを取りだし、刀を光のなかにかざして、その印のようなものを丹念に調べてみた。

それは漢字ではなく、ひとつの表象、日本ではたんに紋と呼ばれることが多い、家紋《ファミリークレスト》の一種だった。

鉛筆と紙を手にとって、見えているものを描き、そのあとその絵を見たとき、彼は仰天した。なにかのメダルに貼りつけられた、四枚歯の魚雷のスクリューのように見えたのだ。その現代風の絵柄に、彼は当惑を覚えた。旧帝国海軍の魚雷要員が身に着けていそうなしろものだ。十七世紀とはなんの関係もないように思える。

彼は、自分の所有する『モン・ザ・ジャパニーズ・ファミリー・クレスト』のところへ足を運んだ。それは、アジアの美術に関する西洋のパイオニアであり、人生をサムライに関わるすべての事物にささげた、風変わりなカリフォルニア男、ウィリス・M・ホーリーの編になる書物だ。ホーリーは、一九五〇年代および六〇年代の砥師と刀工に魅了された数少ない西洋人のひとりであり、百科事典の編纂を得意としていた。数千にのぼる日本の紋を収集、分類する忍耐力を備えた人間は、西洋には彼しかいなかっただろう。

矢野はため息をついた。紋の記載されたページをくって調べていくのは、何時間がかりの仕事になるだろう。彼は腕時計に目をやった。かなり遅い時刻になっていた。そろそろ寝室にひきとったほうがいい。

が、すぐにまた、思った。まあ、手始めに。とりあえず、始めてみよう。そして、またあす、そのつづきをやることにして。

ところが、その書物を開いてみたところ、アルファベット順ではなく、パターンをもとに分類されていることが判明した。それのページをくって、くっきりとした黒と白で描かれたパターンの、十八種ほどある基本的な絵柄を調べていくと、ごく一般的な菊や柿や瓜や葛や桔梗などはあったものの——当然というか、魚雷のスクリューのようなものは見当たらなかった。ほかには、楓、栗、鷹、絹の巻物、兎、蝙蝠、蜻蛉、鏃など。そして——魚雷のスクリュー！　いや、ちがう、それは軍事用語の羽《ファン》であって、これは鳥の羽《ファン》なのだ！

急いで五十九ページを開いたところ、その鳥の羽の絵柄の、十八通りのヴァリエーションが見つかったが、一致するものはなかったので、少しページを戻ると、ほかの羽の絵柄が——糸杉のような羽、羽毛のような羽、たたまれた羽、麻のような羽など——十通りあまり見つかった。彼はその羽の絵柄を何度も見くらべてみた。光にかざして、正しい角度に持っていくと、四百年前にたがねで刻まれた小さな印が、ルーペを通して、いくぶんぼやっとした絵柄で見える。彼自身が白い紙に鉛筆で描いたその絵柄は、それよりずっと大きいが、必然的にもっと雑なものになっていた。そして、ホーリーの書物にある黒と白のヴァリエーションは、せいぜいが直径二センチ半程度ではあっても、くっきりと鮮やかだ。丸のなかに直角に重なっているせいで四枚に見えていたものは、じつは二枚の羽であることが、いまは明瞭に見えていた。この二枚の羽の意味を知る者はいるのだろうか？　そんなことはどうでもいい。ついに、それが見つかったのだ。彼はそれの家系を示した漢字表記を追っていき、つぎにローマ字表記を追っていき……。

それは、赤穂の浅野家の紋だった。

彼は仰天して、すわりこんだ。心臓が動悸を打ち始めた。

それは、歴史上もっとも有名な武家の紋だった。

だが、彼が感じていたのは高揚ではなかった。

過去の亡霊がよみがえったのだ。もしこの刀が浅野家に、そしてその血なまぐさい歴史に根ざすものであれば、そして、則長という名がやはり浅野家に結びつくのであれば、これは一挙に計り知れない価値を有する刀となるのだが、矢野にとっては、なにが名誉なのかが問題だった。この刀は、たいせつに保存されるのがふさわしい希少な〝文化遺産〟となり、この国の大規模な博物館に展示されることになるだろう。それの来歴が添えられて。はかりごと、襲撃、争い、死、そして全員の切腹。それは、侍の精神を完全に集約し、侍の概念が日本に、そして世界に対して意味するものを極限まで純化し、高めた行動として記されるだろう。

彼は思った。こんなことがありうると――？

いや、可能性があるという程度のものではない。さまざまな可能性が、頭のなかを駆けめぐった。この刀は、あの血なまぐさい討ち入りの夜にこれを携えていた浪士から没収されたあと、盗まれるか紛失するかしたのだ。その後、半世紀ほどは、その物語は、やはり暴力的で血なまぐさい別の物語の数かずのなかにうずもれていて、その意味を認識する者はいなかった。だが、一七四八年、人形浄瑠璃が『仮名手本忠臣蔵』を演目にすると、それはその物語を有名にし、歌舞伎の多数の演目の基ともなった。しかし、その物語を不朽のものとしたのは、歌麿、豊国、北斎、国貞、広重などの浮世絵師たちだ。そのなかでも、もっとも有名なのは国芳で、彼はそれを題材にして十一通りの物語を絵に表し、また二十作もの三枚つづきの浮世絵を世に出した。

そのころには、すでにこの刀は行方知れずとなっていた。これは、ある家から別の家へ、ある刀剣商から別の刀剣商へと移りめぐったあと、どうしてか、大いなる熱狂的な愛国心の噴出のなかで、ほかの数万もの刀とともに政府の所有するところとなって、切り詰められ、削られ、機械で——ブーン、ブーンと！——研磨されて、戦地へ送りだされ、そこでまた、いくたの冒険をし、最終的に彼の父の手に、ついで、とあるアメリカ人の手に渡ることとなった。そして、いま、それが戻ってきたのだ。

矢野は恐怖を覚えた。

この発見は幸運などではなく、巨大な責任を負うことになるのだ。この刀は数億円の価値があるだけでなく、国の文化遺産でもある。人殺しをしてでも手に入れる価値のあるものということだ。これは巨大な影響力を持つ。これは高い地位と、名声と、そして……。

もし、だれかが知れば。

それが、鍵となる疑問だった。知っている人間がいるだろうか？　だれが知ろう？

そのとき、ガラスの割れる音が聞こえた。

彼は息を詰めて、待った。ふたたび、心臓が動悸を打ち始める。

怒声が、「ウォー！」という大声が、聞こえた。

あれは鬨《とき》の声だ。

彼は手近にある唯一の無傷の武器、一八六一年に造られた新新刀《しんしんとう》に手をのばした。

仁井は耳を澄ました。

「新撰組の青年たちよ、これはおまえたちの血塗りの儀式、成人の儀式だ。覚悟はよいか？　おまえたちは度胸を、強さを、決意を、持ちあわせているか？　それとも、有象無象のひとり、あの自堕落な連中のひとりにすぎないのか？」

近藤さんは激烈な早口でしゃべっている。

「おまえたちはこれからも、髪を青く染め、爪を黒く塗って、モールをほっつき歩いていたいか？　無軌道に踊りまくったり、安っぽい身なりでうろついたりしていたいか？　裏道や体育館で発情し、意味もなく、兎のように性交にふけりたいか？　麻薬に溺れ、快楽にぼやけた頭で人生をすごしたいか？　それとも、おまえたちは志操堅固な、武士道に生きる男、勇気と献身の男なのか？　おまえたちは侍なのか？」

「われわれは侍だ！」雄叫びがあがった。

彼らは総勢四名が、トラックの後部に乗りこんでいた。時刻は午前四時、場所は静かな東京の郊外だ。彼らは矢野邸の前に、トラックを駐めていた。いずれも、剣道着の黒い袴と上着を身に着け、親指部分が別になっているタビソックスに黒足袋を重ねて、草履を履いている。それぞれが、ふた振りの刀剣、中国製の脇差と刀を携え、それぞれが、消音器付きのグロック九ミリ拳銃を携行していた。

「では、わが魂を受け継ぐ子分たちよ、おまえたちは行かねばならん！」近藤の声が届き、四人は興奮が極限まで高まるのを感じた。

先陣は野熊、つぎは宮元、そのつぎが彼、仁井で、最後が夏目だった。四人がトラックを飛び降り、身を低くして、忍び足でその家に歩いていく。

ドアは鍵がかかっていた。

野熊がドアを蹴りつけ、蹴りつけながら、そこには斬るべき相手はいないというのに、居合の抜き打ちをおこなった。その間に、ほかの三人もそれぞれの刀を抜いていた。それはおそらく、一万回以上もその形を稽古してきた野熊のような、優美な動きではなかっただろう。野熊の洗練された身のこなしをまねられる者がそこに居合わせていないのは、不運というほかなかった。

野熊が邸内に走りこんで、「ウォー!」と叫び、斬るべき相手を探した。そこには、だれもいなかった。

が、一階のようすをうかがうと、光が漏れているのが見えた。

「ウォー!」ふたたび彼は叫ぶと、玄関の段をあがって廊下を走りだし、仁井がそれにつづき、あとのふたりは二階へ向かった。

廊下を走っていった野熊は、とあるドアから男がひとり、刀を持って出てくるのを見て、血への渇望をたぎらせ、気力を横溢させながら、そちらへ駆け寄って、真っ向からの切り下しで斬りかかっていった。上から下へと揮われた刀は、相手の男を頭から臍まで両断するはずだった。

ところが、なんと、その男はたくみに横手に足をさばいて、流れるようなすばやい動きでその攻撃を受け流した。それは、相手の攻撃をなめらかにかわしつつ、水平に刀を揮って反撃ができる動きであり、男の刀は強烈に野熊の腹を、臍からわき腹まで、背骨に届きそうなほど深々と断ち切って、腸も内臓もなにもかもを切り裂き、そのあとすぐ、その刀は、内臓などにからまることのないよう、やはり水平に引き抜かれ、野熊は哀れにも、血を噴出させて倒れこんだ。すでにその肉体は薄皮に包まれた血袋でしかなく、破裂したその袋はさほどもなく中身を空にしてしまうのだ。

仁井は勇気と決意をもって、相手に切り下ろしで打ちかかろうと刀を振りあげたが、相手の男はあまりにすばやく、すでに振り戻しかけていた刀の柄を猛烈な勢いで仁井の目の下にたたきつけてきた。頭のなかに火花が散って、朦朧となり、痛み以外のことはなにもわからなくなった仁井は、全身の力を失って、野熊からあふれ出た血の海に倒れこんでいき、ごつんと床を打って気絶した。

矢野は、最初の男を斬り捨てた。大学時代に習った初歩的な剣道の動きをまだ覚えていたとはわれながら意外だったが、刀は深々と、しかし唖然とするほどらくらくと相手を切り裂いていた。だが、これは自分にとって初めての殺人だなどと考えている暇はなかった。そのときにはもう、家族のことしか頭になかったのだ。

彼はそれまでの動作をそのままつづけ、最小限の動きで刀の柄を、がっしりした二番めの男の顔にたたきつけて、刀にこめた力を相手に送りこんだ。筋肉男の顔面に痛烈な打撃が入り、その男もまた倒れこんでいくのが見えた。おそらく、顔の骨が折れただろう。

三人めが現れたので、彼はそちらに身をまわしてから、振りかぶった両肘を曲げ、足を踏ん張って、切り下ろしの構えをとったが、その男は先のふたりよりはるかに腕が立つらしく、その一撃を流してかわし、矢野の側面にまわりこんだ。

一家の父は身をひねったが、男はさっと位置を変えて、姿が見えなくなった。矢野はふたたび刀を振りあげ、そのときやっと、自分が手ひどく斬られていることに気がついた。両脚が、両膝が崩れ、身がずるずると滑り落ちていき、ついに彼は床にあおむけに倒れこんで、上を見あげていた。

敵が、刀の血をはらう儀式的な行為、血振りをしているのが見え、そのあと、修練を積んだことを物語るかろやかな動きで、刀を鞘におさめる儀式的な行為、納刀をするのが見えた。そのあと、その男は身をのりだしてきた。角張った獰猛な顔つきで、その目はひとを斬った喜悦でぎらつき、その口はひどく小さくて、ふくらみに欠け、なんの感情も表していなかった。だが、その顔にはなじみがあるような気がした。この男はだれだったか？

「なぜだ？」矢野は問いかけた。「なぜなんだ？」

「ある必要性」男が言った。

「おまえはだれだ？」

「おれは近藤勇」勝者は言った。

「近藤勇は、百年以上も前に死んだ。彼もやはり、人殺しだったが」

「刀はどこだ？」

「家族には手を出さないでくれ。頼む、頼むから——」

「生きるも死ぬも、同じことだ。刀はどこに？」

「ひとでなしめ。地獄に堕ちるがいい。おまえは侍ではない。おまえは——」彼は咳きこんで、血を吐いた。

「きれいに死ね、兵士よ。おまえには、あとに残るものはなにもないんだからな。刀は自分で見つける。あれはおれのものだ。おれが最強だからだ」

それだけ言うと、男は身をひるがえし、フィリップ・矢野は闇のなか、みずからの血だまりのなかに捨て置かれた。

14　廃墟

彼がタクシーで到着したときには、すべてが終わっていた。テレビ局のトラックの、最後の一台が走り去っていく。野次馬はいたが、いまはもう、まばらだった。残っているひとびとも、ショーはほとんど終わったことはわかっていて、冷めた感じで立っている。

家は燃えつきて、くすぶっていた。まだ数ヶ所で、炎が木材をなめてはいたが、火災はほぼ鎮火していて、炭化した建材や半焼けの木の板、砕けた陶磁器類や黒く焦げた礎石が見えた。ものの燃えるにおいが、あたりに濃く漂っていた。

庭は、つぶれた草木やひとの足跡、乗り入れた消防車の轍などで、ぐしゃぐしゃだった。数枚の屋根板と、壊れ、焼け焦げた家具の破片が、転がっている。

彼は、立入禁止の黄色いテープのところへ駆け寄った。紺の制服を着て、黒いホルスターに小型の拳銃を装備した警官が二、三人、現場の状況にそれほど関心のなさそうなようすで立っていた。テープの向こう側、かつては矢野邸の玄関が面していた歩道のところに、スーツや軽いジャケット姿の捜査員らしい男たちが集まっているのが見える。火事を鎮めるために大量の水が使用されたからだろうか、現場全体に湿気の多さが感じられ、地面がややわらかくなって、あちこちに、ぬかるみや水たまりができていた。

ボブは野次馬をかきわけていった。もはや、礼儀を守るという日本の文化を特徴づけるルールを気にしてなどいられなかった。礼儀正しい野次馬のことも気にかけてはいられない。

捜査現場に市民を立ち入らせないためのテープをくぐりぬけると、すぐに警官のひとりが、ついで、ふたりめが、そして三人めが、彼に注意を向けてきた。

「捜査員に会わせてもらわなくてはいけない」彼は言った。

「おい！　ノー、ノー、待ってもらわねば、待って――」

「なにがノーだ。責任者はだれです？　どうしても会わせてもらわなくては――」

体に、かなりの重みがかかってきた。日本の制服警官たちは、身長の割には驚くほど力が強く、しかも、その三人以外にも何人かが集まってきて、捜査員たちもこちらに目を向けてきた。断固として意志を通そうという緊迫感が伝わってくる。さがってろ。さわぎを起こすな。ここはおまえの立ち入る場所じゃない。おまえは日本の国民ではない。じゃまをするな。それがわれわれのやりかたなんだ。

「責任者に会わせてもらわなくてはいけない！」彼はどなった。「とめるな。通してくれ」もがいて、身を振りほどくと、その行為は必然的に、捜査員なのか警察幹部なのかなんなのかはわからないが、その連中をこちらに引き寄せることになったように思えた。「説明させてくれ。いいか、わたしはここのひとたちの知りあいなんだ。用事があって、ここに来ていた。わたしの証言がほしいだろう」

それは、彼にはおおいに筋の通ったことに思えた。あとはただ、それをはっきりさせるだけのことだと。

「だれか、英語の話せるひとはいないのか？」

だが、いくら彼が善意を示したところで、いまその場に居合わせている、彼の証言を参考にしようなどという気はまったくなさそうな日本人たちにとっては、興奮して敵意をぶつけているだけの男にしか見えなかった。

「まだわからないのか。わたしは情報を持ってるんだ」彼は、押しもどそうとしている二、三人の警官を相手に説明を始めた。「話しておかなくてはならないことがあるんだから、そんなに押さないでくれ。責任者に話さなくてはいけない。さわるな、押すな、頼むから。こっちは面倒を起こすつもりはないんだから、さわらないでくれ！」

　相手の日本人は、彼にはわけのわからないことをわめきたて、彼らの顔が引きゆがんで、漫画の猿のような醜悪な表情に変わる。こいつらにはどうでもいいんだと思って、とてつもなく気持ちが落ちこみ、そのことが怒りをかきたてたちょうどそのとき、彼を押していた男の手が滑って離れ、その手がたまたま彼の胸に激しくぶつかってきた。そのあと、自分が押し倒されたことだけは、彼にもわかっていた。


　ゆらゆらと意識が戻ってくる。そこは監房のような小部屋のなかで、縁石に激突したラインバッカーのように頭がふらふらし、全身のあちこちがうずいていた。

　起きあがろうとしたが、片手の手首がベッドフレームに固定されていた。

　室内は真っ白で、ライトがまぶしかった。こんなところに、どれくらいの時間、意識を失った状態でいたのだろう？

　眼鏡にビジネススーツ姿という、ほっそりした日本人の女が、こちらを見つめていた。三十歳ぐらいに見えるが、彼女は日本人だから、たぶん、実際は四十に近いのだろう。部屋の向こう側に置かれた、使い古しの簡素な椅子にすわって、〈タイム〉を読んでいる。美しい脚をしていた。

彼は自由になるほうの手をひたいにあてて、熱を測ってから、顎を撫でてみた。二、三日、剃らずにいたぐらいの、ぶしょうひげが生えていた。それなのに、体はきれいにされていた。日本人は自分を殴って気絶させたあと、いかにも日本人らしい徹底したやりかたで、自分の体をきれいにし、麻酔で眠らせ、傷を縫って、拘禁したというわけだ。

「ああ、くそ、ここはどこなんだ?」ライトのまぶしさに目をしばたき、目の奥に痛みを感じつつ、だれにともなく彼は言った。

喪失のことは考えないようにしたが、考えることを拒否すればするほど、その痛みは激しさを増した。非の打ちどころのない家族のイメージが、目の前に浮かんでくる。それぞれがみんなのためにすべてをささげ、愛と義務によって、みんなが心をひとつにしていた、ささやかなヤノの一家。

悲惨としか言いようがなかったが、いちばんかわいそうなのはあの子、ミコだ。

幼い子どもを殺すとは、どういうわけだ? そう思うと、殺してやりたいほどの怒りが募り、その怒りを放置すれば、自分がだれかを殺す前に自分が殺されることになると気がついた。悲嘆が重石のように胸を押しつぶして、肺からすべての空気を絞りだそうとしているようだった。心臓が発作を起こすかもしれないと思った。

「そこにいるのは看護婦さん？」彼は言った。

女がこちらを見た。

「失礼。英語は話せる？」

「カンザス・シティの生まれよ」彼女が言った。「あなたと同じ、アメリカ人。父は癌の専門医で、共和党員で、ゴルフのハンディは2」

「それは失礼した。どうだろう、看護婦かだれかを呼んでもらえないか。注射の追加が必要らしい。これは、どうにも――いや、どうかな」

「リラックスして、ミスター・スワガー。これで、もう三日間、たっぷり薬漬けにされてきたんだし、麻酔の追加は必要ないと思うけど。医師を呼んであげましょう」

彼女がベッドのかたわらにあるサイエンスフィクションめいたコントロール・パネルのボタンを押すと、ものの数秒で、くそまじめな顔をした白衣姿の勤務医が入ってきた。脈拍が取られ、目がチェックされ、頭部の傷が調べられて、ボブは検査に合格した。

「もうだいじょうぶだと思います」英語で、医師が言った。「まったくタフな方ですな。全身、傷痕だらけだ」

「先生がそうおっしゃるなら、だいじょうぶなんでしょうが、なんというか——鎮痛薬かなにかが必要でして。非常に気分が悪いんです。ここにじっと寝ているわけにもいかないので。だれかを呼んで、解放してもらえますか?」

「警察《コップ》はあなたを解放したいと考えてないの」あの若い女が言った。「日本にはある種の事柄に関してはとても厳格なルールがあって、あなたはそのすべてを破っただけじゃなく、新しい違反をいくつか発明したってわけ」

「ちょっと頭が混乱していただけだよ。さあ、先生、頼まれてもらえますか?」

「すまないが、ミスター・スワガー、そうもいかないので。こういうのにも、そのうち慣れてくるでしょう。いま、あなたに必要なのは、リラックスと、安静と、よき治療家、そしてあなたが愛し、あなたを愛する祖国と、ご家族と、お仲間です」

「アスピリンで我慢しましょう。眠くなる薬なら、なおいいんですが」

医師は日本語でなにかを言ってから、英語でつづけた。

「痛みには、アスピリンを処方しましょう」

看護婦が、白い錠剤を三個と水のグラスを載せたトレイを持って、やってきた。ボブはそのすべてを飲んだ。

ふと気がつくと、あの女しか残っていなかった。

「カンザス・シティの出だって？」

「ええ。ここ、東京の、アメリカ大使館に勤めてるの。名前はスーザン・オカダ。ボブ・リー・スワガー担当部署の主任よ。発狂した戦争の英雄を取りあつかう専門部署の」

「仕事のぐあいは？」

「ずっと長いあいだ、退屈なだけだった。いまやっと、熱くなってきたって感じね」

「ここはどこなんだ？」

「東京の刑務所病院」

「なんという」

「ええ、まるで十九世紀みたいな名称でしょ。あなたはここに、まる三日いたの。奥さんには通知してあるわ」

「彼女が来るんじゃないだろうね？」

「ええ。その必要性は認められないから」

「そういうつもりでは——ああ、くそ、どう言えばいいものやら」

「とにかく、あなたの言質が必要なの。それがもらえたら、成田まで送って、出国させてあげるわ。それで、日本は起訴を取りやめるでしょう」

「わたしはなにもやっちゃいない」

「彼らはそうは思ってないの。彼らにすれば、あなたは警察官を脅し、その指示を無視し、街中で酒乱行為をし、治安を乱した人間であり、なによりも日本人ではないというわけ。あなたを追いだして、なにもなかったことにしようとしてるの。今回の事態についてのあなたの見解には、彼らはなんの興味も持ってないわ」

「なんという。頭が痛い。くそ、ものすごく気分が悪いんだ」

「水を飲んで。あす、また来ることにしてもいいんだけど、こういうことはさっさとかたづけたほうがいいと思うわ。あなたが早くそうしてくれれば、こちらもあなたを早くここから出してあげられることだし」

「オーライ」

彼女はブリーフケースを開いて、デジタル・レコーダーを取りだし、そばに寄ってきた。

「オーライ、一部始終を。あなたとヤノ家の関係について、最初から最後まで。どうして、あの火災現場でコップを殴るという事態に至ったのか」

「あれは殺人現場なんだが。まあいい……」

彼は、熱心にでもよどみなくでもなかったが、根気強く、一部始終を説明した。ヤノ邸への訪問、刀、空港での泥酔、翌朝に事件を知ったこと、現場への到着、そこでの悶着に関して自分に思いだせること。

「だれかを殴ったという記憶はない。もしやったとしたら、相手が先に殴ったんだろう」

彼女はレコーダーを遠ざけた。

「それはどうでもいいの」彼女が言った。「なにはともあれ、このあと、いまの話を文書に起こすわ。あす、それにサインして。それがすんだら、午後一時発のLAX行きのJALの便と、そこからボイシまでの便を用意してあげる。オーライ?」

「いや、オーライじゃない」

「この件については、こっちに合わせて。いいわね、ミスター・スワガー?」

「そっちも説明してくれないと。これはどういうことだ? なにが起こってるんだ?」

「捜査については、警視庁と放火犯の担当部署が動いてる。わたしたちも多くは知らないの。コップに関してはいい情報源を持ちあわせてないから。それと、これは外交上、アメリカの国家的利益に関わることに分類される問題じゃないから、彼らにはこちらの問い合せに答える義務はないの」

「ミズ・オカダ、礼儀正しく、まっとうで、著名で、しあわせに暮らしていた家族の六人が、根絶やしにされたんだ。殺されて。この世には正義というものがあるだろう」

「日本側は、殺人とは認めていない。公式方針として、あれは失火であり、悲惨な、恐ろしい事件ということに――」

「フィリップ・ヤノは、きわめて有能な職業軍人だった。空挺隊員、つまり精鋭中の精鋭だったんだ。攻撃を受けた経験もあった。攻撃を受けるなかで、部下を指揮したんだ。非常事態を処理することには熟練していた。自宅が出火したのなら、彼は家族を外に出したにちがいない。それができなかったとすれば、なにかひどく、ひどく悪いことがあったということだ。それを前提に、わたしが進呈した刀が、彼が考えていたように、かなりの価値があるものであり、加えて、状況が非常に複雑であることを考慮すれば、法の執行は最高のものが要求されると――」

「ミスター・スワガー、あなたが人生においてかなりの経験を積み、危険も一度ならず経験したひとであることは、承知してるわ。でも、日本においては、わたしたちが日本の公的機関に対して、どのように仕事を進めるべきかとか、どのような結論に至るべきかとかを指示するわけにはいかないんだと言わざるをえないの。彼らは彼らのやりたいようにやるし、そうするしかないというわけ」

「六人ものひとびとの死を放置するわけには――」

「ひとつ、あなたの知らないことがあるわ。とってもいい知らせだと思う。あの子、ミコ・ヤノのことよ。彼女はいまも生きてるの、ミスター・スワガー。あの夜、彼女は近所の子の家にいた。ほめたたえるのはブッダでもキリストでもいいけど、小さな奇跡が起こって、ミコはあの夜を生きのびたのよ」


ふたたび、成田の第二ターミナル。

制服の海兵隊伍長が運転する大使館のヴァンは、混雑する道路を走っていくと、ぬかりなく、国際線の出発ターミナルへの侵入路を見つけて、磁気カード・リーダーがＶＩＰの迅速な通過を許可するゲートをめざした。

無愛想な日本の刑事がふたり、パトカーでついてきたが、干渉してくることはなかった。

「彼ら、あなたに出てってほしくてしょうがないの」後部シートにボブとともにすわっている、スーザン・オカダが言った。

ボブはたっぷりと眠り、いまはもう、ひげを剃り、シャワーを浴びて、きれいな衣類に着替えていた。

「それでけっこう」ボブは言った。「出ていくさ」

ヴァンが停止し、ボブとその新たな友、スーザンは車を降りて、エスカレーターで上階にあがり、搭乗券の発給カウンターが並んでいる広大な灰色の部屋を抜けていった。書類仕事はすべて、処理がなされていた。彼はセキュリティの通過を免除されたので、鋼鉄入りの臀部にまつわる笑劇が展開することはなかった。そして、まもなく、彼はそのゲートの出発ラウンジに身を置いていた。窓を通して、747ののべっとした鼻面が見えていた。あと数分のうちに、その機への搭乗が始まるだろう。

「ここでいっしょにすわっていてくれなくてもいいんだよ」彼は言った。「きみにはほかに、もっとましな仕事があるはずだし」

「もっとましな仕事は山ほどあるけど、当面は、これがわたしの仕事」

「オーケイ」

「いまの仕事は、飲んだくれの監視業務。ある男が酔いどれて、またブタ箱に放りこまれるはめにならないようにしなくちゃいけないの」

「それは了承。酒は二度と飲まない。了承した。酔っぱらったのは、この十年か二十年で、これ一度きりなんだ。いまのわたしは善良な男さ。もう酒は断てたと考えていたんだ」

「気分はどう？」

「オーライだ」

「ありとあらゆる種類のひとびとが、ここに来たがるの。ＵＳＭＣの太平洋西部を統括する司令官も、ここに来たがってる。きっと、あなたは彼のことを知ってるわね」

彼女はその名前を言った。

「わたしが四度めのヴェトナム遠征のときに配属された大隊の、先任将校だった。一九六六年のことだったか。彼はいい将校だった。うれしいね、そんなに出世していたとは」

「じつは、彼が、あなたがみんなにちゃんと扱われて、ことがすんなりと運ぶことを求めてきたの。あなたの記録を拝見したわ。彼らがあなたのことをそんなに高く評価しているわけがわかった」

「すべて、遠い昔のことさ」

「まだちょっと時間があるわ。率直に話をさせてもらっていいかしら」

「どうぞ、ミズ・オカダ」

「あなたが今回の悲劇にからんでなにかをやろうとしてるんじゃないかって、心配でならないの。イェーツがこんなふうなことを言ってるでしょ。〝行動の男たちは、すべての信念を失ったとき、行動のみを信じる〟って。彼が言わんとしたことはわかるでしょ？」

「わたしのしゃべりかたは西部の田舎者《レッドネック》のように聞こえるだろうし、実際、ときどき、とんでもない文章をしゃべりはする。でも、きみには意外かもしれないが、その引用にはなじみがあるし、ほかの男たち、つまり、サスーン、オーエンズ、グレーヴズ、マニングなどなど、戦争や戦士について語るべきことばを持っていると考えていたおおぜいの作家たちの作品と同様、彼の詩も読んだことがあるんだ。自分がどういう人間で、どこに居場所があるかぐらいは、心得ている。わたしは、銃撃があったときにはそばにいてほしいとみんなが考え、そうでないときはみんなをひどく不安にさせるような男だ。家のなかにある銃のような男なんだ」

「まあ、それは、わたしの知ったことじゃないし。でも、わたしが言いたいことはわかるでしょ。こんなことがあったからって、十字軍の戦いみたいな展開にしてはいけない。戻ってきてはいけない。あなたはここのルールを知らないでしょ。ここのルールは、とてもとても風変わりだから、戻ってきたら、あなたが山ほどのトラブルに巻きこまれるだけじゃなく、あなたがおおぜいのひとをトラブルを巻きこむことになりかねない。今回のことに関して、あなたはおとなしくしていなくてはいけない。これは国内問題であって、日本人が処理することなの。犯罪行為があったという申し立てがいくつか入ってはいるけど、証拠はまだなにも見つかっていない。あなたは彼らのルールにのっとって、行動するしかないの。わたしの言いたいことはわかった？　日本はあなたを追いだすことにしたし、あなたの顔など二度と見たくないと思ってるの。もし戻ってきたら、つぎはもうチャンスはないでしょう。ひどい目にあうおそれがあるの」

「拝聴してるよ」

「あなたには、不当で、耐えがたいほど緩慢で、堕落しているようにすら見えるかもしれないけど、それが彼らのやりかただし、あなたがその流儀を変えようなどとしたら、彼らはものすごく怒るわ。それが彼らの流儀なの。わかった？　そのあたりのところは、この国に何年住んだところで、あなたには理解できないでしょう。わたしにしても、すっかり理解できたわけじゃないし」

「これからも情報の提供はしてくれるのか？」

「いいえ」ボブの目をのぞきこんで、彼女は言った。「そういうふうには考えないほうがいいわ。もうすんだことにして、本来の暮らし、引退生活を楽しむことね。今回のことについては、あなたはなにも知る必要はないんだから」

「まあ、それは真実ではあるな」

「わたしはいいかげんなことは言わない。〝あらゆることに目を配っておく〟なんてことをする気はないわ。あなたに望むのは、このことは忘れてしまうこと。忘れてしまって」

「あの女の子はどうなる?」

「ちゃんと世話をしてもらえるでしょう」

「わたしとしては――」

「彼女はちゃんと世話をしてもらえる。あなたがそれ以上のことを知る必要はないわ」

　搭乗案内が始まった。

「オーケイ」彼は言った。「性分には反するが、そうしてみよう。ただ、きみはいいかげんなことは言わないと言ったが、それはこっちも同じでね。わたしはここに恩義を感じているんだ」

「それ、どういう意味? 知りあいがいるはずはないと――」

「戦争がらみのことでね。わたしは軍人、彼も軍人だった。彼の父親も、わたしの父も、軍人だった。われわれはみな軍人で、その全員が戦争によって結びつけられた。

恩義を感じるようになったのは、そういうわけなんだ。そんなものは、とうの昔に忘れられて、いまはもう現実には残っちゃいない。どこかに消えてしまって、笑いの種にされるか、ばかげたチャンバラ映画に出てくるぐらいのものだろう。サムライ映画にね」

彼女がじっと見つめてくる。

「スワガー、甲冑に身をかためた男たちが五百年前に信じていたことが、ひとりのアメリカ人の人生に役立ったり、意味を与えたりするわけがないでしょう。サムライなんてものは忘れて。彼らは映画のヒーロー、ジェームズ・ボンドみたいなもので、ありもしない幻想なの。サムライになろうなんてしてはだめ。戦士の道は死ぬことよ」

15 トシロー・ミフネ

サムライとはなにか?

それは、刀に生きる者の道としての、ブシドーでは表しきれない。彼はそれを材に取った本をいろいろと読んでみたが、実際の助けになるものはなにも見つからなかった。ほかのあれこれ――書道、コンピュータ、自動車、屏風絵、浮世絵、空手、歌舞伎、寿司、てんぷらなどなど――日本人が神秘的な才能を備えるものを調べてみても、やはりなにも見つからなかった。それは、たんに〝戦士〟を意味するものではない。〝兵士〟でもない。〝闘士〟でもない。それには、忠誠と志《こころざし》と運命《さだめ》に関わるなにかの意味が重ねられている。西洋のことばには、完全にそれを把握し、表現するものはないように思えた。

サムライの一部を、その魅力的な姿によって表現したといっていい男がいる。彼はキモノを着ている。木でできたゲタというやつを履いている。チョンマゲをしている。刀を数本、携行している。賭けごとや小銭や冗談程度のことがもとで、戦い、死ぬ。

彼はしなやかで、敏捷で、危険だ。戦いの権化だ。USMCのNCOを極限まで実体化したようなもので、厳しく、実際的で、献身的、まったくの恐れ知らずではないにしても、少なくとも恐れを抑制し、逆に自分の役に立つものとしてしまう。もしサムライを理解することができるとすれば、彼を通してということになるだろう。

ボブは、日本の映画を何度も何度も観た。百回以上も観た。利口な連中が偉大と論評する、『七人の侍』や『用心棒』や『蜘蛛巣城』といった作品だけでなく、欧米ではだれも耳にしたことがなさそうな、『剣鬼』、『眠狂四郎無頼剣』、『御用牙』、『忠臣蔵四十七人の刺客』、『侍』、『切腹』、『御用金』、『緋牡丹博徒』、『修羅雪姫』、『決闘巌流島』などの映画も観た。

DVDプレイヤーを使って、そういった映画を観たのは、むきだしの木の床にベッド代わりの薄いマットレスを一枚敷いただけの、カリフォルニア州オークランドのアパートの一室でだった。毎朝、五時に起き、ティーとフィッシュの朝食をとって、そのあと六マイルのランニングをした。部屋に戻ると、映画を観て、それから一時間ほど、刀剣や歴史や文化に関する本を読んだ。読んだなかには、理解できる本もあれば、いいかげんに思える本もあり、書道の本まであった。そのあと、日本のにおいや言語、日本人の動作や顔といったものに慣れておきたかったので、近辺に十数軒ある日本食レストランのどれかに行って、昼食をとった。そして、二時に自室にひきかえし、体を休めて、また映画を観た。そのあとは、夕食のために外出して、たいていはスシ、ときどきはヌードル、たまにコーベ・ビーフを食べた。日が落ちたあとは、また二時間ほど読書をし、それから映画を観た。

そのあたりのどこかに、解答があるはずだった。

ボブは、これほど優雅なものを目にしたことがなかった。彼らの肉体は液体のようといおうか、ひどく柔軟性と弾力性があって、微妙な動きがおこなえ、信じがたいほど運動能力にたけていた。彼らはゲタを履いた状態で、走り、かわし、かがみ、回転し、フェイントをかけ、停止し、敏捷に身を転じることができるのだ。彼らは鞘におさめた刀を携行するが、それをベルトに固定しているわけではなく、それどころか、屋内では長い刀は帯から抜いて、傘のように手に持っていた。また、ほかにも目を引かれたことがあった。どの映画でも、彼らは硬い木の床にすわる際、刀を必ず同じ場所、すわった膝の左側に、刃を外側にして、柄が自分と四十五度の角度をなして膝のすぐそばにあるようにして、置く。それが逸脱することはけっしてない。そこが大事な点、肝心な点だ。逸脱しないということが。

そして、彼らはすばやい。これほどの速さは、かつて目にしたことがなかった。油を塗ったようというか、彼らは動くとき、どんな生きものもほとんど太刀打ちできそうにないほどの速さで空気と時間を切り裂く。始まりは銃の抜き撃ちのような感じで、刀が引き抜かれ、出てきた刀が最小限の動きで相手を斬る。あまりになめらかなために、斬るところが見えないことが、ときにあった。突く場合もたまにはあるが、たいていは斬るほうで、そのやりかたは十通り以上もあり、斬りつけるときの動きは向きの変化や踊るような体の回転で相手に見せないようにするが、その動きは柔弱ではなく、つねに強壮だ。そして、複数を相手にすることが、つねにある。サムライはたいてい、同時に三人か四人を向こうにまわして戦い、彼が斬ったとき、斬られた相手が、致命傷を負ったことを悟って、みずからの生命の終幕を否定し、最後の瞬間を数分でも引きのばそうとするかのように凍りついてしまうことが、たびたびあった。敵を斬ったサムライは、優雅なまじないでもするような動きで納刀し、そのひと押しで刀が鞘にしっかりとおさまったところで、背を向け、立像の群れを残して、立ち去っていく。そして、斬られた連中は、つぎつぎに倒れていく。

あれが、サムライというものだろうか？

ある映画では、ひとりの男が三百人の敵と戦って、全滅させた。笑い話のようだが、それでも、ありえないわけではなさそうだと思わせるところがほんの少しはある。あれがサムライか？

別の映画では、七人の男たちが百人の敵に立ち向かう。ボブはいやというほどよく知っている、ある戦争で発展途上国に派遣されたグリーンベレーのAチームのようなもので、その男たちはあの特殊部隊に負けず劣らず腕が立った。彼らは立ち向かい、死んでいき、けっして泣き叫びはしなかった。あれがサムライなのか？

また別の映画では、ある邪悪な剣士が、刀の妖気に憑りつかれる。彼は殺しをやめられず、最後は、けばけばしい売春宿のなかで敵に包囲されて滅んでいくが、死ぬ前に五十人の敵を斬り殺した。あれがサムライなのか？

そのまた別の映画では、義理の息子を竹光による自殺に追いこんだ大名に、その父が復讐を果たす。父は敏捷で確信に満ち、恐れを知らず、死をよろこんで受けいれて、旧友を迎えるように死んでいった。あれがサムライなのか？

そしてまた別の映画では、罪を着せられた男が、家に帰って、妹の夫と対決する。夫はかつて彼に、一族を助けて、最終的にはひとつの漁村を全滅させることを忠告した男だった。最後に、男は英雄として、正義によって報われる。あれがサムライなのか？

別の映画では、ある男が言う。「どうぞ、お情けを。ひと思いに斬り捨ててくださされ！」

あれがサムライなのか？

またまた別の映画では、ある男が言う。「貴殿に斬られて死ぬのであれば、本望でござる」そして、笑みを浮かべて死んでいった。

あれがサムライなのか？

たいていの場合、勇敢な若い男は斬られて、死ぬ。まるで、そのときを待ってましたとばかりに、なにかのために死んでいく。

日本人はなんと死を愛していることか！　彼らは恥を恐れ、死を愛する。死を熱望する。死ぬことを夢見、もしかすると、おのれの死を夢想して手淫もしたかもしれない。なんという民族であることか。なんとも風変わりで、なんともわかりにくく、なんとも理解しがたい……それなのに、なんとも人間らしい。それがサムライ？

ときには、西洋人であるボブにも、呑みこめるものはあった。『七人の侍』の終幕では、戦いが終わって、三人の生き残りが村を出ていくとき、丘から背後をふりかえり、その丘の彼らのかたわらに、雑に埋葬された四つの土の山に刀が突き刺されているというシーンがあった。風が吹きぬけ、丘に土埃を舞いあげて。

あれなら、自分にも呑みこめる。小隊が移動するとき、銃口を下にしたM‐16を土に突き立てていく光景は、いやというほど見てきた。永遠に失われた若い兵士たちを、記憶に残されることのない英雄たちを、みんなのために死んだ仲間たちを深く悼む思いは、けっして消え去ることはないのだ。

だが、なかにはひどく奇妙なものもあった。

そのひとつは、幼子を乗せた乳母車を押して、ある場所をぶらぶらと歩いていく陰気なサムライが、ひとりの男を斬り殺し、死にゆく男がしあわせそうに、「ついに水鷗流波斬りの秘技を見た」と言うものだった。

彼はほんとうに、その英雄の剣術の技が見たかったのだろう。それは、命を懸けてでも見る値打ちがあって、たとえ斬られて死んでいくとしても、自分は特別な恩恵に浴したと感じられたのだ！


ある日、ドアをノックする音がした。彼が応対に出ると、しとやかで落ち着いた、そして、いくぶん不安そうな感じの、若い女性の姿が見えた。娘だった。

「やあ、スウィーティ。なにをしに来たんだ?」

「質問するのはこっちよ。パパこそ、ここでなにをしてるの?」ニッキが言った。

「どうやら、ママがここの住所を教えたんだな。ママは元気か?」

「元気よ。言いだしたら、きかないけど。でも、それがママの才能だし」

「そうだな」

ニッキが、自分の家に入るような調子で入ってくる。ジーンズを穿いて、ポニーテールにし、足元はカウボーイブーツ。もう二十三歳で、作家になるべくニューヨークの大学院に通っていた。

「前に、訪ねるつもりだって言ってたのを憶えてる?」

「ああ。ただ、パパも歳を食ったから、よく物忘れをするけどね」

「パパがなにかを忘れるなんてことは、ぜったいにないわ。いったいどういうことなの、パパ? ほんとうのところはなんなの? この日本のものは? いったいどういうこと?」

彼女はまわりを見た。フィリップ・ヤノから贈られた漢字の書がひとつの壁にぶらさがり、別の壁には、ひねこびた枝にとまった小鳥がさえずっている毛筆画が飾られている。本の山がいくつもあり、大きなテレビとＤＶＤプレイヤーがあって、日本の文字とチョンマゲ姿の恐ろしげな男の写真のある奇妙なDVDソフトが三桁はあった。

「コークでもどうだ?」

「サケはどうかしら? どうせなにか飲むんなら、それがいいんじゃない?」

「アルコールは二度と飲む気はないよ」

「だとしたら、アルコールなしでも狂気に陥るやりかたを見つけたってことね」

「それは見方によりけりだな」

彼女が壁のそばに腰をおろす。

彼は向かいあって、すわった。

「あの鳥はなあに?」

「一六四〇年に、ミヤモト・ムサシという名の男が描いたものでね」

「で、それはどういう男?」

「サムライ。最高のサムライだと言うひとが多い。六十回も戦って、そのすべてに勝った。わたしはあの絵を見て、そのことを考えるのが好きでね。流れるような刀の動きを理解しようとするのは楽しい。あそこの漢字も、彼が書いたものだ。見えるだろう?」

「あれ、どういう意味?」

「意味は、〝鋼、肉を斬る。鋼、骨を斬る。鋼、鋼を斬らず〟。ミスター・ヤノが、彼とその家族が死んだ夜、わたしに贈ってくれたものなんだ」

「あら。すごくいかれた話に聞こえるってことはわかってるの？　ママがどんなに動揺してるか、わかってるの？」

「ママのためのかねはたっぷりとある。なにも問題はないはずだがね」

「でっかい問題がひとつあるの。狂ってしまった夫という」

「わたしは狂っちゃいない」

「説明して。ちゃんと筋が通るように説明して。いったいここでなにをしてるの？」

「いいとも、オーケイ。話せば、別におかしなことじゃないとわかるだろう。これはすべて、刀にまつわることなんだ」

「刀」

「日本刀。〝サムライの魂〟彼らはそう言うね」

「そのへんにいっぱい転がってる、あのとっぴょうしもない映画の中身を信じ始めてるように聞こえるけど」

「とにかく聞いてくれ。いいね？　最後まで聞いてくれ」

彼は語った。できるだけ平明に、この数ヶ月のできごとを、海兵隊歴史部門の長から手紙が届いたことから始めて、最後まで、彼女がドアをノックする瞬間までをも含めて、語った。

「だから、一度もアイダホに戻らなかったってこと？　戻らずに、ここに来て、こんな暮らしをすることにしたって」

「わたしは困難な仕事に関して、いくつかの原則を持っててね。ひとつ、すぐに始める。ふたつ、毎日やる。みっつ、完結させる。ものごとをやりとげる方法はそれしかなく、ほかの方法はいつわりでしかない。だから、飛行機を降りたとき、こう思ったんだ。すぐに始める。いまから。で、始めたんだ」

「つぎはいったい、なにを計画してるの？」

「まあ、そのうち、準備ができたと感じられる時がやってくるだろう。戻ってもだいじょうぶなだけのものを学んだと感じられる時が。その時が来たら、状況をしっかりと見て、ある種の正義がなされるようにしなくていけない」

「でも――まちがってたら訂正してね――パパは、その気の毒なひとたちの事件には犯罪がからんでるっていう証拠は、なにもつかんでないでしょ。だって、火事が起きて、そのなかで家族が死ぬっていうのは、よくあることだし。どこかで毎週のようにあることよ」

「それはよくわかる。ただ、フィリップ・ヤノは、わたしが彼に渡した刀には、かなりの歴史的意味があると考えていた。そしていま、こういう本を読んで、いまも日本人は刀をとてもたいせつにし、いまもそれにまつわるあれこれに大きな夢を見いだし、そういうものをよく学び、実践していることを理解すると、その話はすごく興味深いものだとわかってきたんだ」

「それはどれくらいの値打ちがあるの？　最高の価格を付けたとして？」

「かねの問題じゃない。もちろん、大金にはなるだろう。しかし、日本人にとっては、刀はかねの問題じゃねえんだ」

「ねえはやめて」

「努力するよ。つい、出てしまうんだ。まあ、とにかく、その刀はかねの問題じゃない。かねよりたいせつなものだ。日本人は特異な信念をいくつか持っていて、おまえもそれを知ったら、ひどく奇妙だと思うだろう。わたしも奇妙だと思ったしね。しかし、日本をよく知るにつれて、それにはそれなりの意味があることがわかってきた。このことは、アメリカ人として考えてはいけない。これは日本のことなんだ。刀の意味と価値、そしてある種の刀が持つであろう名声に、関わることなんだ」

「じゃあ、だれかさんが言いそうなことを話してあげる。たとえば、臨床心理士。彼だったら、こう言うでしょう。精力的で、英雄的で、非凡ではあるが、同時に頑固で、強迫的で、いくぶん独善的な男がいたとしよう。彼は鏡に映る自分自身に、戦士の像を見ることを愛する。本人はけっしてそれを口に出さないが、それを愛している。彼は、日常のいたるところで、周囲から無言の尊敬を受けることを愛し、自分がそこにいて、厳しいひとにらみをするだけで、周囲のひとびとを沈黙させられることを愛する。しかし、彼もやがては、すべての男がそうなるように年老いる。そして、ある日、突然、引退生活に直面する。彼は本音では、ポーチにじっとすわっているような生活、季節の移り変わりをながめ、自分のかねを数えてすごすような生活は、したくないと思っている。彼は任務を欲している。戦士としての人生を明確にしてくれるようなものを欲している。彼は魚釣りを楽しむたぐいの男ではない。そんなわけで、なにかことが生じると、彼はその少なからぬ狡猾さと知性を駆使して、プロの捜査員にも消防局の調査官にも見えていないが、世界中で自分だけは、その根拠やパターン、手がかりや痕跡などなど、ありとあらゆるものが見えているのだと空想し、それを主張するようになる。すべてを考慮すれば、それはまさしく、陰謀、策略、殺人といった、力をむねとする男、つまり戦士による力づくの行動が要求されることがらになるのだと。そして、彼はたまたま、その力をむねとする男である。彼はたまたま、戦士である。

あとは、言わなくてもわかるでしょ？」

「おまえがそういうふうに見ているというのは、残念だな」

「ほかの見方なんてないわ。ねえ、パパ、パパはもういい歳なの。もう俊敏じゃない。歳を取ったの。もう終わったの。パパは偉大な男だった。偉大なお年寄りにだってなれるわ。でも、よく言うでしょ。老いたばかほどのばかはいないって。そんな男にはならないで」

「スウィーティ……出かけて、夕食といかないか？」

「うん、アイダホでね」

「いや、ここで。スシを食いに行こう」

「あー、生魚。お願い、別のものにして」

「これだけは言っておかなくては。これには、おまえはなにも知らないが、恩義というものが関わってるんだ。家族に深くまつわる恩義が。長い話だし、そんなことを言うのはわたしぐらいのものだろうが……これには恩義というものが関わっている。それは、遠い過去にさかのぼる話、あの戦争での、わたしの父に、そして彼が戦った日本兵にまつわる話なんだ」

「パパのおとうさんが、あんな勲章なんかもらわなければよかったのに。あれが、パパの人生のすべてに憑りついちゃってるの。パパが、おとうさんの殺した日本人に借りを感じることはないわ。あれはパパの戦争じゃないもの」

「ハニー、それがそうなんだ」

「パパは、バスローブみたいなのを着た男たちが刀を振りまわして、チョンマゲ頭を斬りあってるような、ばかげた映画を観すぎたのよ」

「かもしれん。でも、わたしには、あれは故郷に帰ったような気分にさせてくれるものでね」

「ひとつだけ約束して。髪をチョンマゲにはしないって」

　そのあとは、楽しいひとときになりはしたが、ニッキはそのあいだも、生来の強迫的な道筋に戻らずにはいられない父の気持ちを感じていた。そして、夕食がすむと——彼女もなんとかスシを食べることができた——父がみずからに任務を課したのなら好きにさせるしかないとして、帰っていった。


　彼はそれまでと同じ日々を送っていた。つぎの進展は、日本からの荷物の到着だった。それはあの完璧な日本流で包装され、エコノミー航空便《SAL》のマークが付いた青いラベルが貼られていた。

自分はなにかを注文しただろうか？　書物とかパンフレットとかを？　これまでに、インターネットを使って、絶版になった書物だの、日本刀の見本カタログだの、剣術の指南書だのといった風変わりなものを、いろいろと購入していたのだ。だが、これはちがっていた。その荷物の中身はコピーされた文書で、それは本来は公的なものであり、出所は記されていなかった。書類は日本語で正確無比にタイプされていて、コピーのできが悪くて判読が困難な、手書きの線画が添えられていた。総じて、スパイのにおいが漂うしろものといおうか、不正なやりかた、不法侵入によって入手されたもののように見えた。

これを読んでくれる人間が必要になるだろうが、東京の郵便局からこれを送ってきた匿名の情報提供者の意図は、じゅうぶんに理解できた。それは、ヤノの検死報告書だった。

16　斬り捨て御免

その協議は、仁井が処理することになった。なにしろ、もっとも信用ができて、もっとも階級が上の893《ヤクザ》の兄弟分の集まりにすら、近藤勇は顔を見せようとはしないからだ。

仁井が大谷組長と会った場所は、西新宿の超高層ビルの五十五階、その角にある大谷のオフィス・スイーツだった。そのオフィスは、大谷親分という成功した男にふさわしく、贅沢な内装が施されていた。彼は歌舞伎町の営みの大半を支配し、百をこえるクラブを支配下に置いているのだ。本隊の子分はみずからが組み入れ、いくつもある下部組織には、彼のためならいつでも死ぬ覚悟のある、東京全体でももっとも獰猛な男たちが百人はいた。みっつの賭博シンジケートと、東京の北部および西部における覚醒剤《アンフェタミン》密売組織の支配的利権を持ち、一千人をこえる売春婦を配下に置いている。

彼自身、現在の高い地位にのしあがる過程で、多数の人間を殺していた。

もちろん、それは彼の身を助けた。たとえば、そののしあがりが、別の組織の野心的な組長による妨害を受けたときがあった。大谷組長はそいつに手出しができず、そいつは大谷にすさまじい戦争をしかけてきた。この男が雇った殺し屋集団は、相手の組長に、片方の乳首から臀部まで百針も縫わなくてはならない重傷を負わせた。大谷組長が、新撰組の近藤勇という本名を伏せた男と知りあったのは、そのときだったのだ。一週間後、敵対する組長は、大谷の訪問を受け、さしの話しあいが持たれた。ほぼ一方的に、大谷組長がしゃべった。というのも、さしで話をしたふたりのうち、最後まで首がつながっていたのは大谷だけだったからだ。

黒のスーツで地味に装った若い仁井は、五十五階の窓の向こうにひろがる地平線、東京のスカイラインには注意を向けないようにつとめていた。が、いくら見まいとしても、それが壮観であることに変わりはなかった。東京都庁舎のツインタワー、映画で有名になった虚名高いハイアット・ホテル、大谷組長が部分所有している二流のビジネス・ホテル。

「男か女か?」組長が言った。

「それはどうでもいいんです、親分」敬意を示すことばを慎重に選んで、仁井は言った。

「どうでもよくないことは？」

「肥満していること。彼は太ったのをほしがっています。ある程度の肉厚があるのが好みでして」

「その顔はどうした、若いの？」

仁井の左目は、まだ周囲が腫れあがって、ふさがっていた。顔の左側が、だれかにでかいグレープフルーツをつっこまれたような感じになり、そのグレープフルーツが腐り始めて、赤い筋と青緑の染みのまじる紫という、妙な色合いに変じていたのだ。

「運が悪かったんです」仁井は言った。「身をかがめるのを忘れまして」

「こんな大事な男を殴るような無鉄砲なやつは、それなりの報いを受けてほしいもんだ」

「報いは受けました。あっという間にです、親分」

「その恥をそそいだのはおまえか？」

「いえ、ちがいます。近藤さんがじきじきに。あれはすごかったです。あんなに速い剣さばきは初めて見ました」

「おまえは近藤さんに学んでおるんだな？」

「そのつもりでいます」

「そんなに若いうちに、あれほどの親分に出会えたというのは、おまえはまったく運のいいやつだ。しっかり学べ、若いの。知識と経験を得て、大きくなれ。そして、のしあがるか、みごとに死ぬんだ」

「ありがとうございます」

「それはともかく、太ったのと言ったな？」

「肉付きのいいのが。わけはおわかりですね？」

「ああ、もちろん」

舞台化粧をした歌舞伎役者のように見える老人の顔が引き締まって、けだるげな怒りを浮かべ、その手がインターコムのボタンを押すと、極上仕立ての黒いシルクのスーツを着た別の男が入ってきた。鼈甲縁の眼鏡をかけて、髪はきちんと撫でつけている。自分の雇い主であり精神的指導者でもある男の前に行って、深々とおじぎをした。

「はい、大谷さん」

「女がひとり、必要になった」

「かしこまりました、大谷さん」

「美人の必要はない。とびきりの女である必要はない。というより、たぶん、そうではないほうがよい。それと、もちろん、外国人労働者であるほうがよかろう。この国に家族がいない女。売れっ子ではなく、カリスマ性もなく、そのために、その日常に変化があって姿が見えなくなっても、あれこれ言われることのない女。ひとり暮らしでなくてはならず、相当に遅い時刻の勤めをしていなくてはならん。そして、なにかのヤクの常用者か伝染病持ちでなくてはならん」

「そういう女なら、候補は何十人もおります。ただ、まずいことに、ひとり暮らしは皆無なんです。彼女らのもらってる賃金では、ひとり暮らしはできませんので。それに加えて、どのグループも、だれかひとり、場合によってはふたりが、そいつらのボスに内密に報告をしなくてはいけないことになっておりまして」

「事情は承知しました。それなら、それでけっこうです」仁井は言った。「その程度の危険は想定内と、彼は見なすでしょう」

「うむ。もしさわぎが起これば、あとの雌犬どもも始末してしまえばよい」

「あの手の女はだいたい肥満気味ですし、クラブにいないときは仲間内でいるのがつねです。では、そのなかのひとりということで。タイミングとしては、いつがよろしいのでしょう?」

「仁井?」

「あ、早いにこしたことはないです。彼は、試し斬りは早くすませたいと思っておりまして。そのあと、修理を始めさせなくてはいけませんし、それにはかなりの時間がかかりそうなんです。十二月までには、用意ができていなくてはいけませんので」

「聞いたな?」

「うかがいました」舎弟が言った。「のちほど、名前と時刻、帰りの経路をお知らせします。近藤さんはこのお楽しみは夜間にしたいご意向では? 夜間の段取りにしたほうが、こっちもずっとやりやすいですしね。夜はわれわれのもんです」

「いや、当然、彼は昼間にしたいでしょう」仁井は言った。「そのほうが、細かい点がより正確に見分けられますからね。しかし、彼も、むりなものはむりだということぐらいは承知しています。夜間でけっこうですよ」

「始末はだれがする?」と大谷組長。

「いやな仕事になるのはたしかです。試しをやる方々のほうで始末していただくのがよかろうかと」舎弟が言った。

「仁井?」

「はい。こっちでやります」

「よろしい。では、それで決まりだ」大谷は仁井に向きなおった。「あす、ヘクラブ・マーヴェラス〉に電話を入れろ。そこの支配人がおまえに詳細を伝える手はずにしておく」

「近藤さんは、友であり師であるお方に感謝することでしょう」仁井は言った。

「近藤勇のためであれば、どんなことでもやらせてもらうぞ」

その韓国の女は、仲間の女たちよりもずっと遅い時刻に店を出た。ほかの女たちは五時に店を出て、ひとかたまりになって、地下鉄の新宿駅へ歩いていった。歌舞伎町とその周辺は、もめごとを阻止しようという意図では共通する、警察とヤクザの双方がつねに見まわっていて、犯罪の発生率をゼロに近いところまで抑えこんでいるから、危険ではなかった。ではあっても、ひとり歩きの女が男たちのグループに遭遇すれば、不快なことが起こるおそれはあった。最悪の相手は西洋人、とりわけ、カナダ人とテキサスから来たアメリカ人だった。もっとも、ドイツ人もたまに蛮行におよぶことはあるし、たちの悪いイラン人に出くわすこともないとはいえなかった。もしその男たちが酔っぱらって、発情状態にあり、あちこちのバーで、昔からある〝日本人専用〟のメッセージを押しつけられて、腹を立てていたとすれば、だれにとっても困った状況が生じて、その結末は、歯がたたき折られ、目の周囲にあざができ、気分は最悪ということになりかねない。

　それはさておき、釜山《プサン》の郊外の田舎から出てきた、かなり太り気味のその女は、この夜、立ち寄った彼女のボスから、腑に落ちない質問を受けていた。ほかの女がその（まれな）空き時間に西洋人たちと寝ているのではないかと疑われて、その女のことをいろいろときかれたのだ。彼女たちの売り上げはすべて、管理者によって回収されねばならず、勝手に商売をすることは厳しく禁じられているのだ。

　だが、その女にはそんな疑いを持たれる部分はまったくない。だったら、これはいったいどういうこと？　彼女にはわけがわからなかったし、そのせいで、五時に店を出る予定が遅れて、五時四十分の列車に間に合わなくなり、つぎのは六時十分まで来ないということになってしまったのだった。

　夜明けが迫り、またひとつ、高値で売買された夜が眠りに就こうというころ、女はひとり、点々とイルミネーションがにじむ歌舞伎町の暗がりを歩いていった。道を東に取って、花園神社寄りの道を新宿駅のほうへと向かう。急ぎ足が地面を打つ、安っぽい木底のサンダルの音が、がらんとした通りに響いた。すでにクラブは大半が閉店して、客引きたちの姿は消え、水兵たちは埠頭に、空軍兵たちは空軍基地に戻り、観光客はそれぞれの巨大ホテルにひきとっている。

花園神社の西側へとつづくその通りは、鈍い光のなかに濃淡を欠いてのびていた。駅まで歩いていくなかで、ここがいやな部分だった。彼女は、前方に見える、もっと明るい大通りだけに目を据えていた。

と、そのとき、なにかが——揺れ動くような、ぼうっとしたもの、動きのようなものが——見え、それに伴って、なにかがこすれるような、ずれるような、ぶつかるような奇妙な音、それが意味するものはひとつしかなく、夜にたてられるようなものではない音が、聞こえた。

彼女は向きを変えて、無数の縦型電光看板のつくる光のにじみをふりかえった。看板の内側からの輝きが、無限の闇を照らしている。眼鏡に雨粒が降りかかってきた。彼女は安っぽいレインコートの前を、この急な冷えこみにはむだかもしれないと思いつつ、さらに強く引き寄せた。たぶん、なんでもないのだろうが、すぐ前方にだれかが待ちかまえているような感じがした。そうとは言いきれないにしても、自分にはすごく大きな責任がかかっているのだから、強盗にあったり、けがをさせられたりするわけにはいかない。彼女はふたたび向きを変え、靖国通りのような大通りにはいまもひとがいっぱいいるだろうからと、その大通りをめざして、早足で裏通りを歩き始めた。

それにしても、警官はどこに？　ふだんは、パトカーに出会うのはいやなことだし、とりわけ、羊かなにかの群れの一頭を見るような目でこちらを見る無愛想な若い警官などは見るのもいやだが、いまは、警察の存在を示すあの赤いライトが見たくてならなかった。でも、まったく見当たらない。そう遠くないところに、東新宿のぎざぎざしたスカイラインが見えた。イルミネーションできらきらと照らされたそのスカイラインは、新たな世界秩序かなにかを約束しているようだった。

だが、彼女の人生は屑みたいなものだし、この先も屑みたいなものでしかないだろう。厳しい管理のもと、はした金のために、ひと晩中、客に手淫《ハンドジョブ》や口淫《ブロージョブ》や肛門性交《グリーク》のサービスをして、稼いでいるのだ。もう戦艦を浮かべられるほどたっぷりと、日本人の精液にまみれてしまった。実入りのいい月は、二、三万円ほどをかき集めて、彼女を頼りにしている母と父が、そして九人の弟や妹がいる韓国へ送金する。じつは父がひそかに自分を日本の男に売り渡したのではないかと、彼女は疑っていたが、それでもなお、家族への忠誠心は強く感じていたし、儒教の教えでは、彼女が家族に与えたものはどれもこれも、ほんのわずかな価値しかなかった。つぎに生まれてきたときは、もっと高く、もっとよく、もっとらくな人生が送れるという程度の価値しかないということだ。

彼女はふたたび向きを変えて、ふたたびようすをうかがった。ふたりの男の姿が見えたのは、そのときだった。影のなかにいて、彼女の動きに合わせるように忍びやかに動いていたが、彼女の目がそこに釘付けになると、その動きはぴたりととまって、熟練の赤軍ゲリラのように無のなかに溶けこんでしまった。彼女はそこを見つめていたが、ものの数秒のうちに彼らの輪郭は消えていた。あのふたりは、ほんとうにあそこにいるのだろうか？ 自分は夢を見ていたのだろうか？

「ねえ」彼女は、なまりの強い、文法的にはめちゃくちゃな日本語で呼びかけた。「あんたたち、だれ？ なに、ほしい？ あんたたち、行って。あんたたち、わたし、傷つける、ない」

韓国人としての思考は鮮明であって、頭のなかで考えていることばは、はるかに明瞭だった。あんたたちは、わたしをさらいに来た悪魔なの？ それとも、国に帰る便のなかで吹聴したいがために、ただでグリークをやらせようと思ってる、酔っぱらった太っちょのアメリカ人たち？ それとも、親分にひどい三下扱いをされたのが悔しくて、その怒りをだれかにぶつけずにはいられなくなった、短気な若いヤクザたち？

だが、そこはあまりに静かで、そんな男たちなどは存在しないように思えるほどだった。一瞬、これは自分の想像力が産みだしたものなんだという確信が生じた。これは、父のことを悪く思ったことへの罰なんだ。

　彼女は向きを変え、ふたたびその裏通りを――

　物音が聞こえた。背後に、ふたりの男がいた。が、彼女は無分別ではなく、パニックに陥りやすいたちでもなかった。悲鳴をあげて、やみくもに通りの真ん中を駆けだしていくようなことはしなかった。そうはせず、つけられているのかどうかをたしかめるために、それと知られずにすむ程度にだけ、歩調を速めた。彼女は必死に考えた。通りは暗いし、新宿駅まではまだ八百メートルほどもある。表通りにたどり着くまでは、あいつらはいつでも襲いかかってくることができるのだ。

　どこかに、さっと逃げこめるところはないだろうか。コンビニのローソンかカフェアヤがあったら、どちらも毎日、二十四時間開いているから、そこに入ればいい。横丁があったら、それでもいい。すぐに家に帰り着ける見こみは薄くなってきた。いまはただ、この夜を生きのびることだけを考えて、もしどこかのおぞましいクラブの裏手のあるごみ箱のなかに隠れるしかなかったとしたら、そうすることにしよう。それよりましなのは、オールナイトのファミレスみたいなのを見つけて、そこで七時になるまで煙草を二、三本吸いながら時間をつぶすこと。いや、そうなったら、すぐに家に帰ろうとするのは意味がない。その店に二、三時間いてから、帰ることにしよう。つらいことになるだろうけど、それだったら、なんとかなるだろう。

前方、ゴールデン街と呼ばれるバーが五十軒ほども並んでいる場所からそう遠くないあたりに、灯りのない遊歩道があるのが見えた。上から照らす街灯がないから、あそこに駆けこんだら、つけている男ふたりにはこちらが見えないだろうと思った。あいつらがそこを通りすぎて、ひきかえしてきたときには、自分は小道の向こう側まで行って、靖国通りに出ているだろう。

そこは、花園神社の裏手から二百メートル近くつづく、新宿遊歩道公園という名の、歌舞伎町らしからぬ場所で、林間のような公園のなかに、左右に木立の並ぶ石畳の遊歩道がうねりのびていた。一般にはあまり知られておらず、この時刻には無人になっているにちがいなかった。じゅうぶんに暗いから、身を隠して、見られないようにすることができるだろう。理想的だ。彼女はそこに駆けこんで、あからさまに歩調を速め、つけてくる男たちをまけますようにと祈った。

遊歩道は狭く、木々が張りだしているので、彼は袈裟斬りを用いることにした。相手の左肩から斜めに切り下げて、鎖骨、心臓の左側、左の肺、背骨、右の肺、肝臓と切り裂いていく斬りかただ。うまくやれれば、ときには、骨盤のすぐ上の臀部まで切り裂いて、曲がりくねった腸を飛びださせることもできる。いい試し斬りになる。この刀はすでに、ちょっとした実験で、驚くほど鋭利なことが証明されていた。則長という男は、おのれの仕事をよく知っていた。一五五〇年かその前後の年、則長は暗いあばら家のなか、若い弟子たちに力と意志をこめて槌を打たせて、これを折りかえし、また折りかえして、そのあと、地獄の控えの間のように燃えさかるまばゆい炎の前に陣取って、白熱する鋼鉄の板を打ちのばし、刀へと仕上げていったのだろう。

その刀は異例に重く、それは何度も砥がれたのではないことを示していて、それはまた、構造の完全性がよく保たれていることを意味していた。製作されてから四百五十年ほどのあいだに、砥がれて磨り減った部分はほとんどないということだ。刃文に、目に見えるような縦の亀裂は毛筋ほどもない。匂《におい》に切れめはなく、匂口《においぐち》に乱れはない。割れも、ふくらみも、酸による傷みもない。半世紀のあいだ鞘のなかにおさめられていたことによる曇りと細かな傷があるだけだ。ただし、その前は何年も平凡な軍事に用いられていたし、その前となると、だれにわかる？　わかっているのは、これが一七〇二年にある偉業を成し遂げたということのみ。一九三九年に軍用として改造された際の美的でない装備品が気に食わなかったので、彼は拵を変えていた。いま、それは質素な白鞘におさめられ、前衛彫刻の一片に似た、反りがあって材質の密な木の柄がしっかりと取りつけられていた。白鞘は、刀身の夜具と言われたりもする。それは保管するための用具であって、戦いや儀式には用いられないので、鐔は付いていない。鐔というのは、自分の指が鋭利な刃にふれることのないように、そして、敵が刀を滑らせてこちらの指を断ることのないようにするためのもの、つまり戦いの装備であり、あるいはまた——それ自体、秀逸な工芸品ということで——美をめでるための品でもあるのだ。

彼らには、女の姿が見えていた。まだ五十メートル弱前方にいる肥満気味の女が、つけられていることは意識しているが、行動を仕向けられていることは意識せぬまま、いくぶん落ち着きを失い、速すぎる動きで道をそれて、狭い遊歩道に入りこんでいく。安っぽい布製のレインコートを着て、スカーフをし、眼鏡をかけていた。この距離からでも、女の木底のサンダルが歩道を打つ音がはっきりと聞こえた。

「さて、仁井」彼は言った。「なにが野熊に誤った行動をさせたのか?」

「自分を過大評価したことです」

かたわらにかがんでいる、若い仁井が言った。仁井は、大きなポリ袋を用意していた。この夜のもっと不快な仕事をするのは、彼の役目だった。

「そう、彼は映画に出ているような気持ちでいた。踏みこんでいったとき、彼は劇中の人物になっていた。彼は立ちどまって、考えるべきでもあった。いざというときになって考えても、遅すぎるんだ。おまえは無にならねばならない」

「はい、親分」

「思考も、意志も、あってはならない。どちらも、時間を要する。時間は、おまえの敵にとってではなく、おまえにとって、死を意味する。西洋《ウエスタン》の文学は読んでいるか？」

「ウェスタン・ミュージックなら聴きますが」

「だいぶちがうな。おれの念頭にあるのはコンラッドだ。彼は、日本人に近いといっていいほど、さえたことを言った。武蔵にも、それぐらいのことは語れただろう。三島もまた、こんなふうなことを言った。〝考えることは完全性の敵である〟」

「わかりました」

仁井は、ほんとうはわかってもいないのに、そう言った。彼はまだ、丸暗記の段階にあった。これをやり、つぎはあれ、そのつぎはそれと、教えられたとおりにすべてをやり、もしひとつでも順序をまちがえば、どなりつけられる。それでも、もちろん、いつも考えてばかりいれば、敵に斬られてしまうということぐらいはわかっていた。

「無になるんだ、仁井。おまえは無になれるか？」

「はい、親分」

　女はもう、確信を得ていた。またひとつ、試練をくぐりぬけたのだ。暗い遊歩道を歩いていき、途中で二度、立ちどまってみた。つけていたふたりは、こちらが道をそれたのを見のがしたらしい。ここにいるのは自分だけ。もうだいじょうぶ。歌舞伎町の夜を、またひとつ生きのびられた。いつか、すばらしい日々をすごせるようになったら、これも人生のひとつの冒険だったということになるだろう。これでまた、一万五千円ほどを国に送ることが――

　その男の動きはじつに静かで、敏速だったので、あれは幽霊かもしれないと思った。

「ひぃっ！」彼女は叫んだ。

　男は遊歩道の右側に並ぶ木々のあいだから、巨大な蝙蝠のようになめらかに、暗色の着衣をなびかせて実体化した。その顔は歌舞伎の舞台化粧のように白く塗られており、悪魔のようでありながら、その動きはひどく優雅でもあって、彼女は男から目を離すことができなかった。自分は死ぬんだとわかった。男の肉体はダンサーかマジシャンを、その肉体のよどみなく液体が流れるような動きは催眠術師を、思わせた。その両腕が振りかざされたとき、彼女はどうしてか穏やかに男を見つめ、男の目をのぞきこむと、一瞬、時が凍りついて、相手の人間としての心に宿る哀れみが感じられ、そして、男が――

アークティック・モンキーズが叫んでいる。仁井はほのかな光のなか、目をそらすこともできず、ただ見つめるばかりだった。

親分がひどくなめらかに女の前に出現し、その動きには攻撃的な感じはまったくなくて、ひどく平静だったためだろうか、女は怯えを示さなかった。恐怖の色がぜんぜんない。親分はすごいカリスマ性を持っているから、それでどうしてか女の目をくらませて、救いに誘いこむような感じで死に引きこんでしまうのだろう。女はそれを、清めとしてよろこんで受けいれているように見えた。

彼の両腕が右上方へ振りかざされて、高々と袈裟斬りの構えをとる。両手は間隔を置いて、片手は柄の上端に近いところ、片手は柄の端を握っており、肘が寄せられて、両腕が平行に近くなり、刀が頭の後方までまわされていった。彼はそこで、ミュージカルのようというか、このひと幕の儀式的要求に従おうとでもするように、動きをとめた。それから、一閃、そしてつぎのひと幕。動きをとめていた両腕が、肘を絞りこみつつ下方へ力を解き放ち、掌が内側に回転して、彼の頭上でひらめいた刀が一気に振りおろされた。力を与えるのは主として左手で、右手はその力が極限まで発揮されるようにする導き手だ。

　仁井は見つめた。刀が斜め下方へ振りおろされ、まるで水かなにかを通りぬけるように、こともなげに斜めに胸を断ち切り、休みなく加えられる力によって速度を増しつつ臀部まで切り裂いていく。だが、その動きはひどく唐突で、外科手術のように粛然としていたので、女は悲鳴をあげず、痙攣もせず、わが身にふりかかったことを理解しようとする暇すら持てなかった。

　いともやすやすと、いとも迅速に、彼は女を斬り捨てていた。体内を切り裂いていく刀が、さまざまな内臓が血を噴くときの手ごたえの差と弾力性、背骨がびしっと断ち切られる感触、ぐにゃっとしたものが密集した腸の感触、最後に内側から外側へ肌が引き裂かれる感触を、彼に伝えてきたことだろう。そして、たまげたというより、ばかげたというほうが当たっているだろうか、女の右上半身が、腕も肩も首も頭もまるごと、切断面からずるっと滑って、つながっていた細い繊維か糸のようなものをほどけさせながら、地に落ちた。その顔は驚愕の表情を浮かべたままで、四分の三ほどが残った肉体は、まだいっとき、その場に立っていた。残った肉体の表面となった、おぞましい切断面から、黒ずんだものがどっと噴出し、膝ががくんと崩れたとき、不気味な物体と化した肉体はついに地に倒れ伏し、あっという間に、薄明かりを浴びた黒い血だまりがその周囲にひろがっていった。

「やはり」近藤勇が言った。「これはいまも、じつに切れ味鋭い」

仁井はなにも言えなかった。

「では、仁井よ、この残骸をきれいにかたづけて、処分してくれ。それと、埋めるときに、ひとこと言ってやるんだな。この女はみごとに斬られてくれた」

それは、〝斬り捨て御免〟と呼ばれる行為であり、寛保二年――すなわち、西暦一七四二年に定められた〈御定書百ヶ条〉の第七十一条によって、すべての侍の権利として認められたものだった。

17 イノー

「彼の言うには」大柄なアルが言った。「これは公式書類じゃなく、草稿だそうだ。メモから文字起こしされただけのものだと」

「つまり、本物の書類であることを裏づけるものはなにもないということか。贋造書類かもしれないというわけだな」

そこは、アル・イノーの所有する繁盛レストラン、〈スシ・グッドフレンズ〉の奥にあるオフィスのなかで、ふたりはそこの椅子に腰をおろしていた。アルはほかにも、オークランド周辺に三軒のスシ・レストラン、ふたつの小規模ショッピングモール、二軒のピザ店、二軒の美容院、三軒のガソリンスタンド、二軒のマクドナルドを、サンフランシスコに二、三軒の店を、そして郊外のカーメル郡にも一、二軒の店を所有している。USMC退役曹長で、ボブは海兵隊司令部に渡りをつけ、日本語の専門家というカテゴリーで該当者を見つけてもらったのだった。イノーは二十四年ものあいだ、海兵隊情報部に、ほとんどの期間を日本担当の要員として勤務していた。

「彼はそうは考えていない」

「なぜ?」

「なぜかというと、彼の言うには、これは公式の形式は採っていないが、公式書類めいた体裁にはなっているからだそうだ。彼は検死報告書を山ほど見てきた男だ。オーサカの警察の殺人事件担当部署で十一年間、刑事をやっていたんだぞ、ガニー」

この〝彼〟とは、アル・イノーの息子のひとりが結婚した相手の父親、つまり義理の父親で、いまは退職して、娘のそばにいたいからということでアメリカに来ていた。アルの言うには、彼は日本の犯罪の表裏を知りつくした第一級の男だという。

「それはオーサカの話だろう。トーキョーでは事情がちがうかもしれん」

「これに関してはわたしを信じろ、ガニー。場所がトーキョーであっても、日本人はちがうやりかたはしないんだ」

「なるほど」

ふたりはいま、二、三日前に日本の巨大物流企業、SALの便でボブに届けられた書類のことを論じあっている。差出人の住所が架空のものであることはすぐに判明し、それは差出人のジョン・ヤマモトという名に関しても同じだった。

「そのことを考慮すると、どうやら――」

「相手は日本人だぞ、ガニー。日本人はとてもきちょうめんなんだ。小文字のｉの点は必ず打ち、ｔの横棒も必ず引く。なにごとも徹底的に、秩序立ててやるし、無限の忍耐力を持ってる。犬のように、たゆまず働く。だからこそ、日系人のわたしはオークランドの半分ほどを所有できるまでになったんだ」

　ボブは書類を見つめた。三十ページに渡って、日本語が、ひと文字の打ちまちがいも抜けもなく縦に並んでいて、ところどころに、不可解な病理学的所見を示す矢印や点線が、雑な手書きで添えられている。

「名前はない？」

「名前はない。東京都において、いついつの時刻、どこどこの場所で発見された五つの人体の残存物に関する科学的事実のみだ。人間の死体が五つあったこと、そして、彼には意味が把握できない所見がいくつか、異常性がいくつか、事物がいくつかあったことが記されているだけだ」

「わたしにこれが理解できるものかどうか。まさかと思うだろうが、前に一度、自分の父の検死をしてもらったことがあってね。そのときは、ちゃんと理解できた。しかし、これはどうも――」

ことばが途切れた。一杯やる必要があった。サケを一杯やったら、さぞうまいだろう。ほどほどに心を静めてくれそうだ。アル・イノーはいける口で、オフィスのひとつの壁際にあるキャビネットの棚にボトルがぎっしりと並んでいるのが見えた。その一本一本が、この世の楽園を隠し持っているのだ。

「そりゃまあ、これはひどくむずかしいしろものだしな」アルが言った。「なんなら、あとで報告書を送らせようか、ガニー。それなら、あんたのつごうのいいときに読めるだろう」

「いや、いまやってしまわなくては。ひとことで言ってくれ。これはひどい内容か？」

「そうだな、これが一例だ。きっと、あんたにはわからなかっただろう。その最年長の男性被害者は、敵をひとり、やっつけている」

「うん？」

「そいつのズボンに大量の血が染みこんで、ひどく濡れていたために、燃えつきていなかったんだ。血液型もＤＮＡも、家族のだれとも一致しない。これで、多少は気分がよくなったか？」

ボブは驚いた。そうだったのか。

フィリップ・ヤノに乾杯。あんたは最後までタフな男だった。あんたは家族を守ろうとした。むざむざと敗れはしなかった。あんたは敵を斬ったのだ。

「驚いたか？」

「いいや。彼は真のサムライだったからね。いかにも彼らしい死にざまだ」

「いい事実がいくつか、悪い事実がいくつか」アルがつづける。「いい事実。残酷な夜にも、多少の救いはあったらしい。一家のほかの面々は、射殺されている。九ミリ弾が、頭部に、一、二発。犯人は静かに二階にあがり、部屋を順にめぐって、拳銃で始末した。つまり、苦痛はなく、拷問はされず、レイプもなかったというわけだ」

「たんに殺したと」陰気な声でボブは言った。

「〝若い女性〟は二発、一発は顎を、もう一発は頭部を撃たれている。きっと、その女性は起きあがろうとし、犯人は彼女が起きあがろうとしたところに一発、撃ちこみ、まだ息をしている彼女のそばに立って、二発めを撃ったんだな。ほかのひとたち、少年ふたりと母親は、一発で仕留められている」

ボブは両手で頭をかかえこんだ。くそ、飲みたくて飲みたくて、たまらない！　物静かなトモエのことを、彼女はいずれ医師としてこの世に貢献できたであろうことを、彼女の気配りと細心さ、家族としての義務への傾倒ぶり、父母への愛を、彼は思い浮かべた。顔に一発、ついで頭部に一発。犯人が襲ってきたとき、横になっていた彼女は、おそらく、なにが起こっているかを、家族の身になにが降りかかっているかを理解しただろう。

「ほかになにか?」

「いや、残念ながら。ガニー、だいじょうぶか?」

「とにかく、これをかたづけてしまおう」

「悪い事実」

「ベッドで撃たれたのがいいことだというのであるならば……いや、つづけてくれ」

「彼らは斬られていた」

ボブは目をしばたいた。

「すまんが、もう一度」

「〝ひげを剃っていて身を切った〟ということじゃない。〝ちぇっ、指を切っちまった〟なんてものでもない。そんなもんじゃない。彼らは斬られていた。斬られていたんだ」

「なんという」

「ざっと訳してやろう」

アルは、あらかじめ黄色のマジックマーカーで印をつけていた書類のなかから、一枚を抜きだした。

「すべての四肢、および首が切断されている。すべての胴体が斜め方向、および水平方向に切断されていた。二体については骨盤が切断されており、これは一刀のもとによるものと思われる。別の一体では、肋骨が、脊椎に対しておおむね四十五度の角度をなして二度、切り裂かれている。すべての脊椎が切断されている。切断に用いられた刃物は、きわめて鋭利な一本の日本刀であると思われる。それぞれの切断面において、骨がきれいに分離していることは、その凶器が、きわめて強力な右利きの男性の手によって、かなりの速度で揮われたことを示唆する。それよりは力強さに欠ける切断痕が、いくつか認められる。骨がたんに折られたのみで、完全には切断されていない痕跡が数ヶ所にあり、これはより腕力の劣る男性が複数いたことを示唆する」

「犯人の弟子たちだな」

「ああ。ええと、ちょっと待ってくれ」

アルが立ちあがって、本棚の前へ歩いていき、一冊の書物を取りだす。それは、グレゴリー・アーヴァイン著の『ザ・ジャパニーズ・ソード：ザ・ソウル・オヴ・ザ・サムライ』という本だった。

彼がそれをぱらぱらとめくっていく。

「うん、やはり、その夜におこなわれた切断には気まぐれな要素はどこにもないね。一七九二年に記された手順にのっとっている。ほら、これを見てみろ。それが、ヤノ家のひとびとの全員におこなわれたんだ」

ボブは怒りを抑えようとつとめつつ、そのページに目をやった。怒りはなんの役にも立たない。怒りは役に立たないどころか、死を早く招き寄せるだけのものだ。

「それは、山田流の試斬術というやつでね」アルが言った。「そこに、死体を用いて試し斬りをする際にできるであろう、さまざまな斬りかたが、文章の記述につづいて、図で示されている」

スポーツタオルのようなものにくるまれた死体が線画で描かれ、その中央部を斬ることを示す点線が何本も引かれていた。頭部はなく、数本の補助線が、頭のない首の左右の肩や肘や手首を、そして腋下から縦方向に臍の下まで胴体全体を通って、正しい斬りかたの角度が示されている。

「オーケイ」ボブは言った。「もうじゅうぶんだ」

一杯やらずにはいられない気分だった。

18 ショーグン

ショーグンは、靖国神社で落ちあうのが好きだった。故郷に帰ったような気持ちになれるからだ。そこには、木立や森にかこまれて、無辜《むこ》百万の日本人戦死者の霊が祭られており、ガイジンを見かけることはごくまれにしかなく、夢中になって日本人女性の姿をカメラにおさめるようなやつはいない。

彼には敵が多いから、もちろん、いまもその周囲にはボディガードたちがいた。

ではあっても、そこはたいていは静かな場所であり、彼の命令や指示を待ち、その責任感や意向、調整と策謀の能力や野望をあてにしている、多数の組織や団体、おのれの義務、数多い主《あるじ》や配下といったものは、入りこんでこない。そんなわけで、彼は、参道にそびえたつ鋼鉄の鳥居の下から、装飾的でいて静謐な、木と白い石で造られた古典的な拝殿そのものへとつづく、二百メートルほどの距離を歩いて、そのひとときを楽しむことができた。

近藤は、きっかり午後三時に待ち合わせの場所にやってきた。

「近藤さん」ショーグンは呼びかけた。

「社長」と近藤は応じた。

近藤はふつうの外出着姿で、武器は持っておらず、とりたてて変わった人間には見えなかった。四十代なかばの、がっしりとした肉厚の男で、いまはその筋骨隆々の肉体は黒のサラリーマン・スーツと白のシャツ、黒のネクタイと靴で隠されていた。顔立ちは男らしく、ひとに不審をいだかせるようなところはまったくなかった。そのくすんだ黒い目の奥にひそんでいるものを見抜ける人間はいないだろう。ハンサムではないが、あまりハンサムではないともいえない。彼はあらゆる意味で特色がなく、それゆえ目立つことがないという男だった。いったん刀を手にすれば、カリスマの光を放つが、それがなければ、ただの保険計理士かなにかにしか見えないだろう。

近藤は両脚を揃え、まっすぐ下にのばした両手をズボンの縫い目にあてて、体は直立させたまま、首だけを曲げて、おじぎをした（武蔵の兵法の道の第八：わづかなる事にも気を付くる事。つまり、そうしていれば、おじぎをするときでも、隙はまったくできないというわけだ）。

「ちょっといっしょに歩いてくれ。話をしよう」ショーグンは言った。

「そのように、社長」

「きみの口から報告してもらおうかと思うんだが」

「はい、社長。あの刀は、報告書のとおりのものです。まちがいなく、真正のものです。本物であることは、わたしにはわかります。その力が感じられます」

「では、あれを使った？」

「社長にはご理解いただけるかと。あの刀のことを、あの刀はたしかに殺せるものであることを、知らねばなりませんでした。いまは、あの刀のことはよくわかっています」

「それは危険ではなかったのかね？」

「いいえ、社長。うまくお膳立てができましたので。その女はひとり身で、係累はいません。大谷さんのクラブのひとつで働いていた、韓国人売春婦です。ことは、きわめてうまく運びました」

「よく切れるというが」

「寒流月帯びて澄めること鏡の如し」

「それはどういうことかな？」

「武蔵の戦気の一節です。彼も、あれを持てば、おおいによろこぶことでしょう」

「これまでにあまり時間をむだにしたのでなければいいんだが」

「手はずはすでに整えました、社長。いまこのときにも、あの刀はわが国最高の砥師である、尾本老のもとへ向かっているはずです。そのあと、あれは、現存する人物としては比類のない拵師、半左衛門のもとへ向かい、最終的に、やはり最高の鞘師である、斉藤のもとに向かうことになります。通常、あの手の男たちはおそろしく長い時間を費やしますが、ショーグンのためとあれば、迅速に仕事をしてくれるでしょう」

「すばらしい。そういうことがらに関しては、きみを信頼しているよ」

「仕事が完了した暁には、あれは壮麗なものとなるでしょう。いずれ披露されるときには——」

「これがいかに重要なことであるかを理解してもらわねば」ショーグンは言った。「現状は危機に瀕している。わたしは日本を確固としたものとするために、戦っている。日本は守られねばならんということだ。日本を守ろうとしているという意味においても、わたしこそが日本なのだ。いまの権力を失うわけにはいかんし、あの刀の披露はわたしの地位をこの先、何年にも渡って保証してくれるのみならず、大衆の賞賛を勝ち得ることにもなるだろう」

近藤は、いまのせりふは何度となく聞かされていたが、ここはみんなのためと、聞いたことのないふうをよそおった。

「手持ちのカードを正しくお使いになれば」彼は言った。「大勲位菊花章を授与されることにさえなるかもしれませんよ」

「ふむふむ」とショーグン。「最高の勲章というのは、ちょいと高望みのしすぎかもしれんな。しかし、それより少し下の勲章ならば。それでも、おおいにうれしく思うだろう」

「約束します、社長。わたしはあなたに仕える侍として、誓って、そうなるように取り計らいましょう。信頼を裏切ることは、けっしてありません」

「きみもまた、古来の流儀を守るために戦っているのであって、近藤さん、わたしはけっしてそのことを忘れはせんよ。きみが味方であってくれれば、わたしはなんでもできる。きみはわたしに力を与えてくれる。きみもやはり日本、古来の日本なのだ」

「わたしの見返りは、あなたのしあわせです」

「そうなのか?」

「いやまあ、あなたのしあわせと、あなたに支払っていただく四百万ドルですね」

「四百万というのは、膨大な忠誠が買える金額だが」

「それでわたしの忠誠をお買いになったと申しあげておきましょう」

「なら、けっこう。刀の安全は確保された。きみにもわたしにも、嫌疑がかかることはない。刀が修理され、わたしが披露をおこなえば、大衆はわたしを愛し、わたしの地位を認め、わが一族の重要性が保証されることになる。〈インペリアル〉は凋落して、消え去るだろう。その背後にいるアメリカ人どもも、凋落して、消え去る。われわれは偉大な文化的勝利をものにするのだ。そして、日本にはわれわれの日本的美学が永遠に残ることになる」

「そうなることを誓いましょう」

「すばらしい」ショーグンは腕時計に目をやった。「そろそろ、急がねば。わたしが顔を出さずにはすまされない事情があってね。なんというか、近藤さん、この荒仕事、この駆け引きや策略や暴力といったものが、わたしのなかのアーティストに悪影響をおよぼさずにいてくれることを願いたいものだな」


問題は、若者ではなく、教師のほうにあった。

その女教師の身なりではなかった。身なりは完璧だ。ローヒール、ありきたりのパンティストッキング、膝のちょっと上までの長さの簡素なスカート、白いシルクのブラウス、かなり上質なパールのネックレス、地味なジャケットと。眼鏡もかけていて——眼鏡はとても大事な小道具だ！——髪はアップにして、ピンで留められている。メーキャップも絶妙だ。

セットでもなかった。まさに、ありふれた学校の教室のように見える。ずらりと並んだ机、チョークの粉がついた黒板、地図、部屋の隅には旗のついた柱。そこは埃っぽくて、安っぽく、何千何万とある教室と同じ見かけであって、日本人男性のだれが見ても、ほんの数秒のうちに、まちがいなく本物だと信じこむだろう。

照明でもなかった。技術的には、彼に使われている連中は優秀だ。たとえば、ここにも、彼らのプロ意識がさりげなく、端的に表現されており、どこにでもある高校の教室の青白い蛍光灯の光が、もちろん、室内にあるものすべてが白味を帯びた鈍い光のなかに入るように、ごくやわらかな下方照明が当てられてはいるものの、正確に模倣されている。どうしたわけか、魔法でもかかったものか、その明るい光のなかにあると、肉体そのものが錬金術で性質が変貌したかのように見えた。そのために、ひとつひとつの傷やひとつひとつの毛穴など、細かな部分のすべてがあらわになってしまうのに、最終的な制作物はけっして、むさくるしくもみすぼらしくも見えない。そこには（扱う主題がなんであっても同じだが）、一種の荘厳さが、古刀の時代につややかな着物をまとった名匠によって絹の反物に繊細に描かれたような、古典的な日本の表現法があった。

　問題は、老練のプロである監督でもなければ、カメラでもなく、熟練の域にある裏方たちでもなければ、ほかのなにものでもなかった。だが、経験豊かなショーグンの目にかかると、それがなんであるかは、たちどころにわかる。問題は女優だった。

「さくらちゃん」彼はやさしく話しかけた。「むずかしいのはわかってる。しかし、この変身はとても重要なんだ。きみは成熟して、おとなの女になった。肉付きがぐんとよくなって、豊満なボディになってきた。おとなの女の体になったんだ。まなざしに知性が、きれいな顔に見識が宿り、髪はシルクの光沢を持つようになった。メーキャップの連中はすでに、もともと目が覚めるほどきれいだったきみを、それ以上のものに変身させている。いまのきみは、まさに美の女神なんだ。ちゃんと聞いてるかね？」

「はい、社長さん」若い美女は、かしこまって答えた。

「ところが、これのラッシュを見てみると、あるものが欠けていたんだ」

「わかってます」

「きみはまだ自分を出しきれていない」

「むずかしくって」

たしかに、むずかしいだろう。さくらは三年間、この業界でやってきて、ひとかどのスターになっていた。熱烈なファンがつき、名が売れ、雑誌が特集を組んだり写真集が出たりすることが何度もあって、日本のどの街のレストランでもいいテーブルにつけるようになっている。ショーグンは彼女を売りだすのに、歯列矯正をさせ（前歯の二本のあいだに隙間があった）、最高のエステサロンと、いちばんセンスのいいマニキュアリストやペディキュアリストの店に通わせ、もともとしなやかで、欲望を誘ってやまないそのボディをさらに磨きあげるためにトレイナーを雇ってと、大金を投資してきたのだ。

「むずかしいことは、よくわかってる」ショーグンは言った。「シャーリー・テンプルはできなかった。サンドラ・ディーもできなかった。あの名女優、ジョディ・フォスターもまだできてはいないと考えている人間もいる。これほどむずかしいものはないといっていい。みごとに、完璧にやってのけたのは、ジュディ・ガーランドだけだろうな」

「一所懸命やってるんですけど」

彼女の問題はなにか。さくらはこれまで、『ふしだら女子高生』シリーズのナンバー3、9、17、26に出演し（26は大ヒットした！）、いつも餌食役を演じてきた。初歩的な〝ブッカケ〟作品に何度も出演するという、むずかしい仕事を通して、レイプされる女子高生の役をおはこにするようになり、そこから、大胆に芸者ものへと進み、そのあとは、その豊かな胸がつねにあらわになる穴だらけの衣装に身を包む、安っぽいSFふうのシリーズ、『キューティーレンジャーズ』へと首尾よく転進して、その出演作は億単位のかねを稼いできたのだ。しかし、いまはもう、彼女の胸は、チェックのスカートにポニーテールの役を演じつづけるには、大きすぎ、美しくなりすぎていた。おとなの女を演じられるようにならなければ、消えていくしかないのだった。

きょうは、『ブラックさくらの女教師』の撮影の三日めにあたっていて、撮影はうまくいっていなかった。

「一所懸命になりすぎているのかもな、さくらちゃん」やさしく彼は言った。「ぼかしをしてもらえたら」

安全ネットなしで綱渡りをしているような気分なのだろう。これまでのさくらの映画には、すべてぼかしがかけられていた。つまり、撮影がすんで公開するまでのあいだに、コンピュータ・モザイクが、彼女のもっとも秘めやかな部分と相手役男優の局部に施されたということだ。もちろん、セットではいつも、体のすべての部分が当然のこととして露出しているから、それは心理的なものでしかないのだが、編集のどこかの時点で微妙にモザイクが施されて、自分のもっとも恥ずかしい部分は見られずにすむのだとわかっていることによって、彼女は自分を解放して、監督や数百万のファンたちを熱狂させる、あのとほうもない狂態を演じることができたのだろう。

だが、女優としてのキャリアのどこかで、彼女もぼかしの段階をこえて、百パーセント・ヌードの世界に入りこまなくてはならない。そういう作品は、日本ではもちろん、映倫管理委員会の規定によって、実質的に違法とされているが、その委員会は全日本ビデオ協会（ＡＪＶＳ）の支配下にあって、ショーグンはそのＡＪＶＳの理事長であり、事実上の独裁者だから、なんの心配もなくそういう作品を商品化することができる。この問題に関しては、彼は犯人兼警察なのだ。そういう立場になれれば、ことはうまく運ぶものだし、彼は現にその立場になっていた。

「いいかい、痴女の真髄は赤裸々であることなんだ。痴女になりきり、ぼかしのことは忘れ去って、おとなの女としてのきれいな体を日本のすべての男たちに見せてやらなくてはいけない」

その〝痴女〟こそが、彼の帝国の真髄だった。〝痴女〟、すなわち、〝みだらな女〟、

〝ふしだらな女〟が。それは、やさしく話し、礼儀を守り、よく働き、つつましく、繊細な美しさを備え、最高級の衣類を身にまとった、つつましい日本の女たちも、その裏には激しい性欲という悪魔をひそませているのだという、非現実的幻想に基づいている。

そこに最初に目をつけたのが、ショーグンだった。尊敬され、畏敬され、日本の文化や伝統の中心的存在であるべき教師。ところが、古典的な顔立ちをし、威厳を備えたその女教師の裏には奔放な淫乱女がひそんでいて、生徒を襲い、彼らに性的服従を要求したり、女の子の服を着させたり、ありとあらゆる体位でもって文字どおり彼らをレイプしたりするのだ。

その企画は、教師から始まって、すぐさま、ほかのあれこれの職種へとひろがっていった。飛行機のスチュワーデス、オフィスレディ、看護婦、キャンペーンガールなどなど、果ては、彼女たちがさらに年齢を重ねるのに合わせて、〝熟女妻〟という驚くべきカテゴリーに至るまで。

彼が蛇口を開けたのだ。そこから、かねが流れ出てくる。世に満ちる性への渇望は、すさまじい。

「こんなふうに考えてみなさい」悩んでいる若い美女に、彼は言った。「日本には日本の流儀があるだろう。それなのに、世界は、とりわけアメリカは、われわれを牛耳ることに血道をあげている。彼らはわれわれのやっていることを変えさせ、われわれを潰してしまおうとしている。前の戦争のように、原爆とか焼夷弾の雨とかではなく、彼らの文化、その荒っぽくて、攻撃的で、無分別な流儀でもってだ。きみは、さくらちゃん、きみはそれと戦わなくてはいけない。きみはただの女優ではなく、アメリカとの戦いにおける前線の兵士、ひとりの侍なのだ。いいかね、さくらちゃん、きみが自身のなかに侍の魂を見いだすことはとても大事な職分であって、それを果たすために、カメラの前であそこをあらわにし、われわれにその映像を配給させなくてはいけない。完璧な痴女になれ。実際、痴女というのは肉欲を武器とする侍なんだ」

若い女優、さくらは絶賛の演技を披露した。

19　音羽博士

著名人であるドクター・オトワがボブ・リー・スワガーと会うことに同意してくれたのは、退職する前は大阪府警の警部補として捜査一課に所属していたヨシダの取り持ちのおかげだった。こめかみのあたりに白いものがまじりかけているオトワ博士は、仕立てのいい服に身を包み、しゃべりかたは歯切れがよく、数ヶ国語を操れるという人物だ。ヨシダ元警部補と面識はなかったが、手紙を受けとったあと、すぐに彼を知っていそうなひとびとに電話を入れたところ（音羽博士は多方面に多数のコネクションを持っている）、ヨシダはその経歴証明書のとおり、伝説的な第一級の刑事であったこと、いまは退職し、日系アメリカ人と結婚した娘の近辺、カリフォルニア州オークランドで暮らしていることが、明らかになったというなりゆきだった。

ふたりが会う場所は、東京国立博物館のなかにあるオトワ博士のオフィスということになった。上野の公園のなかにあるその古美術の殿堂は、壮大で厳粛な大聖堂のような外観を備えており、そこの刀剣部門の管理主任である博士は、十五世紀の備前焼の（世界的にも有名な）専門家でもある。そのオフィスは、その職分にふさわしく、刀剣だらけの部屋だった。不気味な反りを持つ刀身をさらして、ガラスのケースのなかでまばゆく輝く刀剣類は、多くのひとびとにとって、この一千年あまりのあいだに日本人の想像力が生みだしたもっとも明瞭な創造物だ。この博物館は国内有数のコレクションを蔵していて、一般に公開されているのはそのほんの一部であるにすぎなかった。

「ミスター・スワガー、よろしければサケでもいかがです？」

「おことばはありがたいですが、やめておきましょう。飲まれてしまうほうでして。一杯やったが最後、とどまることがないんですよ」

「なるほど。自制するのはよいことです。さて、吉田元警部補のお手紙によれば、合衆国において、ある刀が、数万ドルの値打ちのある刀が、盗難にあったとのことですな。殺人事件もあったと。西洋人であるあなたは、こんなふうにお考えでしょう。逆賊を斬ったり、裏切り者を処刑したり、おのれの腹をかき切ったりするために五百年前に造られた鋼の板が、これほどの年月がたったいまも、人殺しをしてでも手に入れようとするほどの価値を持つというのはどうしてなのか?」

「そういう刀剣類が美術品として扱われることは承知しています。とほうもない価値を持つ場合もあると。そういうものなら、動機が金儲けだけであっても人殺しをするだけの価値はあるでしょう」

「では、この国においでになったのは、その手のマーケットを見つけだすためですか。しかし、あなたにもおわかりでしょうが、ささいなことのために人殺しをする人間はいくらでもいますよ」

「たったの二十五セントや数ペニーのために。あるいは、口論や、悪い冗談や、安い商売女がもとで。人間というやつは、つまらないこと、意味のないことで、人殺しをするものです」

「よくものがわかってらっしゃるようですな」

「ただ、これには、なにか密謀がからんでいると、わたしは信じているんです。殺したやつは、刀剣類の知識があったにちがいない。犯人は、自身が高度なコレクターであるか、もしくはその依頼を受けたやつかもしれない。その刀を子どものように人質にとって、かねを要求するつもりかもしれない。あるいはまた……いや、どうでしょうか。とにかく、自分で調べたところでは、最上の刀には二百万ドルの値が付くようです。それなら、こういう犯罪が起こってもおかしくないのでは？」

「おそらく、それは歴史的価値のある刀ですな。その由来と、なにか法外なできごとに関わったことが、立証された刀ということです。そうであれば、その価値は飛躍的に高まるでしょう。金額的には、ワイアット・アープが所有していたコルトに付けられた数字ぐらいのものになるでしょう」

「ワイアット・アープのコルトは、三百五十万ドルで売却されました。たいした金額です」

「日本人にとっての刀剣は、アメリカ人にとっての銃以上の意味を持っておりましてね。その手の刀なら、この国ではその十倍の金額が付くかもしれません。そう、三千五百万ということです。人殺しをするだけの価値は、ありあまるほどあるというわけです」

「ですが、有名な刀になればなるほど、儲けを目的に売るのはむずかしくなります。ワイアット・アープのコルトを、なんなら『モナリザ』でも、盗みだすことはできるでしょうが、それをだれに売ればいいんでしょう？　儲けのための犯罪と考えるのはこの場合にはあてはまらないというのは、そういうことなんです。もしかすると、それを持つだけでじゅうぶんということも……いや、それでは筋が通らない」

「アメリカ人にとっては、そうではないかもしれない。しかし、日本人にとってはそうかもしれない」オトワ博士が言った。

「自分にも筋が通って見えるようにならなくては。そうならなかったら、運の尽きというしかないです。この事件の裏には正気と論理があると想定しなくてはいけませんのでね、博士」

「同感ですな」

「では、ひとつ質問をさせてください。ひと振りの刀があったとしましょう。これは、、、、聖杯に相当するような刀という意味です。その美しさなのか、その来歴なのか、あるいはその両方なのか。とにかく、それはうわさ話のなかにのみ存在する。現存が立証されたことは一度もない。しかし、もしそれが日の目を見れば、あらゆるひとの心を揺すぶるだろう。つまり、その刀はきわめて特別なものであって……いや、日本ではどのように言うものか、自分にはわからないので。とにかく、それはただちに、かねよりも価値のあるもの、つまり権力や特権や注目といったものを生みだす。そういうものなら、まさしく人を殺すだけの値打ちがあるのでは？」

「それも、ひとりの男を殺すだけでなく、ひとつの家族を殺すだけの？　妻を、夫を……」

スワガーは椅子にもたれこみ、目を細めて博士を見つめた。

「ふむ。こちらの意図をよくお見通しのようですね」

「ミスター・スワガー」オトワ博士が言った。「わたしは全世界の刀剣関係者やコレクターや管理者たちと、定期的にEメールで連絡を取りあっておりましてね。だれかが殺されて、希少な刀が盗まれた場所がアメリカであっても、わたしにはわかるでしょう。しかし、今回はそうではなく、いまわれわれがすわっているここから三十キロほどしか離れていないところで、フィリップ・矢野という名の男とその家族が皆殺しになった。じつに不可解で、とても悲しいできごとです。その翌朝、ひとりのアメリカ人がその犯罪現場に現れ、自分が矢野に渡した希少な刀が盗まれたのだと、目撃者たちのいる前で主張して、騒動を引き起こした。その努力にもかかわらず、彼は無作法なまねをしたということで、国外退去を求められた。フィリップ・矢野に関する捜査は行き詰まり、あたかも警察の担当部局はある種の犯罪は無視するのが最善と考えているかのように、なんの成果もあがっていない。そしていま、わたしのオフィスに、ひとりのアメリカ人がやってきて、人殺しに値するほどの刀はどのようなものであるかを探りだそうとしている。そこに関連性を見いだすのは、むずかしいことではありません。ただ、どうしてあなたがこの国に戻ってくることができたのか、そこのところがよくわからない」

「別名の、とてもよくできた偽造パスポートを手に入れまして」

「日本に不法入国したことで逮捕されたら、どうなるかはご承知ですな」

「むずかしいことになるのはわかってますよ」

「それでも、その危険を冒すと？」

「そうです」

「戦士の道は死です。日本の刑務所で十五年間、自慰をしてすごすことにはならない」

「わたしは、やらなければならないことをやるだけです」

「ミスター・スワガー、あなたは有能な男のようです。吉田氏の後援を受けておられるし、彼は犯罪者に自分の名を使わせるような人物ではない。つまり、偽造書類を所持していること自体が、逆にあなたの正しさを物語っているというわけで」

「わたしはただ、この事件を明らかにしたいと考えているだけなんですよ」

「ある物語をお話ししましょう。ある刀にまつわる物語を。人殺しに値する刀、そのために死ぬ値打ちのある刀、その持ち主を日本でもっとも重要で尊敬される人物にするであろう刀の物語をです。よろしいかな？」

「よろしいですとも」

「オーライ、ミスター・スワガー」博士は言った。「始めましょう。まず、理解しやすくするために、前置き的なことを少ししゃべらせてもらいます」

彼は壁際の展示ケースの前に歩いて、それの鍵を解き、ひと振りの刀を取りだした。

「カタナ。西暦一六五一年に、野上という男によって用いられたものです」

スワガーはそれを受けとった。

「どうぞ、鞘から抜きだしてください。いまはエチケットなど気にすることはない。さあ、それを抜いて。指や脚を切ってしまわないよう気をつけて」

スワガーは刀身を抜きだした。それは、見かけよりも重かった。ひとの神経を昂ぶらせるような、妙な気配があった。

刀身はわずかに反りがあり、刃先の側、切るための硬い鋼がそれを支えるより柔軟な鋼と出会う部分にそって、まだらが走っている。片面に一本の溝が走り、先端部は切っ先へとユニークな調和を取って峰がかたちづくられていた。なぜ、こんなふうになっているのか？　なぜ、単純に尖らせていないのか？　それには理由があるはずだ。斬ることと突くことを学び、そこから芸術と科学を生みだしたひとびと。彼らは刀をよく知っていたのだし、歴史を通じて、日本刀ほど入念に製作された武器はないのだ。

柄は、両手で持ってもまだたっぷりとあまるほどの長さがあったが、いざとなれば片手で揮うこともできそうだった。

美しくはない。これは、そう、言わばM‐14ライフルのような、ただひとつのことのみに留意するひとびとによって、完璧に、正確に機能して、ただひとつのことをきわめてうまくやってのけられるようにするために造られた、たんなる武器であるように見えた。

手に持ったそれは、命を吹きこまれたように思えた。トミー・カルペパーはなんと言ったか？　そうだ。こいつ、いまもなにかを斬りたがってる。そのとおりだった。これは肉を恋い焦がれている。銃はちがう。扱い慣れれば、それはただの道具になる。だが、刀は、手に取るつど、持った者をぞくぞくさせるのだ。

立ちあがり、無造作に刀を振りまわしてみると、振る速度と勢いが増すにつれて、かすかなうなりのようなものが生じるのが感じられた。左右に振って、空気を切り裂くと、刀身の溝がそれを小さく歌わせた。

「雪から始めましょう、ミスター・スワガー。雪は、寒い夜などに日本人の想像力を触発することがあります。たとえば、旧暦の一七〇二年十二月、いまの暦では一七〇三年一月の三十一日にあたる夜などに。四十七名の男たちが隊列を組んで、当時は江戸と呼ばれていた都市の暗がりを、渦巻く雪を縫って、行進していくさまを思い浮かべてください。彼らは寒さに身を縮めてはいても、そんな天候のことなどは念頭になかった。復讐の念だけがあったのです」

ボブには雪が見えた。男たちが、これと同じような刀をさげ、うつむいて、暗い夜の空気に白い息を吐きながら、小走りに進んでいく光景が見えた。それは、ロシアでもありえ、長津湖《チャンジン》でもありえ、フォージ渓谷でもありえた。男たちがみずからの信じるもののために戦った、どの場所でもありえた。

「彼らは、グリーンベレーやロシアのスペツナズやイギリスのSASのような感じでした。着物にまんだら模様を入れて、迷彩を施していたんですよ。それぞれが、切れ味鋭い剣呑な刀を二本差し、それに加えて、万が一のために短刀も携えていました。大半の者がスピア、日本語で言えば、槍を持っていました。全員が、このことのために生涯を通じて鍛錬をしてきたのです。歴史上、これほどの才能と技術と意志を備え、武力をほしいままにできる部隊はほかになかったでしょう。

彼らはだれと戦うために来たのか？　物語は、その二年前にさかのぼります。将軍は——軍事独裁者である、日本の真の権力者は——みずからが支配する各藩主に対し、隔年で江戸に滞在し、江戸城において幕府のためのみにおこなわれる手のこんだ儀式を執りおこなうことを要求していました。なんともばかげた話に聞こえることは、わかっていますが、思い浮かべてみてください。それがいかにきらびやかであったことかを。将軍は、藩主たちを相談役や追従者にすることなどは考えもせず、彼らが儀式の遂行に気を揉み、消耗して、謀反をたくらむどころではない状態にあることを望んでいたのです。それは、切腹《セップク》というものがある時代でした。藩主が失態を犯したり、法に抵触したり、誤ったすわりかたをしたり、誤った烏帽子をかぶったりということがあれば――」

彼はがっしりした手をこぶしにして、自分の腹にあて、横に引くしぐさをしてみせた。

「西暦一七〇〇年、赤穂の浅野家の若い藩主が、殿中におけるお役目を果たすために江戸に呼ばれました。彼は――まあ、彼に関しては賛否が分かれますな。一説には、誠実で勇気があり、へつらいをよしとせず、幕府に蔓延していた腐敗や優柔不断や内紛を憎む、偉大な男であったと。それともまた、勝ちめのない相手に逆らって、まんまとしてやられ、結局は破滅した、あさはかな愚か者にすぎなかったのか？　凡人でも、うすのろでも、改革の闘士でも、なんでもありうる。説は千差万別です。肝心なのは、なにかの理由で、彼は幕府に横行していたしきたりに倣おうとしなかった。つまり、賄賂のやりとりですな。その儀式の際のもっとも重要な人物は、茶会を主宰する者——本質的に、それは将軍の対外的秘書役であり、陰であらゆることを操る者です。その人物の名は、吉良。ほかに七つの名を持つ男ですが、ここはたんに吉良と呼んでおきましょう。彼は付きあいやすい男ではありました。かねをたっぷりと渡しておきさえすれば」

「アサノはそれをしなかったと」

ボブは、そういう状況にはなじみがあった。それを材に取った映画を何本も観ていたからだ。

「そうです。それは、理想主義によるものなのか、愚かさによるものなのか、それとも無知によるものなのか。吉良は怒りました。ちなみに、吉良は野心的でした。彼を退廃的な道楽者、〝浮き世〟の快楽の相伴にあずかる者、若い女中たちをたぶらかす者と見なすひとびともいた。その一方、改革の義務などは感じず、受け継いだ伝統を守ろうとしただけの男であったと見なすひとびともいる。彼は教えられたことをやっただけだと。彼は彼なりに、その主君の命に従順でもあったのです。そのようなわけで、賄賂を拒絶した浅野の行動に侮辱され、怒りを覚えた彼は、浅野に対し、刀を用いるのではない戦《いくさ》を仕掛けた。若い藩主に恥をかかせ、その世評を貶めるうわさを流したのです。ご承知のごとく、日本人にとっては、世評がすべてですからね。浅野にかかった圧力は、とほうもないものでした。もしひとつでも失態を犯せば――」彼は腹を切るような音を立ててみせた。「そして、ある日、浅野は破綻を来たした。侮辱かなにかがもとで怒りを爆発させ、脇差を――短い刀を――抜いて、将軍の居城である江戸城の城内、そこの〝松の廊下〟と呼ばれる場所で、はるかに年長の男に襲いかかったのです。彼はなんとか二度、吉良を斬りつけました。一度はひたいを、一度は肩の後ろを」

ボブは刀を見つめた。

「浅野は殿中における作法を破った。将軍の居城のなかで抜刀した。それは、即刻の死罪となります。浅野の身になって言うならば、彼は生きることより、はるかに大きな尊厳を持って死んだということになるでしょう。死の直前、彼はある詩をしたためたとされます。〝風さそふ　花よりもなほ　我はまた　春の名残を　いかにとやせん〟。そのあと、彼はみずからの腹を切り裂いたというわけです。

将軍は彼の所領を没収して、開城させ、そのために彼の家臣は全員が禄を失いました。彼らは恥をかかされ、職を失った。なにもない身となったのです」

「じつは、わたしもそれの映画を何本か観たように思います。いまのお話で、自分にはよく理解できていなかったことが実感できましたが、それでも、なにが起こったのかということについては、よくわかりました。四十七人の浪士たち。その二年後、彼らは吉良の屋敷を襲う。幕府は〝お家断絶〟という処置をし、その所領を没収し、彼らを浪々の身に追いやったが、彼らはけっして終わってはいなかった。そして、ある夜、彼らは招集を受けたということですね」

「雪の降る夜に。そのとおりです。こちらに来て、これを見てください。その刀を持って。これを見るときに、刀を手に持っていてほしいので」

ふたりは立ちあがり、オトワ博士がボブを、壁に飾られた木版画のほうへ連れていった。

「戦士を描いたもっとも偉大な日本の画家は、歌川国芳です。彼はその夜の情景と、それに関わった男たちを何度となく描き、彼が活動していたのはその戦いから百六十年ほどもあとの十九世紀であったのに、そのできごとにまつわってわれわれがいだいているイメージはすべて、彼の作品がもとになっているのです。これは彼の三枚組みの作品で、『忠臣蔵夜討の図』の表題がついています」

ボブは見た。なじみ深い、戦いの図が見えた。混乱、騒乱、狂乱、ルールなし、統一性なし。いかめしい顔をした決死の構えの男たちが、長い槍や、いま彼が持っているのと同じような刀を手に、ぞくぞくと侵入していくところが描かれていた。

「あそこの、あの人物を見てください」音羽博士が指さしたのは、戦いの装束に身をかため、もっとも長い槍を手に戦闘の場の中央に立って、馬の尾でできた鞭のようなものでほかの男たちを鼓舞している、有力者らしき人物だった。「あれが大石、浅野家の筆頭家老であった男です。この物語の英雄は彼です。彼こそが、討ち入りを計画し、率いた男、浪人《ローニン》をまとめあげた男、情報の報告を調整した男、最終的な戦略を練りあげた男です。彼は、自分が幕府の隠密に監視されていることがわかっていたので、妻を残して、はるか遠い地に移り、遊郭に入りびたって、身を持ち崩したふりをし、スパイたちの目をあざむいた。まあ、そのように言われているということです。あるいは、その日が来るまで、妻から身を遠ざけて、ゲイシャたちとともに暮らすための口実が必要だったというだけのことかもしれませんが」

「それが初めてのことではなかったと」ボブは言った。

「そう、初めてではなかったということです。大石は雪の夜の襲撃の際、浅野家の元家臣たちをふたつの集団に分割した。そして、ひとりが、吉良屋敷の警護の者たちの弓を切る任務を割り当てられ、そのために、吉良側は強力な武器を使うことができなかった。そうなれば、あとは一対一、刀と刀の戦いというわけで。最高の剣士は、堀部安兵衛という男でした。その義理の父である堀部弥兵衛も同行しており、彼は七十七歳になっていました。歳を取った男が多かったのです。最年少は大石の息子で、彼は十七歳でした。それはともあれ、われわれの関心の対象となるのは、大石です」

「彼が吉良を殺したのですね」

「そうです。殺すべき敵をすべてかたづけたあと、彼らは浅ましくも炭小屋に隠れていた吉良を発見した。大石は、男の年齢とひたいの傷痕から、それが吉良であることを察知した。着衣をはいでみると、肩のそばに、もうひとつの傷痕が見つかった。大石は彼に短刀をさしだした。吉良は侍であるからと。しかし、吉良は拒絶した。大石は自分の脇差で、一刀のもとにその首を刎《は》ねた。その刀は、浅野がおのれの腹を切るのに用いたものであった。浅野の切腹に用いられ、ついで吉良の斬首に用いられた、その刀。そんな刀であれば、所有したくてたまらない日本人は多数いるでしょう。それはどうなったのか？　だれも知らない。わかっているのは、その百年ほど前に、大和の則長という名の刀匠によって造られたものであるということのみなのです」

「わかりました」

「いやいや、わかってはおられない。というのも、まだこの物語は終わっていないからです。これまでに話したことは、世間のひとびとによく知られています。忠誠、勇気、襲撃、正義。それが、物語の第一部です。おおいに満足のいく話ではあります。

しかしながら、そのあとに、きわめて日本的な部分がつづくのです。四十七名の浪士はどうしたか？　逃げて、身をひそめたのか？　船で中国か韓国へ渡って、名を変えたのか？　いいえ。彼らは隊列を組んで、主君が埋葬された泉岳寺という寺に行き、吉良の首を洗って、その首を墓前に供えた。そのあと、彼らはみずから出頭して、将軍の裁定に身を委ねた。

　裁定については数多くの議論があったものの、最終的には、彼らは全員、そう全員が、切腹を命じられ、全員がそれに従った。これこそが、真の日本的部分なのです。彼らはよろこんで、そうした。この物語は悲劇ではなく、しあわせな結末となった。四十七士は、すぐ翌年、腹を切ることを将軍に命じられ、一日のうちに、全員の切腹がおこなわれた。そのような結末になったからこそ、彼らはいまもわれわれの記憶に残っているのです。そうであるからこそ、ここ東京の泉岳寺に毎日、数百人ものひとびとが訪れて、墓前に向かい、彼らの霊を供養して香を焚くのです。そうであるからこそ、毎年、十二月十四日に義士祭が盛大におこなわれて――大石が老人の首を刎ねた夜がたたえられるのです。その首を刎ねたのが、あの刀。あれが、そうなのです。いまあなたが手にしているのと同じような、あの刀が」

　ボブは、手にしている刀にふたたび目を向けた。

「それは最終的には切り詰められて、三九年式新軍刀として新たな装備を施され、第二次世界大戦に携帯されたのかもしれないと?」

「そうではなかったのかもしれないと考える理由は、どこにもないですな。あの刀は行方知れずとなっていた。どこにあってもおかしくはないし、どこにもないのかもしれない」

「それを裏づけるものがあるとすれば、なんでしょう?」

「刀身の形状、および、その峰と刃文の種類がわかれば、しかるべき時代区分にあてはめることができます。そして、もし茎がじゅうぶんに残っていて、そこに則長の銘と浅野の紋が存在すれば、同定は完璧となります。ほかの浪士はだれも、則長の刀は持っていなかった。大石は、拵に白い下緒の付いた、浅野の脇差と刀を所持していた。則長を携えていたのは、大石だけなのです」

「では、もしあなたがその刀を手に入れたら――それでなにをなさるでしょう?」

「〝吉良の首を刎ねた刀〟は侍の廉潔さの象徴であり、それを所有することになった人物は、ただちに大きな名声を得ることになります。それの発見は日本中を沸き立たせるでしょう。わたしなら、この博物館に寄贈して、日本の国民に披露するでしょう。それはこの国への贈りものとなります。国中が歓喜するでしょう。いやまあ、多くの国民がといったところでしょうか」

「ヤノ家のひとたちを皆殺しにした男は、それでなにをするつもりなんでしょう?」

「どうでしょうか、ミスター・スワガー。わたしにはわかりませんが、その男にはそれをやすやすと手放すつもりはないことはたしかですな。ミスター・スワガー、ご自分がどういうことに足を踏み入れようとしているものか、それは理解してらっしゃる?」

「そのつもりではいます」

「なにか計画はおありで?」

「ひとつ、手がかりが。わたしがあの刀をこの国の空港に持ちこんだとき、その道の専門家と言われるある警官にそれの調べを受けました。あれを目にしたのは、彼だけなんです。彼には、茎に記されたものを確認できるだけの時間がありました。わたしがアメリカであの刀を調べたときは、目釘はきちんとはまっていて動かなかった。なのに、わたしが見ている前でヤノがあの刀を調べたときは、その釘があっさりと飛びだしてきた。つまり、だれかが一度、あの刀を分解したということです。それができたのは、税関であれを三時間に渡って手にしていた、その警官しかいない。あれがわたしの目の届かないところにあったのは、そのときだけなんです。彼はわたしと話をするのはいやがるでしょうが、それならそれでけっこう。つぎの段階は、彼から話を聞きだして、つかむしかないでしょう。そうやって、つぎに進むべき段階を探りだすことにします。最終的には、あの刀を盗んだやつを突きとめて、なにがあろうが、それを取りもどします」

「あなたはその連中に付け狙われることになりますよ」

「危険なことは、前にも経験していますので」

「ええ、そうでしょうね。軍隊で」

「そのとおりです」

「今回は事情がちがう。これは戦争ではなく、私的なことがらです。武器は持っておいでで？」

「いいえ。その気になれば、銃を入手できるのはたしかですが」

「それはそうだが、正当なパスポートを持たない身で、不法に銃を所持しているところを捕まったとしたら……その結果は、考えたくもないですな。ボディガードを雇われるべきなのかも」

「じゃまになるだけです」

「なにか格闘技《マーシャルアーツ》の心得はおありで？」

「多少の心得はあります。海兵隊に十五年いて、そこで素手の格闘コースをいくつか履修しました。暴力を恐れはしませんよ」

「これに、恐怖などというものの出る幕はありません。きわめて勇敢でも訓練を受けていない男が、きわめて臆病でも訓練を受けた剣士に立ち向かえば、〇・一秒で命を落とすでしょう。刀がどういうものかはご存じかな？」

「いいえ」

「もしも練達の士が刀で襲ってきたら、あなたはどうされます？」

「まあ、いわゆるOODAループで対応するでしょうね。観察《オブザーヴ》、見当識《オリエント》、決定《デイサイド》、行動《アクト》。その要諦は――」

「それでは死ぬだけのことです、ミスター・スワガー。どうするもこうするもなく。いいですか、たしかに、あなたは非常に勇敢な男ではある。それでも、多少の指導はお受けなさい。日本の暗い裏道に足を踏み入れる決意をされたのであれば、少なくとも基礎は学んでおくことです。そこは、未経験者に対して不親切な場所ですから」

「お話はよくわかりました」

「少数の者が生涯をかけてようやく習得するものを、容易に身につけるというのはむりな相談です。しかし、基礎を学んでおけば、襲われた場合、少なくとも多少のチャンスは生まれるでしょう」

「考えておきましょう」

「これが」と博士。「京都に住むある人物の電話番号です。先にわたしから彼に電話を入れて、三船敏郎になったつもりのガイジンがいると話を通しておきましょう。おおいに談笑することになりましょうな。彼とは、ずっと以前のことですが、剣道で競いあった仲でして。長年に渡って、たがいに激しく打ちあったものです。わたしの息子を指導してくれたのも彼なのですよ。わたしの依頼とあれば、たんにおもしろそうだというだけの理由ではあっても、あなたに会ってくれるでしょう。彼のもとで一週間をすごし、彼の言うことを傾聴するのがよかろうかと。それが、あなたにできる唯一の選択です。武蔵の言ったごとく、〝鋼、肉を斬る。鋼、骨を斬る。鋼、鋼を斬らず〟。鋼となるか、さもなくば斬られるか。あなたが足を踏み入れようとしているのは、そのような世界なのです」

20　若い男たち

　荘厳な建物をあとにしたボブは、本やDVDやヤキトリを売るカラフルな屋台が何十と並んでいる公園を通りぬけていった。そのとき、パトカーが目に入って、彼は思った。彼らは、わたしがだれであるかを知っているのか？　自分は監視されているのか？

　日本への旅に際して、面倒なことはたいしてなかった。アル・イノーが、情報部の知己を通じて、ボブのためにパスポートを用意させてくれたのだ。さほどもなく、運転免許証、社会保障番号、そして財布に入れる偽の写真が揃って、まったく新たな身分ができあがってきた。ボブは債券を少し売却して、カリフォルニア州オークランド在住のミスター・トーマス・リー名義でつくった口座に十万ドルを入金し、世界のどこにいてもクレジットカードと暗証番号で旅費が引きだせるようにしておいた。それは、なんの問題もなくできた。いまはもう、ボブ・リー・スワガーという男は存在しないのだ。

ひとつめの用件をすませたいま、彼がやらねばならないのは、どうやって、空港にいた警官の所在をつかみ、その男に近づき、その協力を確保するかだった。

ところが、早くも彼は疲れを覚えていた。あの活力はどこへ行ってしまったのか？自分はこういうことをするには歳を食いすぎたのか？　それに、一週間の剣道レッスンとは。たった一週間で、なにが学べる？　その眼目はなんなのか？

欧米スタイルのレストランを求めて、彼はあたりを見まわした。ちょっと歩いて、いかめしい壮麗な建物とそれをかこむ公園をあとにし、現代のトーキョーという騒乱のユートピアにはいりこむ。まもなく、スターバックスが見つかったので、そこに入って、七ドルほどもするブラックコーヒーを注文した。

スターバックスの客がじょじょに増えて、混みあい始めた。コーヒーは熱くて、濃かった。彼はそれを飲もうと――

それに気づいたのは、そのときだった。店内があっという間に混んできたのはいいとしても、客が同じような男ばかりとは。二十五歳くらいの年齢、全員が二十五歳くらいなのだ。髪はクルーカットにして、前髪をワックスでかためている。筋肉質で、動きは機敏、なに食わぬようすでいて、同時に油断がない。四角い黒縁のサングラスをかけ、チノパンツを穿き、白のポロシャツを着ている。彼らは、そこにすわっている年配のガイジンにはまったく注意を向けず、それでいながら、ひどく静かに、そしてたくみに、彼を取りかこんでいた。ボブはそのときになって、彼らが揃いもそろって、コーヒーだけを注文していることに気がついた。

おっと、くそ。ボブは思った。こういうのは、まったく気に食わない。

やがて、彼らのひとりが、わざとらしい無頓着なそぶりで、ぶらぶらとボブの前を通りすぎていった。ことばはなにもなく、立ちどまることもなかった。それからようやく、その若い男は、こちらに目を向け、笑みを浮かべて、言った。

「ハイ」

「ハイ」とボブは応じた。「知りあいだったかな?」

「いいえ。でも、こちらは存じあげています。トーマス・リーさんではないですか?」

「これはどういうことだ?」

若い男は、自分のコーヒーをひとくち飲んだ。

「スターバックスのこれ、なかなかいけるんじゃないですか?」

「いけるね。これはどういうことだ? きみはなにものなんだ?」

「友人、というところでしょうか」

「わたしに友人などいないね。わたしはただのさえない年寄りさ」

「そういう種類の友人ではないです。別種のということで。われわれには同じ敵がいますので、友人どうしになれるのではないかと」

「きみはコップか？　大学のテニス選手のように見えるが」

「リラックスして、ミスター・リー、コーヒーを楽しんでください。あなたがそれを飲み終えたところで、ご同行願えればと思ってるだけです」

「なぜ、わたしがそんなことをする気になると？」

「いま申しあげたとおり、われわれは友人どうしですので」

「こういうことか。きみといっしょに車に乗りこんだら、九ミリのやつが出てきて、わたしは一巻の終わりとなると」

「銃の所持は、日本では違法です。こういう言いまわしはいかがでしょう。われわれはあなたを支援できる。われわれは同じ目標を持っている」

「それを証明してくれ」

「いいでしょう。あなたの名は、リーではない。スワガーです。元海兵隊員で、戦争の英雄で、その筋においては、きわめつけに有能な男、敏腕な人物として知られる。

もしここで、その不正なパスポートを持って捕まれば、あなたはひどい窮地に陥る。われわれはそのようなことをすべて知っています。もしわれわれの意図があなたを取り押さえることであれば、電話一本ですむことです。でも、われわれはそうはしません。われわれはあなたに好意を持っています。あなたのことが好きなんです。ということで、こんなふうにことを運びましょう。いまから、わたしは出ていきます。ここにいるほかのみんなも、出ていきます。あなたは、その気になったときに、外に出てください。周囲にはだれもいなくなった、強要する者はだれもいない、あとは自分しだいだと納得がいったときにです。店を出て、通りを横断したら、そこにヴァンが一台、停車しているのが見えるでしょう。わたしは助手席にすわっています。そこに来て、乗りこんでください。その車で、興味深い場所へご案内します。興味深い友人たちに会っていただけるでしょう」

黙りこくった彼を乗せて、車は一時間ほど走りつづけた。やがて、ドアが開いたが、そこは明るい日ざしのある戸外ではなかった。あの〝友人〟が身を寄せてくる。

「こちらへ、ミスター・スワガー」

やがて、奇妙な音が聞こえてきた。バスッというか、ガシッというか、なにかが当たって響いているような、乾いた音が。木が立てるような音で、その直後、それは、おおぜいの人間が棒のようなもので、めまぐるしい動きのパターンを伴って、ときにはじつに敏捷に、たがいに打ちあっている音だとわかった。

そこは、湾曲した丸天井の下にひろがる広大なスペースで、見たところ、格納庫かなにかであるようだった。目がそこの光に慣れてくると、すぐに、それがひろびろしたドージョーに改造されているのだと見分けがつくようになった。そのいたるところで、若い男たちがカタナで、といっても、もちろん木でできたやつでもって、すばらしく優雅で力強い動きを見せながら、たがいに打ちあっていた。大半がハカマを穿いて剣道着の上着を着こみ、その試合や稽古に用いられる胴や面などの防具をつけていたが、なかに二、三人、勇敢なのか愚かなのか、防具で身を包む必要がないほど俊敏なのか規則を破った罰なのか、顔にも体にも防具をつけずにそれをやっている男もいた。彼らはじつに腕が立った。

ふりかえると、あの〝友人〟のもとに、日本の自衛隊のものであるにちがいない制服を着た男たちがふたり、やってきたところだった。

「これはなんだ？　体育の授業？」彼は問いかけた。

「ちょっとちがいますね、ミスター・スワガー」リーダー格の男が言った。「きみたちがどこからあんな情報を入手したのかは知らないが、わたしの名はリーだ」彼は言った。「トーマス・リー。それを証明する書類を持ってる」

「それは、吉田二尉の言ったこととはちがっていますね」

まいったな、とボブは思った。

彼がその将校のそばに足を運んだところで、彼らは四人連れだって、敷かれたマットのあいだを歩いていき、会議室に入りこんだ。大きなテーブルをかこんで、全員が腰をおろす。

「吉田はあなたをだましたのではありません」指揮官の将校が言った。「助けようとしていたのです。吉田は、あなたとわたしが目的を同じくすることを知っていたので、われわれに知らせてくれたというわけです。近々、あなたが来日されることは、そのための切符を購入される前から、わたしは知っていました」

「なるほど。きみはなにものかね?」

「自分は、アルバート・藤川三佐、陸上自衛隊東部方面隊第一空挺団第三大隊の指揮官を務めています。ようこそ、日本へ。そこの平服の若者は、わが隊の副隊長であり、偵察隊の指揮官を務める、棚田一尉です。すでにお察しでしょうが、その大柄な男は、米軍の軍曹に相当する曹士、神田曹長です。われわれは、合衆国海兵隊退役一等軍曹のご来訪を歓迎します」

「ふうん、情報には困らないと？　わたしの元の階級まで知っているとはね。アル・イノーがヨシダに伝え、彼がきみたちに伝えた。で、きみたちは問い合わせをし、わたしの素性をつかんだというわけか」

「そんなところですね」

「とにかく、やっとのみこめたよ」ボブは言った。「きみたちはフィリップ・ヤノの部下だったのか」

「われわれは長年、矢野一佐とともにありました。サマワで、炎上するブラッドリー装甲車から一佐殿がひっぱりだした男というのは、この自分でして。もし一佐殿がおられなければ、自分は死んでいたでしょう」

「彼は優秀な男だった」

「おっしゃるとおりです」

「彼とその子どもたち、そして奥さんが、あんな目にあっていいはずはない」ボブは言った。

「だれも、矢野家のような目にあっていいはずはありません。あなたがこの国に来られたのは、それが理由ですね」

「あの件に関して、だれもなにもやってはいないように見えるからだ！」じりじりしながら、ボブは言った。「それが、わたしにはどうにも納得がいかないんだ」

「ミスター・スワガー、あなたの怒りや誠意や憤懣や意欲といったものはすべて、おおいに賞賛すべきものではありません。ですが、いまは現実を直視せねばなりません。あなたには、日本に関する知識がほとんどない。あなたは日本語が話せないし、日本の価値観や伝統など、この国の社会を成り立たせているものを理解しておられないでしょう」

「サムライの映画は山ほど観たが」ボブは言った。

「それはすばらしい」と三佐。「馬より速く走る男の映画はご覧になった？」

「もちろん、観たとも」

「では、侍がある村で三百人の敵を倒す映画は？」

「うん、それも観たね。若い女が男の首を斬り、男は斬られたことに気づかず、ふりむこうとしたが、顔はそのまま動かなかったというやつも観た。それだけじゃなく、孤立無援の男たちが、自分たちの生命を懸けてでも、なさねばならないことをやろうとし、その仕事をやってのけるという物語も山ほど観たよ。わたしが教訓を得たのは、その手の映画でね」

「あなたには、この国の政治や行政や性的嗜好、現代と過去の侍の時代との奇妙な関係性などについての知識はないでしょう。あなたが名前を言える日本の都市が、東京、広島、長崎以外にありますか?」

「キョートと呼ばれる都市があったと思う。あ、それと、以前、冬季オリンピックが開催された都市があったな」

「芸者と性的関係を持つことが可能かどうか、ご存じで?」

「それは、前から、どうなんだろうと思っていたことのひとつだね」

「帯の締めかたはご存じ?」

「いや」

「国会の名称は? いまの天皇の名は? 政権を握っている政党は? 県の名称をひとつでも言えますか? 将軍と天皇のちがいはなんでしょう? 権勢を誇った将軍家の名はなんでしょう? 侍の映画は一本も撮ったことのない有名な映画監督の名を挙げられますか? 第二次世界大戦における日本の戦死者の数をご存じで? 東京の空襲で、ひと晩のうちに何人が焼死したかはご存じですか?」

「いや。いまきかれたことについては、なにも知らない」

「この国の司法制度については？　ヤクザの組織構成、その伝統や代紋や性向についての理解はありますか？　警察庁と、各都道府県の警察組織のちがい、両者がどのような関係にあるかについては、ご承知ですか？」

「いや。話の要点はつかめた。わたしには、この仕事のための準備が不足している。わたしは足をひっぱるだけだ。わたしはことをだいなしにするだろう。きみたちがわたしをここに連れてきたのは、そのことを思い知らせるためなのか？」

「いいえ……その反対です。じつのところ、いま挙げた事実はすべて、この仕事をやり遂げられる人物は、日本にはあなたしかいないことの根拠となるものなんです」

ボブの口がぽかんと開く。聞きちがえたのか？

「どうも、よく――」

「ご承知のごとく、われわれはこの小さな島に密集して暮らしています。どこに行っても、規則があり、境界があり、伝統があります。あなたは日本を理解したいとお考えでしょうか、ミスター・スワガー？　着物や袴をご覧になれば、おわかりになるでしょうが、それは結び目の宇宙であって、結び目はすべてが異なり、すべてが完璧であり、すべてが目的にそって配されています。そうであるからこそ、映画でご覧になったように、刀が帯から滑り落ちるようなことは起こらないんです。欧米人には、あのような結びかたはできません。日本人ならば、目をつむっていても、すべてを結べるでしょう。つまり、われわれはわれわれの結び目にがんじがらめになっているというか、自縄自縛というわけです、ミスター・スワガー。われわれには、結び目を断ち切ることのできる欧米人が必要なんです。キモノがどうした、オビがどうした、オビにサヤをフィットさせるやりかたがどうした、そんなものは全部、くそくらえだ。斬ってしまえ。フィリップ・ヤノを殺したやつを、そしてその理由を見つけだすんだ。そんな人物が」

「それで、きみたちは……わたしを支援したいと？」

「ここにいるみんな、自衛官の身分を持つわれわれが、国内問題に手を出すことは、法によって禁じられています。その罰則は厳しいものです。われわれはつねに監視されています。われわれは、日本人の多数が恥ずべきことと教えられて、直視できずにいる、ある過去のできごとを象徴する存在でして。そのために、われわれ自衛官は、表に出ることのできない立場を強いられています。ですが、あなたは、ミスター・スワガー、制服を着ず、規則に縛られず、なにも気にかけはしない。あなたなら、どこにでも行け、なんでもきける。あなたは、まさしく浪人なんです。主君を持たない侍、だれにもなんの義理もない。まさに、あなたはトシロー・ミフネなんですよ」

「それはなんとも言いようがないが、やれるかぎりのことはやるつもりではいる」

「そのことばを信じましょう。では、話はついたということで、ある電話番号をお教えします。毎日、二十四時間、その番号の電話にひとを配しておきます。やっかいなことになったり、助けが必要になったり、兵站支援や情報が必要となったりといった場合、そこに連絡していただければ、われわれが力を貸します。われわれのほうも、それぞれが別の道を行って、フィリップ・矢野一佐とそのご家族が皆殺しにされたために、われわれ自身も取るに足りない存在でしかなくなってしまったように見せかけるとしましょう。なんなら、自分は妻と別れて、どこかの売春宿に移り住むというのも。いや、まさか、そんなことはしませんが」

「信じてくれないかもしれないが、その意味はわかるよ。オトワがその物語を教えてくれたのでね」

「なるほど、彼ならば。われわれはその物語のひとびとのようなものです。主君が死に追いやられ、お家断絶となった藩の家臣たち。われわれはその決着をつけようとしているんです、ミスター・スワガー」

「それはいいんだが、ひとつ取り決めをしておかなくてはいけない。戦いの部分は、わたしが受け持つ。その取り決めができれば、志の高い男たちとともにやっていこう。

それでいいか？」

「「けっこうです、ミスター・スワガー」藤川三佐が言った。

「その取り決めで行きましょう」

「では」ボブは言った。「きみたちが、いまのことばにたがわず優秀なのかどうか、たしかめてみるとしようか」

「つづけてください」と三佐。

「ナリタに、税関勤務の刀剣専門家の警官がいる。税関で、刀剣に関することがら、その持ちこみや持ちだし、必要な書類なしにそういうものを持ちこんだり持ちだしたりする無知なガイジンを扱う際などに、声をかけられる男が」

「はい。当然でしょうね」

「その男がそうだ。今後の展開がどうなるかは、その男を見つけだせるかどうかにかかっている。そいつはよごれている。そうであるにちがいない。そいつは、わたしが持ってきた刀の秘める価値を即座に理解して、どこかに電話をかけた。この事件を引き起こしたのは、その男なんだ。そいつの名前と住所をつかまなくてはならない。それを手始めとしよう」

21 警官

あの部隊のなかに、ナリタに勤務している警官を兄弟に持つ隊員がいるとのことで、数日のうちに、フジカワ三佐から電話で、その名前――ケンジ・キシダ――と住所が伝えられてきた。ボブは、ナリタでその男を待ち受けた。そいつは、まっさらのカワサキの400CCに乗っていた。真紅に輝く夢のマシーンで、ほかのバイクのどれよりも大きかった。どうやら、あの刀を見つけたことに対するヤクザからの謝礼でそれを購入したものらしい。

ボブは、ゲートのある駐車場に着くと、自分のバイクを関係者用の区画から離れた場所に置いて、ロックをかけてから、そこをあとにし、コーヒーショップに入って、姿を見られずに新聞を読むふりをしていられる席にすわった。キシダは片足をひきずるような感じで歩いていた。動きに敏捷性はなく、若者らしくすらりと痩せているわけでもなく、ジムで肉体を鍛えあげることにたっぷりと時間を費やしている連中のような筋肉質の体型もしていなかった。

その男は、刑事か事務職員を思わせるスーツを着て、黒いフェースシールドの付いた鮮やかな赤と黒のヘルメットをかぶっていたので、サラリーマンと甲冑の騎士が合体したようなといおうか、滑稽というのが当たっていそうな身なりだった。

ボブは二、三日、キシダのアパートを監視し、その男の住まいには妻も子もいないことを確認して、安堵を得ていた。

その翌週、ボブは、目当ての男が深夜番の勤務に就いていることに目をつけた。そして、早朝の四時ごろ、キシダのアパートの駐車場に、トーマス・リー名義で購入した、その男のにそっくりなメタリック・マジェスティック・レッドのカワサキ400を乗り入れた。左側通行に関しては、前日の午後のうちに練習して、それに慣れておいた。ボブは頭から爪先までレーシングスーツで身を包み、キシダ巡査のと同じ、黒いヴァイザーの付いた赤と黒のヘルメットをかぶっていた。キシダがいつもバイクを置く場所に自分のバイクを置き、歳を食った男なりの身のこなしで、目当ての男をまねて、片足をひきずるようにして歩いた。

アパートの建物に入って、デスクに就いている眠そうな夜警にうなずきかけると、相手はボブをあの警官だと勘ちがいしてくれた。エレベーターを使って、しかるべきフロアにあがり、あの男の部屋の前へ歩いて、身をかがめ、クレジットカードを用いてロックを解きにかかる。防犯システムというほどのものはなかった。デッドボルトもなければ、電子的な監視装置もない。ロックは、一秒足らずで解けた。彼はなかに入りこんだ。

アパートの部屋は、やはりというか、こざっぱりと整頓されていた。玄関に置かれたシューツリーに、黒の靴が一足とスニーカーが二足、きちんとそろえて掛けてあった。本箱のところに足を運ぶと、英語の本がたくさんあるのが見えた。キシダは英語が話せる。そこの本はすべて、刀剣に関するものだった。大半は日本語の本だが、ドイツ語やフランス語のも何冊かあった。すべて、国別に、そしてアルファベット順に並べられている。適当に一冊、取りだしてみると、ぎっしりと下線が引かれ、余白に書きこみがされていた。表紙の内側に、きれいな手書きの日本の文字で上から下まで丹念にメモが記されて、ページ番号が示されている。また二冊、取りだしてみたところ、同じように書きこみがされているのがわかった。

狭いキッチンに入ると、シンクによごれた食器が置きっぱなしということはなく、冷蔵庫のなかも、黴菌だらけのスシとか黴の生えたヌードルが残ったままということはなかった。サッポロビールの六本入りカートンがひとつ、日本で人気のある飲みもの、ダイエットコークが三缶。冷蔵庫の横に、蓋が半分開いたオーゼキの瓶があった。ボブは寝室へ移動した。きちんとフトンが敷かれて、そのそばの壁の上方に、ムサシの描いた有名な百舌鳥の絵の掛け軸がぶらさがっているだけの、なんの変哲もない部屋だった。向かい側の壁に、大きなテレビとＤＶＤプレイヤーが置かれている。クローゼットのなかには、制服とそれ用のシャツとネクタイがいくつか、平服用の黒いネクタイが二本と黒のスーツが一着、掛けられていた。あとは、ポロシャツ類と、ジーンズが二、三本にチノパンツで、どれもきちんとプレスがされていた。すべてのハンガーが、きっかり三分の一インチの間隔を置いてぶらさげられている。

それの扉を閉じ、フトンのそばにある低い収納ボックスの前に足を運んで、それを開けてみる。なかの棚のひとつに、やはりアルファベット順に、えりすぐりのサムライ映画のＤＶＤが並んでいた。ほとんどはクロサワ監督のだが、それ以外にも、ボブも観たことのある、『上意討ち』、『切腹』、『新撰組』、『壬生義士伝』といった作品もあった。その下の棚には、同じくアルファベット順にきちんと、〈ショーグンＡＶ〉という会社が制作したポルノのＤＶＤが並んでいた。〈ショーグンＡＶ〉という会社は、どのＤＶＤの表紙にも、ビジネススーツに眼鏡という二十代なかばの魅力的な若い女が少年たちに授業をしている写真があったので、ボブに推測できるかぎりでは、〝女教師もの〟を専門にしているように思えた。メインの写真の下には、黒板にチョークで高等数学の方程式などが書かれた教室のなかで、女教師が少年たちのために服を脱いだり、彼らが女教師にさわったり、彼女が少年たちに奉仕したりしている写真が並んでいる。

いやはや、と彼は思った。いったいだれがこんなものを考えついたのだろう？

ボブはポルノの収納ボックスを離れて、デスクの前へ足を運んだ。思ったとおり、デスクの上には、カワサキの最高機種バイク、22R400の、まだぴかぴかのオーナーズ・マニュアルが置かれており、それもまた周到に読み調べられて、下線が引かれ、すべて丹念な手書きの日本の文字で注釈が記されていた。

刀剣類はどこに？　あの男は刀剣を所有しているはずなのだ。

刀剣はどこにも見当たらなかったが、居間のクローゼットのなかに金庫が置かれているのが目にとまった。あのなかに、あの男の、ささやかだが自慢のコレクションがあるにちがいない。

デスクのほうにひきかえすと、写真のアルバムが一冊、見つかった。われらがヒーローの、人生の各段階における剣道着姿が並んでいた。どこかの地域大会で優勝したときの若くて、誇らしげな姿。二十代のころのその男は、痩身で、剣呑に見えた。いくつかの写真には、ひとりの女がいっしょに写っていたが、やがて、その姿はなくなっていた。離婚？　死別？　最近の写真では、その剣士はコーチに変わっていて、もっと若い剣道家たちのグループといっしょに写真におさまっていた。

そのあと、引き出しを開けてみると、請求書の束のように見えるものが見つかった。すべてが、チバ、シントヨ1‐23‐43のアパートの633号室、ケンジ・キシダ宛てになっていた。日本の文字のものが多かったが、シティバンクからの数通は英語と日本語が混在していて、同じ内容が記されているものが多かった。債務が完済されたことに対する通知と、多大な謝意。

そういうことか。あの男は支払いが不可能になるところまで刀剣類を買いこんで、破綻しかけていたのだ。そこへ、ある日の勤務のさなか、夢の刀が目の前にさしだされてきた。あの男はアサノの紋と刀匠の銘を見つけ、刀身の反りぐあいを判別し、ふたつの要素を寄せ合わせて、数週前から、ある男がある驚嘆すべき刀をほしがっていたことを思い起こす。その男の電話番号は知っている。彼は刀を分解する。茎の銘を写しとり、電話をかけ、銘の写しをファックスで送り、ボブのことを相手に知らせる。尾行のお膳立てをするには、二、三時間はかかる。ボブはその間、ばかみたいにすわっている。やがて、そこをあとにするとき、ボブは自分がそんなことをしているとは露知らず、殺し屋どもをヤノ邸へと導いていく。

一週間後、ケンジ・キシダ巡査は現金の詰まった封筒を受けとる。それで負債は完済できる。ほしくてたまらなかった刀も買えるかもしれないし、もしかすると、いまはもう金庫のなかにおさまっているのかもしれない。それでもまだ、多少のゆとりがある。前から、バイクがほしかった。買えばいいいんじゃないか？　だれが気にとめる？　自分が矢野家の事件と結びつけられるおそれは、けっしてない。ある有力者のためにちょいと不正を働いた警官に、ささやかなごほうびがあってもいいじゃないか。

その警官は、土曜日は仕事に出かけなかった。遅い時刻に起きて、朝も十一時ごろになってから、ようやく外に出て、自分のバイクをめざした。レザーのレーシングスーツに身を包んでいて、バイクの騎士のように見えた。彼は大いなるよろこびを感じつつ、バイクの点検に取りかかり、配線や潤滑油、あちこちのチューブやパイプやケーブルを調べていった。それから、ヘルメットをかぶって、バイクにまたがり、キーをひねって、エンジンをかけ、スタンドを蹴りあげて、バックでバイクを出した。バイクは一度、急発進してから――まだハンドルクラッチとフットシフトの扱いに慣れていないのは明らかだった――態勢を立てなおして、走りだした。

そのひと幕の終わりの部分を、ボブは目にとらえた。それまでずっと、二分おきに七十秒程度しかその駐車場が視野から外れないようにしながら、8の字を描くような感じで近所のブロックを走りつづけ、またそこが見えるところに戻ってきたとき、その男がバイクにまたがるのが目に入ったのだった。速度を落としたボブは、駐車場を抜けていった男の後方にバイクをつけ、男が車の流れに乗ると、たっぷり三百ヤードの距離を置いて、尾行を開始した。

キシダは、まだ手際の悪いギアチェンジでバイクを飛び跳ねさせながら、車の流れを縫って、小さな都市、ナリタの郊外へと走っていき、東関東自動車道に乗り入れると、そこでやっと、このうえなくそろそろと高いギアにチェンジし、まもなく、のびやかなエンジン音を立てて、時速百キロで走り始めた。彼は、自分が尾行されているとは考えもしなかったし、かりに考えたとしても、おそらく、前方の道路から目をそらせるほどの自信はなかっただろう。そんなわけで、ボブはたいした苦労もなく、ずっとあとをつけていくことができた。

そのうち、ケンジ・キシダは、高速運転の緊張に疲れを覚えたものか、ニッサンやマツダの百二十キロでの追い抜き合いや高速道路の側壁よりも楽しいものを見たいと思ったものか、とある出口ランプにバイクを向けた。ボブはらくらくとあとを追った。まもなく、家並みが姿を消した。前方には、周囲を圧する山並みがそびえ、左右には、入念に耕された田畑がひろがっていた。交通量が減っていき、やがてキシダは細い道路へと道を折れ、山並みのほうへ進路を取ったように見えた。ボブはいまは二百ヤードほど後方にバイクをつけていたが、相手はまだ気づいていなかった。

がらんとしたその道路は、かすかな上り坂となって、松の深い森を縫ってつづいていた。これほど美しく、静謐な丘陵地に出会ったのは、これが初めてだ。これにまさるチャンスはまずめぐってこないだろう、とボブは思った。さほどもなく、あの男はまた交通量の多い道路に出ていくだろう。

彼はアクセルをふかして、五速に入れ、百マイル——百六十キロ——をこえる速度でバイクを疾走させた。風が正面からたたきつけ、一瞬のうちに相手との距離が詰まって、キシダの姿が大きくなり、その男がにわかに狼狽する感じが伝わってくる。直後、彼は乱暴にキシダの進路をふさいで、スピードを落とさせ、むりやり路肩にバイクを寄せさせた。砂埃が舞いあがり、キシダは、ギアチェンジとスロットルとブレーキの操作手順にもたついたために生じたトラクション・ロスと格闘して、コントロールを失いかけ、それどころか命そのものをも失いかけたが、それでもなんとか強くブレーキをかけて停止し、砂地の上にバイクを倒した。

ボブは後輪を滑らせながらバイクをとめ、キックスタンドを蹴りおろしてから、エンジンがかかったままの状態でひっくりかえったバイクのそばに転がっている男のところに駆け寄った。そのバイクのエンジンをとめて、キシダの顔に目をやると、暗いヴァイザーごしに恐怖とパニック、混乱と躊躇の色が見てとれた。キシダが起きあがろうとする。ボブはそのヘルメットの側面に左の飛び回し蹴りを――何十年ぶりだろうか！――痛烈に打ちこんだ。ヘルメットに裂け目が走り、キシダが倒れこむ。立ちあがろうとして、足を滑らせたあと、キシダは銃か短刀を取りだそうとしたのか、ジャケットのジッパーに手をやったが、ボブはまたそのヘルメットに回し蹴りをたたきこんだ。こんどは、キシダは倒れこんで、動かなくなり、そこに横たわったまま、頭のなかを飛び交う星ぼしや蜘蛛の巣をふりはらいながら、必死に考えていた。いったいこれはどういう――

ボブは男に襲いかかり、もがきだしたそいつの胸に膝を押しつけた。ジャケットのジッパーをおろすと、グロックの銃把が見えたので、それを取りあげて、弾倉を外し、薬室に弾があれば落としておこうと遊底を動かしてみたが、弾は入っていなかったので、二十フィートほど向こうに銃を投げ捨てた。キシダは縮みあがっていた。ボブはそいつのヘルメットを脱がせた。

「おとなしくしているのが身のためだぞ。必要となれば、いくらでも打ちのめしてやる！」

「おれは警察官だ。おまえは大変な――」

「黙れ。こっちが質問をし、おまえはそれに答える。そのやりかたで、話を進めるぞ。刀は」

「おれはなにも――」

「刀はどうした」

「どの刀？」

「このバイクが買えるようにしてくれた刀だ。借金を清算してくれた刀だ。金庫に入れる新しいおもちゃが買えるようにしてくれた刀だ。あと十年ほどは女教師もののポルノを買うのに不自由がないようにしてくれた刀だ」

キシダはなにも言わない。急に、遠くを見るような目つきに、考えこむような顔つきになった。しばらくしてやっと、こちらを見返してきた。

「あんたがだれかはわかってる。来たことは知ってた」

「こっちがだれで、なにものかとか、おまえがなにを知ってるかとかは、どうでもいい。問題は、あの刀だ。あれを目にしたのは、おまえしかいない。だれに教えた？どういういきさつだったのか、どういうお膳立てだったのか、どんな取り引きとつながりがあったのか？　いいかげんなことを言うんじゃないぞ。こっちは、おまえが想像する以上のことを知っているんだからな」

「やめてくれ。あのひとたちが殺されることになるとは考えてもいなかった。それだけは信じてくれ。まさか、あんなことになるとは……ほんとに考えてもいなかったんだ」

「つまり、あれがヤノ邸に行くことは知っていたと？」

「いや、ちがう。あのあと、火災現場にアメリカ人が現れて、刀が盗まれたとかどうとかとわめいていたという話を、コレクターたちがしていた。そのときにやっと、そういうこともありえたってことに気づいたんだ。おれは恥ずべき人間だ。腹を切って果てるべきなんだろうが、おれにはそんな勇気はない」

「こっちもそんな勇気はないさ。とにかく、しゃべれ。おまえに近づいてきたのはだれだ？　どういういきさつだった？　情報を受けとっていたやつはだれだ？　どういうお膳立てだったんだ？」

「言えない。さっさと殺してくれ。おれはもう死んでる。死んだも同然なんだ」

「いや、死にたくはないだろう。そこに倒れているすてきなバイクとか、金庫のなかに隠してあるまっさらの刀剣とかがあるんだからな。はっきり言って、これは死に値するほどのものじゃない。こっちも、おまえを殺したくはないんだ。あとの事務処理が大変だからな。さあ、しゃべれ。しゃべるんだ、ケンジ」

男はひとつ深呼吸をした。

「半年ほど前、下っ端のヤクザが近づいてきた。そいつはおれに十万円をよこした。〝なにが目当てだ？〟とおれはきいた。〝しっかり見張っててくれるだけでいい〟とそいつは言った。そいつは、おれがコレクターで、剣道の大会で優勝したことがあって、刀剣についてはそれなりの専門家だってことも、勤務地が成田で、無知な旅行者が適切な書類なしで刀剣を持ちこんだり持ちだしたりすることがあると、必ず税関に呼びだされることや、刀剣類の盗難や保険の金額などといったことについて助言を求められることも、知っていた。つまり、そいつは、おれが刀剣情報が行き交う十字路みたいなもんだってことを知っていたんだ」

「そいつは、特定の刀を念頭に置いていたのか？」

「いや。どういう刀が持ちこまれるかなど、そいつにわかるはずはない。とにかく、そいつらはなにかすごい刀、世間をあっと言わせる刀を探し求めていた。このごろは、海外から日本に戻ってくる刀が増え、トランクにそういうものを入れてくるひとびとが増え、コレクターや外国のバイヤーたちがますます意欲的になって、さらに強く目を光らせているから、そういう刀剣類がときどき持ちこまれてくるんだ。日本自体より、サムライのほうがでかい存在になってる。いまは、サムライは国際的に有名なんだ」

「で、あの刀に目をつけた？」

「あれが、デスクの上に置かれていた。税関から移されてきたばかりだった。同僚のひとりが、それの許可証の作成に取りかかっていた。ひと目見て、由緒のあるものだとわかった。おれは文句をつけて、それの調べを引き受けることを強く要求した。同僚たちには、盗難にあった刀のひとつに似ていると、調べるために何本か電話をかけなくてはいけないと説明した。そうやって自分のオフィスに持ちこんだのはよかったが、柄を外すのにちょっと手間取ってしまった。目釘穴に黒いタールかなにかが注入されていたらしくて、動かせなかった。さいわい、道具一式が手もとにあった。それで、真鍮の金槌でたたいて、釘を外すことができたんだ。詩を書いたような紙もあったが、書いたのがだれかはわからない。〝地獄の月〟とかどうとかだったかな。とにかく、おれはあの刀にひどく興奮していた。銘の則長という刀匠の名には、心当たりがなかった。しかし、紋が目に入ったので、ルーペで詳しく見てみると、それは浅野の紋だとすぐにわかった。古刀の形状をしていることは見分けがついたし、それで該当する製作年代は見当がついた。ぞくぞくした。小躍りしそうになるのを必死でとめた。どういう謂れのある刀であるかがわかったのは、そのあと、刀匠の名を調べてからのことだった。もし、そのときにわかっていたら――いや、どうしていたかはわからない」

「そこで、電話をかけたと？」

「いや、まずは、茎の写しを取らなくてはいけなかった。で、それを手早くやった。それから、電話をかけた。電話に出たのは若い男で、押しの強そうなしわがれ声をしていて、最初に声をかけてきたあのヤクザではなかった。刀についての説明を聞くと、その男はちょっとこちらを待たせた。だれかを呼んでいた。別の声が電話に出てきた。その男は、刀についての説明を求めてきた。とても知識が豊かだった。浅野家の紋が年を経るなかで変えられたことまで知っていて、おれが確認したものがその時代に合うかどうかを確認するために、再チェックもさせた。おれは刀匠の名を伝えた。すると、男はひどく無口になった。おれは、〝おれはなにをすればいいんです？　没収しましょうか？〞ときいた。〝いや、それはするな〞と男は言って、こうつづけた。〝それの押形をファックスで送って、時間稼ぎをしろ。一時間か二時間。それくらいのあいだ、そのガイジンを待たせておけ。何度かそばを通って、そいつの身長や体重、身のこなしなどを頭に入れるんだ。わかったな？　その男がどういう見かけをしているかを知る必要があるんだ〞。それで、おれは言われたとおりにした。実際に、あんたのそばを二、三度歩き、一度は近くにすわった。あんたはおれに気づかなかった。見るからに、あんたは怒ってた。おれはそこを立ち去って、彼らに電話をかけ、人相風体を詳しく伝えた。男はまた何分かこちらを待たせてから、やっとつぎの行動にオーケイを出した。おれは刀を組み立てなおし、上司のもとへ行って、自分のまちがいだったこと、許可証は適正であることを話し、それからあんたに、こういうものが持ちこまれたときにわれわれがどう動くかの説明をしたんだ」

「そのときには、わたしがヤノの家に行くのを尾行するお膳立てができていたというわけだな」

「それはわからない。その後、彼らはなにも言ってこなかったんだ。二週間ほどたったころ、小包が届いた。開けてみると、三百万の現金が入っていた。莫大とはいえないしても、借金を払って、目をつけていた新新刀を買うにはじゅうぶんな金額だった。

それでもまだ半分ほど残ったので、このバイクを買ったんだ」

「その小包は残っていないんだろうな?」

「うん、もちろん、あれは処分した。あのかねは使ってしまうしかなかった。銀行に預けるのは、税金を取られたり、入手先の説明が必要になったりということがあるから、できなかったんだ」

「そのファックスの番号や、最初に教えられた電話番号は、まだ書き残してあるか?」

「いや。そっちも、あの殺人事件があったあと、処分した」

「だれかの名前は? だれかの声の特徴とか——」

「ひとつ、思いだした。その若い男は、親分かだれかを呼びに行くとき、電話をそのままにしていったんだ。そのとき、名前を聞きつけた。そいつは、〝イサミさま〟と呼びかけていた」

「イサミ - サマ?」

「イサミが名で、サマは敬称なんだ」

「その名に心当たりは?」

「剣道家なら、だれでも知ってる。近藤勇。過去の血なまぐさい時代に生きた、殺しの達人。何度も果し合いや斬殺をやり、たくさんの死体をつくった。あれは偽名で、あの男はうぬぼれが強いやつなんだろう。それと、自己評価も高い。サマを付けさせるんだから。サマはちょっと大げさな敬称で、サンより上なんだ。高い地位とか特別な才能があって、まわりから見あげられる人物を意味する。話しかけていた若い男は、あのコンドー・イサミのことをその筋の大物と考えていて、そいつに気に入られようとしていたんだろう」

ボブはグロックを投げ捨てた場所へ足を運んで、それに手をのばした。拾いあげて、弾倉からカートリッジを弾きだし、ふたたび弾倉を装塡してから、キシダに銃を返した。

「もっと情報が必要になったら、また訪ねるかもしれん」

キシダが言う。

「あんたが近藤勇に捕まったら、だれから情報を得たかを吐かされるだろう。いくら、あんたが勇敢で、意志堅固でも、きっと吐かされる。そうなったら、おれは殺されるだろう」

「いや、おまえを殺すことになるのは、ろくに乗りこなせていない、そのバイクだ。公道でないどこかのコースで練習を積んだほうがいいぞ」

「ギアチェンジで頭が混乱してしまうんだ」

「若いうちにきれいに死ぬには、いい方法だな」

「どうだっていい。おれはもう死んでるんだ」

「いいや」

「保証できるのか?」

「うん」

「どうして?」

「こっちが先にそいつを捕まえることになるからだ。わたしがそいつを斬り倒して、鳥の餌にくれてやろう」

22 焼刃

彼女は最強ではなかった。しかし、すばやかった。それに、ガッツもある。彼は二列めの席から、それを見守っていた。ここは、市街地から西へ遠く離れた郊外にあっていて、英語しかできない観光客に親切な土地ではなかった。金持ちガイジンを助けるための英語の表示は、ろくにない。ここのひとびとは、アメリカ人のことなどたいして考えることなく、暮らし、働いているのだ。そんなわけで、あかあかと照らされた試合場の上方に掲げられている垂れ幕に英語の表示はなかったが、そこに記されている赤い日本の文字がなにを意味しているかぐらいは想像がついた。〝第10回神奈川県女子剣道選手権大会準決勝〟とかなんとかだろう。そこは高校の体育館で、彼が一千年かそこらほど前にバスケットボールをやっていた体育館と似たようなものだったが、バスケットのゴールは先端が天井に届きそうなところまでたたまれ、転がされて、壁際へ移されていた。ライトはまぶしいほどで、競技者たちはその光を縫って駆けまわり、力と技でもって揮われる刀がぶれて見えた。

ほとんどは彼女より年少で、年長の者は少なかった。観客たちは、子どもたちのバスケットの試合を応援するアメリカの親たちと同じくらい熱心だった。彼女は最初の試合はあっさりと勝利したが、第二試合はかなり苦戦し、けっきょくは準決勝で、のんびりと刀を揮っているように見えながら、じつはひどくすばやい十七歳の天才少女に手ひどい敗戦を喫してしまった。それでも、スーザン・オカダは平静さと威厳を保って、戦っていた。相手の攻撃を受けて、逆に打ちこもうとつとめたり、後退しては、また前進したり、かがんだり、突いたりと、ありとあらゆる手をくりだしたが、勝ちをおさめることはできなかった。二、三度、顔を守る面の側面に痛烈に打ちこまれもした。刀は、シナイと呼ばれるやつで、細く切った竹を撚りあわせただけの、頑丈そうには見えないしろものだが、あのスピードで打ちこまれたわけだから、彼女は長くてでかいゴムバンドで頭を痛打されたような気がしたことだろう。

試合が終わると、彼女は相手におじぎをし、審判におじぎをし、横手に向きを変えて、仰々しい日本の文字の垂れ幕の下に置かれている、剣道の神様かなにかと、年配の日本人男性の額縁入りの写真がいくつか飾られた台のほうへおじぎをし、それからようやく試合場を離れて、最前列の席に足を向け、そこに崩れるようにすわりこんだ。彼はようすをうかがった。ボーイフレンドは？　いない。夫は？　いない。オフィスの同僚の女性たちは？　いない。だれもいない。彼女はひとりきりだ。

大会の休憩時間のあいだじゅう、彼女はなんとなくけだるげな感じで、そこにすわっていた。足はまだ、はだしのままだ。それほど女らしくは見えない。疲れてはいるが、やれるだけのことはやった満足感を内に秘め、まだ、競技の世界をあとにして、勝ち負けがあまり明確ではない現実の世界に戻ろうという気持ちにはなりきれないでいる、どこにでもいる試合の敗者のように見えた。

彼はごそごそと通路を歩いて、彼女からあいだに席をひとつ置いた席に腰をおろした。彼女は気づいていないようすだった。

「痛烈に棒を振るもんだね、ミズ・オカダ」

「スワガー。やっぱり、あなただったの」

「正真正銘の生身。やっかいさは倍増」

「なんとまあ。どうやって入国したの？　あなたは日本政府の監視リストに載ってるし、彼らはそういうことにかけてはミスを犯さないのに」

「その筋に何人か友人がいてね。彼らがじつにできのいい書類を用意してくれたんだ」

「わが身になにが降りかかるかもしれないのに、そのことはちゃんとわかってるの?」

「わざわざ高い崖っぷちに歩いていく男だと、いつもみんなに言われてるよ」

「わたしもそういう不幸な目にあわせようってつもりなの」

「いやいや、彼らはわたしを先に捕まえるさ」

「そうなっても、わたしはなにもしてあげられない。この国の法律を破ったら、大変なことになるわよ。あなたはここの法制度のもとにあるの。それでやってくしかない。大使館はなにもしてくれないでしょう。それがわたしたちの義務だから。ここにはこの法律があって、わたしたちはそれを尊重するしかないの」

「警察に通報はしないでくれ。こっちの頼みはそれだけだ。それはそうと、きみのケンドーの動きはすばらしく速い。あそこにいるきみは、格好よく見えたよ。これはジョークじゃない。本物の刀を持ってるときのきみを怒らせるというのは、まっぴらだね。ずたずたに斬られてしまうのがおちだ」

「スワガー、これはとても危険な状況なのよ」

「ビールを一杯、おごらせてくれ。ついさっき、十七歳の少女にぶちのめされたわけだから、ここは一杯やったほうがよさそうな気がするね。いやはや、わたしはあんな目にはあいたくないもんだ。どこかそのへんに、飲める店があるにちがいない」

「わたしはシャワーを浴びてくる。あとで、試合の結果を教えて」

「サムライ映画と同じで、善玉が勝つさ」

「いいえ、ここではそうはならない。わたしをやっつけたあのちびさんがどこまでやれるものか、見てみたい気持ちはあるけど」

まもなく、試合が再開され、ボブが見守るなか、あの小さな少女は相手の一流剣士を食ってしまった。


そこは、数ブロック離れた場所にある労働者向きのバーで、静かな店内はひどく暗かったから、長身の白人男を目にとめた者はひとりもいないように思えた。ほとんどの客がテレビの前にすわって、大きな樽から注がれたサッポロを飲みながら、スモーの中継に見入っている。ふたりは、奥のほうに空きテーブルを見つけた。ありがたいことに、今夜はカラオケはやっていなかった。しばらくして、ウエイターがやってきたので、レディーはサッポロを、長身の白人男はコークを注文した。

「なぜケンドーを選んだんだ?」

「父が、ずっと昔、ここでケンドーのチャンピオンになったことがあるの。メディカルスクールに進むために、アメリカへ渡る前のことよ。まあ、ファミリーに流れる血ってとこかしら。加えて、カブキチョーのブタ箱から酔っぱらったアメリカ人をもらいうける仕事をしていない時間に、ここのひとびとと出会い、彼らを理解して、より深い分析のためにちょっとした洞察を得るのがよさそうってこともあったし。これって、いい方法なのよ」

「わたしの知ったことじゃないが、ボーイフレンドもいないし、夫もいないし――」

「あなたの知ったことじゃないでしょ。わたしには仕事がある。とりあえずは、それでじゅうぶん。スワガー、あなたの用向きはなんなの？」

「用件はふたつ。きみの助けが必要でね」

「わたしをおそろしく不利な立場に追いやろうってわけ。あなたがなにか深刻な害をなしたり、自分自身が深刻な窮状に陥ったりしないうちに、気を変えさせて、日本人との関わりあいを断ち切らせ、この国から出ていかせるようにするのが、わたしの公務員としての責任なの。わたしはそうしなくてはならない。個人としてどうこうって話じゃないの。あなたはまともな男のようだけど、ものには義務っていうものがあるから」

「義務のことはよくわかってるよ」

「でしょうね。あなたの記録を丹念に読んでみたの。あなたがヴェトナムでやり残したことはなにもない。それがわかったし、そのことには敬意をはらうし、胸を打たれたわ。でも、あなたが窮地に陥るのを放置するわけにはいかないし、あなたがここでわが国にとってためにならないことをするのを放置するわけにもいかない。それはわかるでしょ?」

「もちろん。わかるよ。ただ、ひとつふたつ、言わせてほしいことがあってね。それを聞いてから、どうすべきかを決めてくれないか」

「どうせ、愚にもつかない話なんでしょうけど」

彼は事情を説明した。自分の想定を、そして、それに導かれた結果、日本の自衛隊の空挺隊員たちとの秘密協定に至ったことを。最後に、バイクを駆っての冒険と、相手にした警官に口を割らせたことを話した。

彼女はしばらく、なにも言わなかった。

「どうかしら」ようやく彼女が口を開いた。「もしかしたら、その警官はあなたをいい気にさせたかっただけかも。彼はあなたに殺されそうな状況だった。あなたはでかい狒々《ひひ》みたいに彼の胸にしゃがみこみ、事実上、あなたとしては二十何回めかぐらいにあたる重罪を犯そうとしていたのであって、その一方、日本人である彼は、遠まわしな物言いや控えめな態度、抑え気味の声や手かげんしたやりかたといったものになじんでいる。おそらく、あなたが死ぬほど怖い思いをさせたせいで、彼はあなたが目の前から消えてくれるためならなんでも言おうという気になったんじゃないかしら」

「かもしれん。しかし、だとすると、そのふたつの刀の類似性を、こっちが話す以前に、彼が知っていたというのはどうしてだろう？　彼は知っていた。ほかはどうであれ、それは、あの刀は貴重なものであって、どこにでもある軍刀とはちがうことを証明するものだ。そして、それが貴重なものであるならば、すべてのつじつまが合ってくる。刀剣のとりこになっているひとびとがいることは、きみも知ってるだろう。オトワ博士のオフィスで、わたしはそういうひとびとを訪ねているような気分を味わったよ。あれは一種の宗教だな」

彼女はふたたび、首を横にふった。

「では、あと二、三日、猶予をくれ」彼は言った。「それと、ちょっとした助けを。オーケイ？　また法を犯したり、だれかを痛めつけたり、バイクで尾行したりなんてことはしたくないんでね。

あの警官。彼が、電話に出た若い男がだれかを〝イサミさま〟と呼ぶのを聞いたと言っていた。コンドー・イサミ。それは、殺しが得意なすごい剣士の名前だと、彼は言ったんだ。とにかく、ヤクザをよく知る人物と話をしてみる必要がある。〝コンドー・イサミ〟を自称するその男がどういうやつかを、突きとめなくてはいけない。ぶらっと警察署に行って、コンドー・イサミの記録を見せてくれと頼むわけにもいかないのでね。きみなら、だれか事情通を知っているにちがいない。警官でも、メディアの人間でも、どこかのスパイでもだれでもいい、その種のことをよく知っている人間を、よく知っている人物を。そのコンドーが実在の男で、なにかの前歴があって、この話に当てはまるようなら、こっちはなにかをつかめるだろうし、少なくともつぎの段階には進める。そんなやつは実在せず、なにも出てこなかったとしたら、わたしはそれがわかったあとの最初の便で国に帰る。やってはみたが、うまくいかなかったということで」

「重罪にあたるような行為は二度とだめよ。海兵隊風を吹かせて、腕力にものを言わせるのもだめ。ナパーム弾攻撃の要請なんてのもお断わり」

「まさか、ナパームまでは」

「あすの午後、わたしのオフィスに電話を入れて。なにかつかんであげられるかも。それまで、面倒を起こさずにいてくれる？」

「いいとも」

「それまで、スチームバスかなにかを楽しんでる?」

「いいとも」

「それと、まだほかにも用件があるんでしょ。ふたつと言ったんだから。いまのが、ひとつめ」

「あの子」

「ミコ?」

「うん。どうしても知りたい。彼女はどういうことになってるんだ?」

「病院にいるわ。日本には、孤児院がほとんどなくて。孤児になった子どもたちは、たいてい親戚のもとに行くの。でも、彼女には親戚がいない。それで、福祉関係のひとたちが、カトリック系の小児病院にあずけたの。彼女、元気がなくて。だれもいなくなったんだものね。ひと晩ですべてを失って、いまはひとり寝台で眠る身。いつかティンマンがやってきて、自分を救ってくれると思ってるの。かわいそうに。まだ、そのティンマンはだれのことなのか、よくわからなくて」

「そんな悲しいことになってたのか」

「この呪われた惑星、地球ではよくあることよ」

「だれも訪ねてこない?」

「だあれも」

「わたしが訪ねてもいいか？」

「いい思いつきじゃないわね」

「彼女にはだれかが必要だ」

「でも、それはむりな相談」

「ミス・オカダ、きみはああいう連中をなんとかしたいとは思わないのか？　やつらはひとつの家族のほとんどを殺し、四歳の子を孤児の身にした。そういう連中は罰せられねばならない。きみはそうは考えないのか？　検死報告書を送ってきたのは、きみなんじゃないか？　その他人ごとじみた態度は、職業的なものであるような気がしてならない。きみもわたしと同じく、あの連中をなんとかしたいと思っているんだろう」

「わたしはなにも送ってない。あなたの勝手な妄想ね。ただ、それは深刻な妄想じゃない。深刻な妄想は、あなたが、あなたとわたしが相棒になって、ともにこれに取り組み、正義の探索に乗りだすと信じたがってること。それはないわ。わたしは合衆国政府のために働いているのであって、わたしの忠誠は終始、そこだけに向けられているの。わたしに関して空想をもてあそぶのは、どうせ失望するだけのことだから、やめておくことね。現実はこう。あなたに付けられた首輪は短い。この捜査を続行するのは、あとちょっとのあいだだけ。もしなにか証拠を見つけたら、最初にわたしに知らせ、それっきり、ほかのだれにも知らせないようにすること。もしその証拠に価値があれば、わたしが、それをもとに日本のしかるべき当局が動くように取りはからうし、その時点をもって、わたしたちの関係は終わりになる。あとは、日本の司法制度が処理するでしょうし、もし処理しようとしなくても、それが現実というわけ。もしあなたがこのルールを破ったら、わたしがすぐさま通報して、あなたは日本の刑務所へ送られることになるでしょう」

「それでは、こっちにはきつい条件を強いておきながら、そっちにはなんの条件もないと言うしかないね」

「ええ、こっちにはなにもなし。サムライの流儀でわたしに勝つのはむりだってことはわかってるでしょ？　あなたが刀で向かってきたら、手ひどく打ちのめしてやるしかないってこと。わたしはいいかげんなことは口にしないし、スワガー、これだけは強く、明確に言っておくわ。もし必要となれば、相棒さん、めちゃくちゃにあなたをぶちのめして、こんな荒仕事に首をつっこむんじゃなかったと思わせてやるんだから」

23 〈トーキョー・フラッシュ〉

いかにも彼女らしいといおうか、愛車は真紅のマツダRX－8だった。飛行士ふうのティアドロップ・サングラスをかけた彼女が、長い髪を風になびかせ、遅い車に毒づきながら、左右に車首をふり、強くブレーキをかけ、度をこした加速をし、ギアをすばやくチェンジして、左側通行になんの不安も感じず、ニンジャのようにトーキョーの車の流れを縫って、車を走らせていく。それは、翌日の午後の遅い時刻で、その前に彼が電話を入れて、車で迎えに来てくれと頼んだのだった。

しかし、ふたりの行き先は記者のもとでもなんでもなかった。彼女が車を乗り入れたのは、灰色の煉瓦造りの大きな建物で、前庭にある宗教的な彫像からして、カトリック系の施設であることは明らかだった。彼女は建物の横手にまわりこんで、ネットフェンスで仕切られた運動場に面する駐車場に車を入れた。

「あなたはここにいて」彼女が言った。「彼女があなたを目にしないようにしておきたいの。彼女がなにを憶えていて、なにを連想するものか、わたしたちにはわからないから。いいこと、これ以上、あの子の心を傷つけないように。ただでさえ、つらい思いをしてるんだし」

彼は車のなかに残り、オカダは建物のなかへ姿を消して、十分ほどが過ぎたころ、あの子を伴って外に出てきた。

ボブはそれを見守っていた。即座に、ようすが変わっていることがわかった。あの自然児のように天真爛漫で社交的だったミコが、いまはスーザンの手をぎゅっと握りしめて、ひとりではどこにも行きたくないと思っているように見えた。スーザンは彼女をブランコのところに連れていって、そこにすわらせ、押し始めたが、ほんの数秒で少女は悲鳴をあげるようになった。

ふたりとの距離が遠すぎて、声は聞きとれなかったが、スーザンが少女をブランコからおろして、抱きしめるのは見えた。そのあと、ふたりは滑り台のところへ歩き、ミコがおずおずとそれにのぼって、ぴかぴか光るスロープを漫然と滑り降りた。そこには、よろこんで重力に身を委ねて心を解放するような感じは、まったくなかった。彼女は陰気に滑り降りただけだった。

その面会は数分しかつづかなかった。ミコは怯え、縮こまって、びくびくしながらスーザンにしがみついているように見え、スーザンはスーザンで、やさしく話しかけてはいるものの、ろくに反応は得られずにいるようだった。

見ているのがつらいほどだ。ふと気がつくと、ボブは全身をこわばらせ、顎を食いしばって、怒りを募らせていた。

きのう、スーザンに言ったことなどはもうどうでもいい、と彼は思った。あの子をこれほどの恐怖に陥れたやつに、同じ恐怖を味わわせてやるのだ。それから、そいつを斬ってやる。

女と子どもは建物のなかへひきかえし、ボブはリラックスしようとつとめたが、気が昂ぶって、どうにもならなかった。一杯やりたいところだったが、それはなんの解決にもならない。彼は車を降り、さわやかな空気を何度も吸って、気持ちを鎮めようとした。まもなく、スーザンが戻ってきて、ふたりは彼女の車でそこをあとにした。

「ちょっと頼みたいことがある」彼女が大通りの混雑を縫って車をつっぱしらせるなか、ボブは口を開いた。「これがかたづいたら、そして、そのときもまだ、わたしは生きていて、刑務所にも入っていなかったと想定しての話だが、わたしが国に帰るときに――」

「だめ」

「まだ、わたしがなにが言いたいかはわかっていないだろう」

「お見通し。なにが言いたいかは、ちゃんとわかってる。彼女を養子にしたいんでしょ」

「わたしはいまでも父親だ。いい父親だと言ってくれるひとも、なかにはいる」

「きっと、申し分のない父親でしょうね。それだけじゃなく、あなたなら西部のすてきな家に彼女を住まわせてあげられるでしょうし、いつかそのうち、彼女が、すっかりとはいかないまでも、心の傷が癒えて、こっちに戻り、しあわせで前向きな気持ちになって、すばらしい人生を送ることもできるでしょう。問題はそういうことじゃないの」

「なにが問題だと?」

「コネ。それが、あなたにはない」

「どういう意味だ?」

「日本で外国人が養子を取るのは、ひどくむずかしいの。まず、それに該当するような子がめったにいないということ。彼女がその要件を満たすかどうか。つぎに、あなたのその目の形状。日本人のは細いけど、あなたのは丸いでしょ。日本人は、血縁関係がある場合は別として、日本の子どもを欧米人の養子にすることは好まない。中国や韓国では、かわいい女の赤ちゃんをアメリカのヤッピーの養子に出して、おかねにしたりするけど、日本はそうじゃないの」

「望みはないと？」

「毛筋もね。睫毛の一本ほども」

「きみのボス、つまり大使殿が影響力を行使するというのは」

「わたしのためにだってしないでしょうから、あなたのためにするわけがないでしょ？　わたしのためにしたところで、なんのうまみもないし、あなたのためにしたところで、なんのうまみもない」

「気に入らないな」

「まさに同感。でも、世の中はおそろしく不当なことだらけでしょ。その九十八パーセントは救われも改められもしない。これもそのひとつよ。それが可能な残りの二パーセントに力を注ぐしかないってわけ。あ、目的地に着いたわ」

ニック・ヤマモトは、カブキチョーから、地理的には二、三キロ、文化的には五、六光年ほど離れた、トーキョーの静かな住宅地に住んでいた。その住まいは、どこにでもありそうな木造住宅で、それの塀は左右とも隣の家とつながっていて、そういう家が油っぽい紙袋に詰められたフレンチフライのように、ぎっしりと建ちならんでいる。ふたりは、その静かな住宅地のなかに車を駐められる場所を苦もなく見つけ、その家の門をくぐって、ノックをした。

日本人男性の多くがそうであるように、彼も細身で小柄、眼鏡をかけていて、身のこなしはなめらかだった。ただ、日本人男性のほとんどはそうではないが、彼は金髪だった。その髪はもじゃもじゃ、ぼさぼさで、ロック・スターかなにかを思わせた。髪だけから判断すれば、十八歳に見え、それ以外の部分は四十代という男だった。

「これ、気に入ったかい?」彼がスーザンにたずねた。

「ううん。ばかみたい」

彼が目をあげて、ボブを見る。

「彼女、いやみだと思わないか?」

「おおいにタフになれる女性ではある」ボブは言った。「不快な話がもっと聞きたければ、わたしのことをしゃべらせるようにするのが得策だろうね。それはさておき、わたしはボブ・リー・スワガー。その髪、気に入ったよ」

「ほら、彼はこの髪が気に入ったとさ」

「彼になにがわかるっていうの? 彼、ガイジンなのよ」

　ボブとニックは、すばらしく偉大な魔女、スーザン・オカダへの畏怖の念を即座に分かちあって、握手をした。ニックがふたりを、床の全面が板張りで、豪華な洋式家具で統一された部屋へ案内する。壁のひとつに七十二インチのテレビが取りつけられて、野球の映像が流れていたが、それ以外のところには、本がぎっしりと詰めこまれた本棚が並び、本の表紙を飾った額がいくつも壁に掛けられていた。肉を焼いたにおいが漂っている。ニックは夕食を終えたところなのだろう。

「一杯やる？」ニックがきいた。

「そういうものには手も触れられないんだ」とボブ。「触れたが最後、一ヶ月はものの役に立たなくなるんでね。つぎのひとにきいてくれ」

「オカダ‐サンは？」

「ううん。仕事中だから。これは社交じゃないの」

「ティーか、コーヒーか、コークでもどう？」

「けっこうよ」

「それじゃ、さしつかえなければ、こっちは一杯やらせていただくとしようかな」

　ニックはふたりのそばを離れ、口の細い容器と浅いカップを取りだして、カップに少しサケを注いだ。それから、ふたりを革張りのソファにすわらせ、自分は高級なバルセロナチェアに腰をおろした。

「ニックは以前、〈トーキョー・タイムズ〉のワシントン支局長をしてて、そこで、わたしと出会ったの。でも、そのあと、彼はその地位を外され、その数ケ月後には辞職しちゃって。あれはなにがからんでたんだっけ、ニック？　記憶がはっきりしなくて。剽窃？　それとも賄賂？」

「じつのところ、その両方」

「コカインが彼にそうさせたの。あれは彼のせいじゃない」

「コカインがおれにそうさせた。あれはおれのせいさ」

「いずれにしても、本人の言うところでは、それはもうやめていて、いまも彼は孤軍奮闘してるってわけ。取材も記事もレイアウトも出版も、全部ひとりでやって、いかがわしいネタを扱う〈トーキョー・フラッシュ〉を週刊で発行してるの。トーキョーにはそういう雑誌が三桁はあるけど、彼のが最高。もしブラッドとアンジェリーナの関係はどうなったかとか、二十億円のギャラ目当てに映画会社をやめてハードコアに出演したポルノ・スターはだれかとかを知りたければ、ニックが教えてくれるでしょう」

「でも、おれはそれ以外のことにも詳しいよ」

「彼はヤクザに関する本を七冊、出してるの。しかも、本に書いた以上のことを知ってるし」

「知ってることを全部、本に書いたら、命がないよ」

「まさに、わたしが必要としている男のような気がするね」ボブは言った。

「まあ、できるだけのことはやってみよう。DCにいたころに、スーザンにちょいと借りができたんでね。よし、なんでもきいてくれ」

「コンドー・イサミ」

「おーとっと、すごいものが来たな。どっちだ？　元祖コンドーか、それとも二代目コンドーか？」

「最初のやつから始めるのがよさそうだ」

「初代を飛ばしたら、二代目のことは理解できないだろうしな」

「傾聴させてもらうよ」

ニックはまたちょっとサケを注いだ。それから、テレビを消し、CDを漁って、一枚取りだし、プレイヤーにそれをかけた。

「何本かのサムライ映画のサウンドドラックを集めたやつでね」

「スワガーは、山ほどサムライ映画を観てるの。観すぎたせいで、トシロー・ミフネ病にかかっちゃって」

「なんというか、スワガーさん、おれは物書きだから、雰囲気ってやつを信じててね。これは、その物語を語るにふさわしい音楽なんだ」

彼はまたサケを飲んだ。

「欧米人が、この三百年、日本でくりひろげられてきた幕府と朝廷の権力闘争を正確に認識するのはむりな相談でね。細かい事実を述べて退屈させるつもりはないよ。ただ、京都の玉座にあって、きらびやかでも権力はない天皇と、幾多の戦闘を勝ちぬき、ほかのすべてを出しぬいて、江戸で権力を揮った男との、奇妙な制度上の関係を頭に入れておく必要はあるだろう。その両者はけっして、うまく折りあっていたわけではなかったんだ。

両者の関係は、十九世紀のなかば、攻撃的な諸外国が日本に圧力をかけて、開国と西洋との貿易を迫ったとき、重大な危機に陥った。将軍はその動きに反対し、天皇はある程度まではそれを受けいれ、それがために諸藩間の争いが生じてきた。天皇は、いま言ったように、京都におり、将軍は東京にいた。話がややこしくならないように、江戸ではなく、東京と呼ぶことにするよ」

「ぜんぜん、ややこしくない」ボブは言った。「ここまでは、話についていけてる」

「天皇派の浪人《ローニン》――主君がおらず、将軍を嫌うサムライ――が、京都にぞくぞくとやってきて、そこをＯＫ牧場の決闘があったあのダッジシティのような血なまぐさい場所に変貌させた。京都は、暴力の吹き荒れる無秩序な街と化した。一八六二年前後のことだ。東京にいる将軍は、天皇の住まう街の秩序を保つことができないということで、面目を失った。彼は無能な男と見られるようになった。

そこで、ひとりの藩主が彼に同情し、彼のたしかな許しを得て、一種の民兵組織を設立した。いや、それより、自警団とか治安維持団とかと呼んだほうがいいかも。西部劇のカウボーイみたいなものさ。まあ、ギャングでも、武装集団でも、軍隊でもなんでもいい。彼らは〝特別に選ばれた者たち〟を自称した。それが、日本語では新撰組となるんだ。彼らを率いるのは――まあ、日本では、仲間内の指導者の座をめぐる大騒動がいろいろと持ちあがるのがつねなんだが、最終的には、ある血なまぐさい暗殺をきわめて首尾よく果たしたこともあって――近藤勇という名の男となった。東京の西方で道場を主宰する、タフな大男で、きわめて野心的だった。そして、近藤とその新撰組はダッジシティの統制に取りかかった。彼らは殺すことによって、それをやろうとした。それを描いた映画は一千本はあるだろうが、あんたの記憶にありそうなのは、『新撰組』か『壬生義士伝』だろうね」

「どっちも観たよ。『新撰組』では、トシローが哀れにも、首を斬られた。彼のやった役がコンドーなんだろう」

「そのとおり。近藤勇の役をやったのは、まちがいなく三船だ。それが起こったのは、天皇派の諸藩が勝利して、将軍がその座を追われたときでね。しかし、それまでは長いあいだ、京都では近藤が法であり、彼とその配下の若者たちは古い日本の見たもっとも血なまぐさい集団だった。彼らは殺して、殺して、殺しまくった。おそらく近藤自身も、斬りあいのなかで百人は殺しただろう。好き嫌いはさておき、彼は真に肝の据わったサムライだった。そんなわけで、いまの時代にあって、だれかが近藤を自称したとすれば、それはひとを怖がらせ、怯えさせて、自分には殺す意志があることを思い知らせるという意味を持つ。殺すのが好きだということをも」

「それで、二代目コンドー・イサミは？」ボブはたずねた。

「印刷物でその名を目にしたことは、一度もない。いや、たしか、一度だけその名が出たことがあるが、その二、三週間後に、それを出した〈ウィークリー・ジッロク〉というタブロイド紙の記者の首が、三脚に組んだゴルフクラブの上に載せて、出版元の新聞社の外に置かれているのが発見されたんだ。あれは、ほんとうに想像力をかきたてるものだった。その三本のクラブというのは、8番と9番アイアン、そして3番ウッドだった。もちろん、ヤ・ク・ザさ。これは、あるカードゲームにおいて手札を失ってしまう数の組みあわせから来たスラングで、それが8と9と3というわけだ。

彼の素性はだれも知らず、彼のやっていることだけが知られている。彼はヤクザの選りぬきの殺し屋で、高度な訓練を受けた、古い伝統を寵愛するごく少数の男たちを率いている。彼らはいまも、古い流儀で殺す。刀を使うんだ」

「そこのところは詳しく説明してもらわなくては」ボブは言った。

「欧米人には奇異に感じられるだろうね。でも、使いかたによっては、刀は実際には、あたり一面が血まみれになるのを気にしなければ、銃よりはるかに効率的な武器になるんだ。その連中は刀の扱いに習熟することに人生をささげていて、とてもとても腕が立つ。あんたを相手にしても、銃と同じくらい速く倒してしまえるだろう。あれはきわめつけの殺傷兵器であり、彼らは解剖学に関して肉屋に匹敵するほどの知識を持っている。どこを斬ればいいか、突く必要がある場合はどこを突けばいいか、彼らは正確に知っていて、一瞬のうちに相手を失血に追いやってしまう。肺を切り裂いて呼吸不能にしたり、骨盤をたたき切って立っていられなくしたり、脳みそを断ち割って一巻の終わりにしたりもする。相手は痛みを感じることもなく、その場に崩れ落ちるだけだ。そして、なによりもいいのは、音を立てないことでね。ちょっとした戦闘でも、三人程度の殺しでも、一対一の対決でも、警察はすぐにはやってこないことを確信して、おこなえる。翌朝になって、そこらの溝に赤いどろっとした液体がたまってることが明らかになるまで、だれにも知られずにすむというわけだ。ほら、これを見てくれ」

彼はキャビネットのところに行き、一冊のファイルを取りだして、ボブに手渡した。

それは、刀で殺された男たちの解剖所見と現場写真を集めたファイルだった。解剖台に置かれた裸の死体の数かずは、どれにもフットボール大の楕円形を成す傷口があり、ほとんどの死体の皮膚が白ではなく、赤や黒や緑などのだんだら模様になっていて、ときには、傷口を見分けるのが困難な場合もあった。その模様は、ボブが最初に考えたような、病気によるものではなく、強迫的といっていいほどびっしりと全身に彫られた刺青だった。それでも、よく注意して見れば、竜の頭や咆哮する狼やさまざまな漢字のあいだに、傷口が見分けられるようになった。切り裂かれて、体内の肉が露出し、血が失われてしまっているために、それが明瞭に見えていた。切り口はどれも大きくて、深く、致命的だった。人体を満たしている体液が、あっという間に失われたのだ。現場写真はどれも、人外魔境のような惨状を呈していて、黒のスーツや靴やサングラスも、ねじくれて倒れている人体や斬り落とされてばらばらと転がってい

る四肢や首も、明確には見分けがつかず、はっきりと見てとれるものは血の海につぐ
血の海だった。どの赤い海も、そのまんなかに死体がある。ねっとりと光る赤いもの
が、狂気の王の戴冠式の場のように、いたるところにひろがっていた。

「くだんの近藤がこの現場に現れたのは、五年前のことでね。当時はまだ若頭――副
首領格――だった大谷という男が、中国系マフィアの後ろ盾を持つ歌舞伎町の成りあ
がりと悶着を起こし、そのときに、とびきり腕の立つある人物に魅入られてしまった。
〝もののみごとに斬る〟ことに、〝魅入られて〟しまったんだ。そのとき、近藤勇が自
己紹介として、斬った首に名刺を添えて、大谷に送ったというわけだ。それはきわめ
て効果的だった。以後、大谷はのしあがり、それとともに、近藤も、不可能といって
いいほど困難な仕事を目立たずにやってのけることを専門にして、のしあがってきた。
ほとんどのヤクザとはちがい、彼は刺青はしていないようだ。聡明で、社会性を持ち、
人前に出てもまったく見苦しくない男であるにちがいない。それなのに、彼には妙な
ところがある。彼に会った人間の多くが、彼の顔は見たことがないと言うんだ。彼は、
覆面をしたり、劇場の照明のようなライトの使いかたをしたりと、さまざまな手段を
用いて、ある種のひとびとには顔を見られないようにしているらしい。ただ、それ以
外の相手とはじつに無頓着に顔を合わせると言われている。ダンスにもクラブにも出

かけていく。どうしたわけか、急に、だれに見られても気にしなくなるんだ。はてさて、これはいったいどう考えればいいのか？」

「ときには内気になり、ときにはそうでなくなる。それだけのことなんじゃないか」

「いや、それだけじゃないね。あの男に関しては、単純なことはひとつもないんだ。彼は卓越した剣技の持ち主だ。武蔵や柳生といった伝説的サムライが到達した、超人的といっていい剣技のレベルに達している。彼の子分たちはとてもその域には迫っていないが、その組織の規律はおそろしいほどに厳しい。ただ一度、新撰組の若者がサツにしょっぴかれるということがあったんだが、その男は口を割らされる前に、警察署でフォークを使って腹を切った。のちに判明したところでは、もとはたんなる街のごろつきだったのが、近藤に素質を見抜かれて、組織に引きこまれ、訓練と規律をたたきこまれたものであるらしい。死体として発見されたとき、そいつは自分の流した血に浸かり、顔には笑みが残っていたそうだ。

それはさておき、彼らは困難な仕事をやってのけることを専門にしている。すさまじく荒っぽい仕事をやってのけることを。うわさでは、中国系のギャングたちが大谷組長に対抗する動きを強めていたころ、そのグループが気晴らしのお楽しみをするために集まっていた〈キョート・イン〉に新撰組が現れて、三十秒ほどのあいだに彼らを全滅させるということもあったらしい。襲撃がおこなわれたのはラウンジだ。彼らはベレッタの抜き撃ちよりも速く抜刀し、ものの数秒のうちに、つぎつぎと相手に襲いかかって、斬り倒した。近藤自身も中国人をひとり、頭頂部から股間まで断ち切った。上から下まで、一刀両断にしたんだ。驚嘆すべき力の強さだが、それだけじゃない。剣術の心得がなくては、あれはできない。彼にはその心得があるんだ。そのあと、彼らは立ち去り、証言をする者はひとりもいなかった」

「じつは、ニック」ボブは言った。「わたしは、コンドーが新たなクライアントを得たんだと考えてる。わたしの考えでは、彼はフィリップ・ヤノ一家をほとんど皆殺しにして、ヤノのもとに来た希少価値のある刀を盗みだし、いまは、その刀を使って、わたしには推測もつけられないなにかの計画を立てている。そこでだが、あんたがあちこちを当たって、コンドーはだれのために働いているのか、なんのためにあの特別な刀を必要としたのか、そこのところを探りだしてもらえないか？　それと、なぜ彼はヤノ一家を根絶やしにしなくてはならなかったのか？　強盗団を送りこんで、金庫を破らせ、ひとには危害を加えずに出ていかせるということもできただろうに、なぜそうはしなかったのか？　あるいはまた、考えてみれば、ヤノが売る気になるかもしれなかったのだから、あれを買いとるという手もあっただろうし」

「いいとも、当たってみよう。ただ、おれもこれをやることで、それなりの収穫はいただくつもりだよ。おれをタブロイド業界の顔にしてくれるだけじゃなく、まっとうな世界に帰らせてくれるスクープが、ものにできそうなんでね」

「もちろん、そうしてくれ」

「ニック、慎重にね」オカダが言った。

「慎重にやるさ。そのあいだに、スワガーさんは戦いかたを学んでおくように」

（上巻終わり）

◎訳者紹介　公手成幸（くで　しげゆき）
英米文学翻訳家。主な訳書に、ハンター『ダーティホワイトボーイズ』『ブラックライト』『狩りのとき』『悪徳の都』『最も危険な場所』『ハバナの男たち』（以上、扶桑社ミステリー）ゲイリン『ミラー・アイズ』（講談社文庫）グールド『ジャンパー』（ハヤカワ文庫）がある。

四十七人目の男（上）

発行日　2008年6月30日　第1刷

著　者　スティーブン・ハンター
訳　者　公手成幸

発行者　片桐松樹
発行所　株式会社 扶桑社
〒105-8070　東京都港区海岸1-15-1
TEL.(03)5403-8870(編集)　TEL.(03)5403-8859(販売)
http://www.fusosha.co.jp/

印刷・製本　株式会社廣済堂

ISBN978-4-594-05697-1 C0197
Printed in Japan(検印省略)
定価はカバーに表示してあります。

扶桑社海外文庫

誘惑のシーク

コニー・メイスン　中川梨江／訳　本体価格838円

シークのジャマールは、捕虜にしたベルベル族の王女ザラに心を奪われる。十七世紀モロッコを舞台に繰り広げられる禁断の愛。官能と冒険のアラビアンナイト！

二つの世界を結ぶ愛

ノーラ・ロバーツ　石原まどか／訳　本体価格552円

悪魔と戦う女剣士カドラは、現代のニューヨークに送り込まれた。私立探偵ハーパーとカドラの異色コンビが大都会に潜む魔王を追う、新機軸の幻想ロマンス！

血染めのエッグ・コージイ事件

ジェームズ・アンダースン　宇野利泰／訳　本体価格933円

バーフォード伯爵家の荘園屋敷で嵐の夜に勃発する、謎の盗難事件と二重殺人。本格黄金期の味わいを復活させた伝説のパズラー、待望の復刊！〈解説　小山正〉

女検死官ジェシカ・コラン　ロンドンの十字架（上・下）

ロバート・ウォーカー　瓜生知寿子／訳　本体価格各800円

ロンドンで起きた謎の連続殺人事件。助力を求められたFBIはジェシカを派遣する！　それはカルト教団による犯行なのか？　好評シリーズ海を渡る新展開！

＊この価格に消費税が入ります。

扶桑社海外文庫

狂嵐の銃弾
デイヴィッド・J・スカウ　夏来健次／訳　本体価格876円

ひと気のない海辺に住む、銃器マニアの建築家。近隣の怪しいパーティーに巻きこまれ、嵐と銃弾の饗宴がはじまる……衝撃の結末が襲うアクション・スリラー。

世界同時中継！ 朝まで生テロリスト？
ボリス・ジョンソン　高月園子／訳　本体価格1000円

四人のテロリストが、英国議会を制圧。アメリカ大統領他八〇〇人を人質に？ テロリストの前代未聞の要求から始まる英国風味のスラプスティック政治喜劇！

チベットの薔薇
ライオネル・デヴィッドスン　小田川佳子／訳　本体価格1000円

著者が出会った、ある男の手記。それに描かれていたのは、遠くチベットに潜入した男の、驚くべき体験の数々だった！ 巨匠による冒険ロマン。〈解説・小森収〉

切り裂かれたミンクコート事件
ジェームズ・アンダースン　山本俊子／訳　本体価格933円

映画関係者たちが集まったオールダリー荘で、またもや殺人が発生。犯人の仕掛けた狡知な罠にウィルキンズ警部が挑む。幻のシリーズ第二弾、待望の本邦初訳！

＊この価格に消費税が入ります。

扶桑社海外文庫

ひそやかな復讐（上・下）
ドナ・タート　岡真知子／訳　本体価格上895円・下1048円

少年が首を吊るされ殺されるという事件から家族の崩壊ははじまった……伝説の作家がふたたび世界を震撼させた、最大のミステリー・ドラマ。〈解説・吉野仁〉

ラプンツェルの秘密
ケイ・フーパー　佐藤知津子／訳　本体価格686円

田舎町に移り住んだ女性ララは、地方劇団の主役に選ばれた。だが彼女の周囲では怪事件が続発する。名手フーパーが描くロマンティックサスペンスの珠玉作！

獅子の花嫁
コニー・メイスン　中川梨江／訳　本体価格838円

サクソン人の気高き姫アリアナとノルマン人の騎士ライアン。政略結婚の果てに見出される真実の愛とは？『誘惑のシーク』の大家が贈る愛と官能の中世物語！

ダイ・ハード4.0
マーク・ボンバック脚本　堺三保／編訳　本体価格600円

あの不死身の男が帰ってきた！　全米を標的とする大規模サイバー・テロに、マクレーン刑事が立ち向かう。超ヒットシリーズ最新作の完全小説版、ついに解禁。

＊この価格に消費税が入ります。

扶桑社海外文庫

原潜〈アメリカ〉強奪（上・下）
スティーヴン・クーンツ　北澤和彦／訳　本体価格各848円

最新鋭原子力潜水艦が、初航海を前に、謎の武装集団にハイジャックされた！　合衆国中枢へのミサイル攻撃、息詰まる海中戦……軍事謀略小説の巨匠の傑作。

失われた鍵トリロジー3
愛する人をまもる鍵
ノーラ・ロバーツ　岡　聖子／訳　本体価格933円

奇妙な屋敷に集められた三人に示されたのは、「鍵を探して」という不思議なメッセージ。三人目の女性ゾーイが、探しもとめる「鍵」、その意味するものは？

気分はフル回転！
ジャネット・イヴァノヴィッチ　細美遙子／訳　本体価格876円

田舎町の新聞社を切り回すジェイミーの前に現れたオーナーのマックスは変人天才にして大富豪？　二人の周辺で巻き起こるのは珍事件の嵐！〈解説・関口苑生〉

路上の事件
ジョー・ゴアズ　坂本憲一／訳　本体価格1000円

一九五三年、放浪の青年が巻きこまれる事件の数々。悲劇の影ですべてが一本につながったとき、青年は私立探偵となる……名匠が贈る、追想のハードボイルド。

＊この価格に消費税が入ります。

扶桑社海外文庫

ルインズ 廃墟の奥へ（上・下）

スコット・スミス　近藤純夫／訳　本体価格各733円

メキシコ観光へやって来た男女6人が入り込んだ密林の中。そこで待っていたものは……。『シンプル・プラン』の作家が放つ待望のホラー・サスペンス巨編！

マイ・ブルーベリー・ナイツ

ウォン・カーウァイ&ローレンス・ブロック脚本　田口俊樹／訳　本体価格552円

失恋したエリザベスは、カフェの店主ジェレミーとの新しい恋の前に、旅に出る……ウォン・カーウァイの恋愛ロード・ムービーを小説化。〈解説：D［di:］〉

真実ふたつと嘘ひとつ（上・下）

カトリーナ・キトル　小林令子／訳　本体価格各800円

女優のデアは、親友が投身死する現場を目撃する。事件の背後に隠された驚くべき真相とは。魅力的な設定と圧倒的な心理描写で贈る気鋭の新感覚ミステリー！

チックタック（上・下）

ディーン・クーンツ　風間賢二／訳　本体価格上686円・下705円

トミーの門出の夜、事件は起こった。人形が突然襲ってきたのだ！　ありえない敵との壮絶なチェイスと驚愕の結末!?　巨匠クーンツ絶頂期のスーパー・ホラー。

＊この価格に消費税が入ります。